LETZTE VERTEIDIGUNG

Harrisburg Railers #5

RJ SCOTT

V.L. LOCEY

Übersetzung

XENIA MELZER

Love Lane Books

Letzte Verteidigung (Harrisburg Railers #5)

Copyright 2017 RJ Scott, Copyright 2017 V. L. Locey

Copyright 2022 RJ Scott, Copyright 2022 V. L. Locey

Coverdesign: Meredith Russell

Lektoriert von Sue Adams

Veröffentlicht von Love Lane Books Limited

ISBN: 9781785646355

Alle Rechte vorbehalten

Widmung

Für meine Familie, die mich und all meine Marotten und Eigenheiten akzeptiert.
Sogar die Plastikbanane in meinem Holster.
VL Locey

Immer für meine Familie.
RJ Scott

Inhalt

Ein Hockeyspieler mit einem medizinischen Geheimnis lernt den Besitzer eines Tierheims kennen. Zwei Männer, die Angst haben zu fühlen, müssen Entscheidungen treffen, die ihre Verteidigung durchbrechen und sie zurück zur Liebe führen könnten.

Jedes Mal, wenn Max van Hellren aufs Eis geht, weiß er, dass es sein letztes Mal sein könnte. Mit dreißig hat er seinen Hockey-Zenit überschritten, aber er verbirgt auch eine lebensbedrohliche Verletzung, von der private Ärzte ihn gewarnt haben, dass sie ihn umbringen könnte. Dies ist seine letzte Saison und es besteht die Chance, dass er den Stanley Cup nach vierzehn Jahren in der NHL hochheben kann. Er muss nur auf sich aufpassen und gesund bleiben. Was schwierig ist, weil er für seinen vollen Einsatz bekannt ist und eine Neigung hat, die Handschuhe auszuziehen und seinen Körper vor den Puck zu werfen, um sein Team zu beschützen.

Ein One-Night-Stand mit einem sexy Mann war

genau das, was er gebraucht hat, gefährlich und heiß. Aber was, wenn daraus mehr wird? Müsste er dann tatsächlich die Geheimnisse teilen, die er so verzweifelt zu verbergen versucht?

Ben Worthington hatte alles. Einen erfüllenden Job im Crossroads Tierheim, seine liebenden Tanten und einen Ehemann, der seine Hingabe für Tiere verstand. Dann hat die Liebe seines Lebens ihn verlassen, wurde so schnell von einer unerwarteten Krankheit dahingerafft, dass Ben nicht einmal Zeit hatte, sich zu verabschieden. Dieser brutale Verlust hat ihn gezeichnet.

Unfähig, sich von seinen Ängsten zu lösen, bewegt er sich von einer einsamen Begegnung zur nächsten, lindert ein verzweifeltes Sehnen, das ihn innerlich auffrisst, geht aber nie eine Verbindung ein, die ihn zurück zur Liebe führen könnte. Eine Nacht mit Max weckt in ihm den Wunsch nach mehr, aber wird der Versuchung nachzugeben die Tür zu Gefühlen öffnen, die er nicht zurückhalten kann?

Können diese beiden gebrochenen Männer je einen Weg finden, zusammen zu sein?

Glossar

Da viele LeserInnen wohl keine eingefleischten Hockey-Fans sind, habe ich hier eine kleine Sammlung der Hockey-Begriffe, die in diesem Buch vorkommen. Eventuelle Fehler oder Ungenauigkeiten bitte ich zu entschuldigen.

Poke Check: Gängigste Methode, um den Puck einem anderen Spieler wegzunehmen; kann von jedem Spieler in jeder Zone angewendet werden. Es handelt sich um eine Art Stochern mit dem Schläger.

Original Six: Bezieht sich auf die ersten sechs Teams, die in der NHL gespielt haben.

Expansions-Team: Teams, die während mehrerer *Expansions* (Erweiterungen) der NHL beigetreten sind.

Junior-Liga/Minor/AHL: So viel wie die 2. und 3. Liga im Fußball.

Farm Team: Zweites Team eines Vereins, das in einer niedrigeren Liga spielt und aus dem Spieler für die NHL rekrutiert werden.

Five-Hole: Bereich zwischen den Beinen des Goalies.

Goalie: Torhüter

Saucer: Spezieller Schuss, bei dem sich der Puck wie eine fliegende Untertasse (flying saucer) bewegt.

Toe-drag: Trick, bei dem der Puck mit dem offenen Ende des Schlägers verdeckt und so vom Gegner ferngehalten wird.

Deke: Täuschungsmanöver

Neutrale Zone: Bereich zwischen den beiden Linien, die die Mitte des Eises markieren.

Penalty-Schießen: Vergleichbar dem Elfmeterschießen im Fußball.

Findet statt, wenn es nach einer Verlängerung immer noch unentschieden zwischen zwei Mannschaften steht.

Face-off: Eine Art Einwurf des Pucks nach einem Foul oder einer Spielunterbrechung. Findet zwischen zwei Spielern statt. Ist auch der Anstoß zu Beginn des Spiels in der Mitte der Eisfläche.

Lines/Block: Angriffsteams, zu denen ein *Center* und zwei *Flügelspieler/Stürmer* gehören. Sie bilden eine Einheit, die während eines Spiels untereinander ausgetauscht werden, da das Spiel sehr anstrengend ist. In der Regel ist ein Block eine Minute auf dem Eis.

Expansion Draft: Wird von der Liga durchgeführt, wenn ein neues Team im Zuge einer *Expansion* Mitglied wird. Spieler aus anderen Teams werden dafür rekrutiert.

Forecheck: Defensivspiel in der Offensivzone (also vor dem gegnerischen Tor), mit dem Ziel, Druck auf die gegnerische Mannschaft auszuüben.

Roughing: Zu hartes Vorgehen während des Spiels. Führt zu Penaltys (Strafen).

Tape-to-Tape: Pass von Schläger zu Schläger.

Shutout: Spiel, bei dem ein Goalie ohne Gegentor bleibt. Sehr wichtig, weil dies auch in den Statistiken auftaucht.

Slap Shot: Scharfer, direkter Schuss auf das Tor.

Corsi-Statistik: Eine relativ komplizierte Statistik, die beim Eishockey genutzt wird, um Schussversuche auf das gegnerische Tor bei einem ausgeglichenen Spiel (gleich viele Spieler in jeder Mannschaft auf dem Eis) abzubilden und so die Schlagkraft eines Teams einzuschätzen.

Two Way Stürmer: Ein Spieler, der sowohl als Verteidiger als auch als Stürmer agieren kann.

Conference Championships: Dritte Runde der Stanley Cup Finalspiele. Es gibt die Eastern und die Western Conference Championship und der jeweilige Gewinner tritt im Finale an.

Odd Man Rush: Wenn sich beim Eintritt in die Angriffszone mehr

Spieler des angreifenden Teams dort befinden als des verteidigenden Teams. Je höher die Angreifer in der Überzahl sind, umso höher die Torchancen.

Letzte VERTEIDIGUNG

—— HARRISBURG RAILERS 5 ——

RJ SCOTT & V.L. LOCEY

Love Lane Books

EINS

Ben

___

„Nein, weißt du … das ist nicht wirklich … Wir hoffen, die Suche nach mehr Freiwilligen, die über den Sommer helfen, auszuweiten." Ich lehnte mich in meinem Stuhl zurück, schnitt eine Grimasse, als das alte Mädchen laut knarzte. Die Klimaanlage, die mir ins Gesicht blies, war mickrig, aber wenn man bedachte, dass ich sie seit Jahren in diesem Fenster hatte und sie gestiftet worden war, tat sie alles, was man von ihr verlangen konnte. Blätter rutschten auf meinem Schreibtisch herum, die lauwarme Luft raschelte in den Bergen von Papierkram, der jetzt meine Aufgabe war. Vorüber waren die Tage, als ich mit den Tieren vom Crossroads Tierheim gearbeitet hatte. Jetzt verbrachte ich den Großteil meiner Zeit in diesem *verdammten* Büro, redete an dem *verdammten* Telefon, versuchte reiche Leute dazu zu bewegen, dem Tierheim mehr von ihrem Geld zu geben. Es war wirklich irgendwie beschissen.

Ich lehnte mich ein wenig weiter zurück, ließ meine Lider sinken. Lenny, drüben beim Harrisburg Herald, schwadronierte weiter über die Kosten von Anzeigen und dass er nicht das Gefühl hatte, dass er uns weiterhin einen Rabatt geben konnte.

„Nein, das *verstehen* wir. Ich möchte, dass *du* verstehst, dass wir jeden Penny Hilfe brauchen, den wir bekommen können. In unserem Tierheim werden keine Tiere eingeschläfert. Wir werden nicht vom Staat unterstützt. Jeder Cent—ich weiß, dass ich dir das jedes Mal erzähle. Das liegt daran, dass du dich jedes Mal, wenn ich anrufe, darüber beschwerst, fünf Prozent der Kosten einer Anzeige abzuziehen."

Lenny plapperte über Vorgesetzte.

Ja, erzähl mir von Vorgesetzten, Lenny. Ich weiß alles über sie.

Das Gezeter verwandelte sich in ein sonores Geräusch, wie die Lehrerin von Charlie Brown und meine Gedanken begannen zu wandern. Mein Blick fiel kurz auf meine persönlichen Dinge, die auf meinem Schreibtisch praktisch unter den Stapeln aus Papier begraben waren. Ein Laptop, auf dem das Logo des Tierheims, das einen Hund, eine Katze und einen Menschen zeigte, die an einer Kreuzung standen, über den Bildschirm hüpfte. Der Laptop gab ein lustiges, quietschendes Geräusch von sich, wenn ich ihn am Morgen hochfuhr, aber das ignorierte ich. Eine leere Kaffeetasse mit demselben Logo, mehrere Bücher über grauenvolle Dinge wie Ziele beim Spendensammeln und die anfallenden Verwaltungs- und Managerpflichten in modernen Tierheimen sowie eine Schwulenromanze.

Ich nahm das Buch, schlug es auf und las weiter über einen Betrüger und einen Stripper, die zusammenarbeiteten, um einen Mafiosi aufs Kreuz zu legen. Der Plot war ein bisschen schwach, aber der Sex war heiß und, oh mein Gott, die Romantik war unglaublich. Ich vermisste Romantik. Ich vermisste diese emotionale Verbindung zu einem anderen Mann. Ich vermisste auch Sex, der etwas bedeutete. Die wenigen Aufrisse, die ich seit Liam gehabt hatte, waren kalt und mechanisch gewesen. Ich vermisste Liam so sehr, dass ich Schmerzen hatte. Und doch war ich ein zu großer Feigling, um zu daten. Wenn ich auf Dates ging, lernte ich vielleicht jemanden kennen. Und dieser Jemand war dann vielleicht so perfekt, wie Liam es gewesen war. Und dieser Jemand heiratete mich dann vielleicht. Und dann könnte jemand sterben. Nein. Auf gar keinen Fall konnte ich so etwas noch einmal überleben. Da war es besser, bedeutungslose Ficks hinter irgendeinem Schwulen-Club zu haben. Das schmerzte nur ein wenig, wenn die Sinnlosigkeit einsank.

Seit zwei Jahren war er fort. Mein Blick verließ den Roman und wanderte zu dem Bild, das beinahe von einem Stapel Ordner verdeckt wurde. Ich griff über all das Chaos und schob die Ordner zur Seite. Liam lächelte mich aus dem Rahmen heraus an, sein albernes Gesicht so einnehmend und besonders und so geliebt. Wir beide hatten uns für die Spendenveranstaltung, auf der es gemacht worden war, herausgeputzt.

Seine blonden Haare glänzten in der Sommersonne. Die blauen Augen funkelten. Ich hing an meinem Ehemann, lachte wie ein Irrer, hatte Bucky, unseren Malamute-Welpen im Arm, natürlich aus dem Tierheim. Wir hatten keine Ahnung, dass Liam innerhalb eines Monats tot sein würde. Multiples Myelom. Knochenkrebs im Endstadium. Er hatte einen Knoten in seiner Leiste gefunden und drei Wochen später war er tot. Mit dreiunddreißig. Was zur Hölle sollte das!? Wie konnte so etwas einem so starken und lebendigen Mann überhaupt zustoßen?

„Ja, nein, ich verstehe", sagte ich, nachdem mir die lange Pause am anderen Ende der Leitung endlich auffiel. Ich nahm das Bild von Liam und mir zu glücklicheren Zeiten und hielt es vor der Klimaanlage in die Höhe. Er hatte es immer gehasst, wenn ihm heiß war. Hatte den ganzen Winter mit Ventilator geschlafen. Ich lag unter vier Lagen Decken in langer Unterhose und mit Wollsocken, fluchte über den eisigen Wind, der über uns hinwegblies und er streckte nur seine langen, athletischen Glieder und seufzte. Tennisspieler aus Schweden waren nicht richtig im Kopf.

„Dummer Mann, den ganzen Winter über nackt zu schlafen", murmelte ich wehmütig. „Ja, ich verstehe. Nur noch einen weiteren Monat? Danke, Lenny. Du bist der Beste. Ja, die übliche Bitte um Freiwillige und Helfer für die Zwinger. Kätzchenkuschler, Welpenküsser—du weißt schon. Drück auf die Niedlich-Drüse. In der Zeitung nächste Woche klingt gut. Noch einmal danke."

Ich legte auf, bevor er seine Meinung ändern konnte. Nicht, dass er das tun würde. Glaubte ich nicht. Hoffte ich. Wir befanden uns ohnehin auf einem finanziellen Drahtseilakt. Mehr für Werbung bezahlen zu müssen, die Leute dazu verlockte, umsonst zu arbeiten, bedeutete, dass ich eine bezahlte Arbeitskraft weniger hatte. Und das war einfach nicht machbar.

Wir hatten nur eine Zwinger-Managerin, Diana Pierce und eine Adoptionsberaterin, Abby Barnes, auf der Gehaltsliste und das war alles, was wir uns leisten konnten.

Unser Tierarzt, Dr. Vince Owens, war ein Besuchstierarzt, der seine Zeit kostenlos zur Verfügung stellte und uns nie Rechnungen schrieb, es sei denn, es handelte sich um etwas Großes, bei dem operiert werden musste. Dann ging das Tier in seine Praxis und wir mussten das Geld herausrücken. Impfungen und Routinesachen bot Vince umsonst an. Und das rettete uns. Wenn wir für normale tierärztliche Untersuchungen bezahlen müssten, wären wir pleite und die Stadt brauchte dringend ein Tierheim, in dem nicht eingeschläfert wurde.

Natürlich hatten wir ein großes Tierheim am anderen Ende der Stadt, aber die schläferten ein. Ganz klar eine traurige Sache und etwas, das ich hoffte, unbedingt vermeiden zu können. Wenn Crossroads schließen musste, würde jeder Hund und jede Katze quer durch die Stadt gefahren werden. Der Großteil würde eingeschläfert werden, weil sie älter waren oder gesundheitliche Probleme hatten. Zur Hölle, wir versuchten immer noch, ein Zuhause für die alten Hunde zu finden, die die Leute letztes Weihnachten vor unserer Tür abgesetzt hatten.

Welche Art Bastard wird seinen alten Hund los, um Platz für einen Weihnachtswelpen zu machen?

Ich wurde wieder übellaunig. Es war Zeit, aus dieser stickigen Schachtel herauszukommen, und vielleicht meine Runde zu drehen. Ich stand auf, streckte mich und schaute um den Schreibtisch herum zu Bucky. Klare blaue Augen blinzelten mich an, sein Gesicht ruhte auf seinen Vorderpfoten. Da Malamute-Züchter bei blauen Augen Zuckungen bekamen, hatten wir den Verdacht, dass sie der Grund dafür waren, dass Bucky mit ungefähr drei Wochen vor einer Bar ausgesetzt worden war. Ich nahm an der Züchter—verdorbenes Stück Scheiße, das er oder sie war—hatte diese blauen Augen gesehen und entschieden, dieses ungewollte Gen in einem Müllcontainer loszuwerden. Zum Glück für Bucky hatte Liam ihn gefunden, war von seinem Winseln zu dem Container geführt worden und hatte ihn zu mir nach Hause gebracht.

„Guten Morgen, Winter Soldier", flüsterte ich. Sein linkes Ohr zuckte. „Du weißt, dass dein anderer Dad dir einen ziemlich tollen Namen gegeben hat, oder?"

Er gähnte, streckte sich und stand langsam auf. Er wusste, dass er super war.

„Lass uns schauen, was die anderen Hunde heute Morgen so treiben."

Bucky und ich entkamen dem Büro für über eine Stunde. Teil meines Jobs, abgesehen von dem Papierkram und dem Betteln, war sicherzustellen, dass alle Tiere human behandelt wurden und dass das Gebäude absolut sauber war. Freiwillige waren für mich Retter und Engel. Alte Frauen, College-Studenten und jene mit sanften und liebenden Herzen erledigten einige der widerlichsten Aufgaben im Tierheim. Man musste ein gutes Herz haben, um Zwinger zu reinigen und Katzenklos ohne Entgelt zu säubern.

„Hey, Boss."

Ich warf einen Blick über meine Schulter, sah Diana auf mich zulaufen. Sie war die Managerin für die Zwinger, aber ihr Titel erstreckte sich auch auf das „Katzenhaus", einen Namen, den wir uns geistreich für den felinen Bereich hatten einfallen lassen.

Mein Gespräch mit einem alten Labrador-Mischling wurde beendet, aber Bucky und der schwarze Hund mit der silbernen Schnauze konferierten weiter.

„Du hast einen Anruf von Layton von den Railers", erklärte Diana.

Layton Foxx kümmerte sich um die Sozialen Medien für die Harrisburg Railers und wir mussten besprechen, wie das Team und das Tierheim zusammenarbeiten konnten.

„Ist er jetzt in der Leitung?" Ich verließ den Zwinger, der vor Kurzem mit Pinien-Desinfektionsmittel gereinigt worden war. Ich ging in Richtung Hauptbüro, wo die Besucher eintraten und die Adoptionsverfahren begannen.

„Nein, er hat gesagt, dass du ihn anrufen sollst, wenn du eine Minute Zeit hast. Denkst du, sie werden uns mit mehr Hunden ins Stadion kommen lassen? Der letzte Besuch hat uns acht Adoptionen eingebracht!"

Diana war eine wunderbare Frau. Mitte vierzig, geschieden, Tochter auf dem College. Klein, ein wenig füllig, die lockigen braunen Haare kurz geschnitten und vertrauenswürdig. Sie war die einzige Person im Tierheim, die die schrecklichen Details von Liams letztem Monat kannte. Sie hatte diesen Verlust mit mir durchlitten. Und jetzt, gesegnet sei sie, verspürte sie das

Bedürfnis, mich wieder zurück in die Welt der Romantik zu führen.

„Ja, das war eine großartige Idee. Sie schienen dafür aufgeschlossen zu sein, dass wir es regelmäßig machen, aber da sie jetzt in den Playoffs sind, werden unsere Besuche limitiert sein."

„Nun, er hat gesagt, dass er, sobald wie möglich, mit dir reden will."

Ich pfiff Bucky. „Vielleicht fahre ich einfach ins Stadion."

„Wird das Büro ein wenig zu eng?" Sie warf mir einen wissenden Blick zu.

„Nur ein wenig", gab ich zu, legte Bucky eine Leine an, nachdem er den „WIRFAHRENMITDEMAUTO!" Tanz beendet hatte. „Ich bin in einer Stunde zurück. Ruf an, wenn etwas Großes passiert."

Sie schob mich durch die Tür. Bucky und ich überquerten den Parkplatz, hielten an, um mit einer Familie zu plaudern, die sich Fifi anschaute, einen weiblichen Pudel, der vor ungefähr zwei Monaten von einem Auto angefahren worden war. Sie war ein älterer Hund und ihre Heilung hatte gedauert, aber jetzt war sie wieder in Form und suchte nach einem festen Zuhause.

Nachdem ich dem Mann und der Frau den Weg ins Büro gewiesen hatte, führte Bucky mich zu meinem alten Jeep Cherokee. Wir schnallten zuerst ihn an, dann schloss ich den Sitzgurt über meinem Brustkorb. Ich schnüffelte in der Luft.

„Warum riecht mein Jeep wie ein Hund?" Ich

schaute Bucky an. Er schaute mich an. „Du brauchst ein Bad."

Er winselte ein wenig. Bucky hasste Wasser, aber liebte den Schnee. Der konnte überall auf ihm schmelzen und es war in Ordnung, aber wenn man die Wanne füllte, versteckte er sich hinter der Couch.

„In Ordnung, was möchtest du hören? Earth, Wind, & Fire oder Kool and the Gang?"

Er entschied sich für EW&F. Das konnte ich sehen. Hunde liebten diese Band genauso sehr, wie ich das tat.

Um diese Tageszeit war der Verkehr ruhig. Die Morgenpendler waren dort, wo sie sein mussten und Mittag war erst in zwei Stunden. Ich schaute auf mein Handy, fand nichts von meinen Großtanten, flüsterte ein Danke an den Großen Mann und drehte *The Best of Earth, Wind, and Fire* auf.

Nachdem ich jammend und singend in den nördlichen Teil der Stadt gefahren war, bog ich in den Parkplatz der East River Arena ein und parkte bei derselben Tür, die ich benutzt hatte, als ich das letzte Mal hier gewesen war. Es waren keine Leute zu sehen, nur Autos, einige davon ziemlich beeindruckend.

„Ich wette, der Jag da drüben riecht nicht nach Hund", meinte ich zu Bucky. Er nieste. „Oh, Hölle, *Shining Star.*"

Verdammt, aber ich liebte diesen Song. Ich drehte die Lautsprecher auf und begann, auf dem Sitz zu tanzen. Ich wäre ausgestiegen und hätte draußen getanzt, da ich ein ziemlich guter Tänzer war, aber auf dem Sitz zu tanzen und mitzusingen würde reichen müssen. Ich sang auch gerne. Pastor Bert in meiner

Kirche fand, dass ich eine gute Stimme hatte. Natürlich sagte er das zu jedem im Chor, aber ich hatte es verinnerlicht.

Ich schmetterte den Text, die Fenster heruntergekurbelt, genoss meine Stunde Freiheit vom Büro in vollen Zügen. Jemand schlug mir durch das offene Fenster auf den Arm. Es tat weh. Es tat wirklich weh. Ich schaute nach links und da stand der riesige Russe, den ich schon ein paar Mal getroffen hatte. Stan. Der Goalie der Railers. Er grinste breit.

„Ich mache auch Tanz! Wie Dick Clark!"

Ich starrte den Riesen an, der seinen Hintern auf dem Parkplatz schüttelte. Der Mann, der ihn begleitete, ein schlankerer Typ mit blonden Locken, kicherte, bat ihn aber nicht, aufzuhören.

„Ich mache Milchshake, den ich Männern in meinem Garten bringe!", brüllte Stan.

Der erwischte mich und ich lachte laut. Bucky bellte, spürte die glücklichen Schwingungen.

„Mann, du wirst ganz sicher alle möglichen Männer in deinem Garten haben", sagte ich zu Stan, nachdem ich aus meinem Jeep gestiegen war und Buckys Leine in der Hand hielt.

„Danke. Ich bin gut, den Geldmacher zu schütteln. Ist dieser Hund für uns?" Stan ging in die Hocke, um mit den Fingern über Buckys weichen Kopf zu streichen.

„Stan, wir können jetzt wirklich noch keinen Hund bekommen", bemerkte der Blonde.

„Oh, nun, nein, aber bald. Wir gewinnen Cup und

bekommen dann Hund. Großen. Wie dieser, aber hässlich, mit langen Zähnen."

„Ich bin mir nicht sicher, ob wir einen hässlichen Hund mit langen Zähnen finden können", gab ich zu.

„Ja, wir suchen nicht nach einem hässlichen Hund. Erik", sagte der Blonde und streckte seine Hand aus. Wir begrüßten uns, dann führte er Stan davon, seine Finger mit denen des großen Russen verflochten. Nun, oh. Schwule Menschen waren einfach *überall*. Ich erinnerte mich daran, davon gelesen zu haben, dass Tennant Rowe sich geoutet hatte, hatte aber nie etwas über den Goalie gehört. Ich war kein großer Railers Fan. Mein Herz gehörte dem Hockey-Team von Washington, da ich in D.C. geboren und aufgewachsen war und erst nach dem College hierhergezogen war, um ein Auge auf meine beiden alten Großtanten zu haben.

Tanten, die heute furchtbar still waren.

Ich schaute noch einmal auf mein Handy, sah nichts von der Polizei oder den Nachbarn und entschied mich, einen friedlichen und ruhigen Tag zu genießen.

„Hübscher Hund." Ich hielt bei der tiefen Stimme, die hinter mir erklang, im Spielereingang inne. Etwas an der Stimme dieses Mannes … das Timbre des Basses oder die Art, wie er redete. Ich war mir nicht sicher, was es war, aber das letzte Mal, als er mit mir geredet hatte, hatte mein Körper dieselbe Reaktion gezeigt. Ein Speer latenter Hitze tief in meinem Bauch, gefolgt von einem Schaudern eisiger Furcht.

„Danke." Ich wollte auf die Tür starren. Oder weglaufen. Ich konnte aber keines von beidem tun, darum drehte ich mich zu dem bärtigen Mann um. Jesus, er sah wild aus. Wie ein Wikinger mit stechenden Augen und einer Aura, die Berserker schrie. Er war größer als ich. Mindestens zehn Zentimeter und zudem wahrscheinlich dreißig Kilo schwerer. Er trug einen Anzug, wie Stan und Erik, aber seiner sah an seinem kräftigen Körper unglaublich gut aus. Dunkelblau mit einer silbernen Krawatte und einem weißen Hemd. Sein Bizeps dehnte das Material, das versuchte, seine Muskeln zu halten.

„Er heißt Bucky." Da, ich hatte mit dem Mann geredet, der mein Herz in meinem Brustkorb herumhüpfen ließ wie einen Frosch auf dem Highway.

„Wie Captain Americas Sidekick?" Er schaute auf mein abgetragenes T-Shirt, auf dem Caps Schild zu sehen war.

„Genauso."

Er machte einen weiteren Schritt, was ihn in meinen persönlichen Raum brachte. Sein Blick und meiner begegneten sich. Ich fuhr mir mit der Zunge über die Lippen und hob mein Kinn ein wenig an. Ich würde mich nicht von einem Hockey-Spieler einschüchtern lassen.

„Niedlicher Hund. Heißer Besitzer." Er warf mir einen langen, langsamen Blick zu, streichelte Bucky und trat um den auf den Mund gefallenen Mann herum, der versuchte, die Tatsache zu verdauen, dass Mr. Furcht gesagt hatte, er wäre heiß. „Kommst du rein oder bringst du deinem Hund bei, Türen mit der Kraft seiner Gedanken zu öffnen?"

„Ich bin hier, um Layton Foxx zu treffen."

„Ja? Nun, ich bin hier, um am Morgentraining teilzunehmen."

„Ich weiß, wer du bist. Max van Hellren. Du hast vor vier Jahren für Washington gespielt."

Er zog die Tür auf und richtete einen irgendwie gelangweilten Blick auf mich. „Ja, das war ich. Du magst Washington?"

„Team meiner Heimatstadt." Bucky bellte, um mich zu unterstützen. Max lächelte. All die Wildheit, die aus ihm heraustroff, löste sich auf, wenn er lächelte. Der Mann sah wirklich atemberaubend aus.

„Vielleicht kann ich deine Meinung ändern, für welches Team du jubeln sollst, Mr. Washington Fan."

„Ben. Mein Name ist Ben."

Er nickte einmal, seine Hand hielt immer noch die Tür auf. „Ben. Das gefällt mir. Passt zu dir. Also, kommst du rein oder werden wir hier vor Pete flirten?"

Ein Securitymann schaute um die Tür und zwinkerte mir zu. Ich wollte sterben. Auf der Stelle.

„Ich flirte nicht", schnappte ich. Ich marschierte um Max und Pete herum und machte mich auf die Suche nach Layton Foxx. Die heiße Entschlossenheit in meinem Brustkorb hielt mich davon ab, den Kopf zu drehen, um zu sehen, ob Max meinen Hintern anstarrte. Ich hoffte, dass er es tat, und betete, dass er es nicht tat.

ZWEI

Max

Ich folgte Groß, Dunkel und Atemberaubend ins Stadion, war irgendwie enttäuscht, als er sich nach links wandte, in Richtung der Büros und ich weiter in die Eingeweide des Stadions und zur Umkleide musste. Ich war nicht dumm. Da war ein Funke zwischen mir und Ben-dem-Washington-Fan und ihr wisst ja, Liebe ist Liebe und Sex ist Sex und von Letzterem wollte ich ganz sicher etwas mit ihm. Natürlich würde er seinen Hund vor der Tür lassen müssen, aber damit konnten wir arbeiten.

Aber das spielte keine Rolle. Das hier waren die Railers, das größte Regenbogenflaggen-Team der NHL, aber ich war niemand, der einfach herumlief und vor anderen Leuten, die mich dabei sehen konnten, mit Fremden flirtete. Ich musste einen Ruf als harter Hund aufrechterhalten und flirten war auf einhundert Arten weich und sexy und heiß.

„Ein Wort?", fragte Coach Madsen, als er aus den Schatten trat. Als ob er auf mich gewartet hatte.

„Ich bin nicht zu spät", sagte ich und schaute auf meine Uhr, nur um sicher zu sein. Sobald ich sah, dass ich sogar mindestens eine Stunde zu früh war, spürte ich, wie eine vertraute Furcht mich überkam und ich musste mich davon abhalten, eine Hand an meinen Kopf zu drücken.

Niemand weiß es. Niemand wird es je erfahren.

Coach Madsen, oder Mads, wie wir im Team ihn nannten, runzelte über meine übertriebene Reaktion die Stirn. „Nein, Mann, beruhig dich—ich bin kein Schuldirektor und du bist nicht zu spät. Ich wollte mit dir nur ein Video von dem Spiel vom Samstag durchgehen."

Erleichterung durchflutete mich so schnell, wie die Furcht es getan hatte und doch war ich erneut in der Position, so auszusehen, als ob nichts auf der Welt mir irgendwelche Sorgen machte. Ich würde nicht mehr allzu lange lügen müssen. Das hier war mein letztes Jahr im Hockey. Ich wusste es, Coach Madsen wusste es. Zur Hölle, die gesamte NHL war sich schmerzlich und lautstark bewusst, dass dieser Verteidiger, der jetzt über dreißig war, sein letztes Hurra in einem Expansionsteam erlebte.

Es war egal, dass die Railers es in die erste Runde für den Stanley Cup geschafft hatten, das funkelnde Ziel eines jeden Hockeyspielers. Ich war immer noch ein Mann auf seinem Weg nach draußen in einem Team, das immer noch nicht gezeigt hatte, wie weit es kommen konnte. Letztes Jahr hatten sie es so weit geschafft und waren dann rausgeflogen. Dieses Jahr hatten sie mich.

Oh, und den Wunderknaben Ten, dazu Toly, Dieter

und den armen Arvy, der mit kaputtem Knie zu Hause hockte und Stan im Netz und … ja, es war nicht nur ich, aber jeder, der sich meine Statistiken ansah, war in der Lage zu sehen, dass ich einen Unterschied machen konnte.

Wenn ich nicht zuvor auf dem Eis zusammenbreche und sterbe.

Wie melodramatisch.

„In Ordnung, Coach, das können wir machen. Willst du es nach dem Training anschauen?"

„Es war nur eine Sache—komm jetzt mit", sagte Mads und begann auf das Büro zuzugehen, das er sich mit dem Goalie-Coach teilte. Er erwartete von mir, dass ich folgte, und das tat ich. Ich respektierte Jared Madsen zutiefst. Er war ein solider Verteidiger, der mit einem Team, das ihn liebte, bis ganz nach oben hätte kommen können, wenn er nicht dieses Herzproblem gehabt hätte. Er hatte sich damals entschieden, aufzuhören, wollte mehr vom Leben als nur den Rausch des Spiels. Aber dann hatte er Ten gefunden, darum ging es ihm jetzt gut; er lebte seinen Traum durch seinen Geliebten und war der beste Verteidiger-Coach, für den ich je das Glück gehabt hatte zu spielen.

Warum sollte ich mit dem Spielen aufhören wollen, trotz meiner Probleme? Ich hatte niemanden, der die Lücke füllen konnte, die dadurch entstehen würde. Ich hatte Ruhm und Erfolg in meiner Zukunft und nichts würde mich aufhalten.

Auch wenn mir ein kurzer Boxenstopp mit einem starken, sexy, niedlichen Hundebesitzer, der mir aufgefallen war, nichts ausmachen würde.

Mads setzte sich an seinen Schreibtisch und drehte seinen Stuhl herum, drückte einen Knopf, um die Aufnahme zu starten.

„Das", sagte er und deutete auf den Bildschirm.

Es war ein weiteres Flyers-Spiel. Alles, was wir in den letzten Wochen gemacht hatten, seit wir unseren Platz in den Play-offs bekommen hatten, war, uns Aufnahmen von Spielen anzusehen. Wir hatten das Team aus Philly als Gegner zugelost bekommen und brauchten so viele Informationen, wie wir bekommen konnten, um unsere Spielpläne zu machen. Coach Benton fokussierte sich auf den Prozess, darauf, das Spiel zu spielen und sich um die Tricks des anderen Teams keinen Kopf zu machen. Sein Mantra war, dass wir richtig spielten und dadurch eine größere Chance hatten zu gewinnen.

Aber wir alle wollten diesen Vorteil. Die eine kleine Sache, die die Lampe aufblitzen ließ.

„Siehst du?" Mads deutete mit einem Laserpointer. „Siehst du, wie sie beim Rebound hier die Kontrolle verlieren? Wenn du da reinkommen könntest, könntest du ihn einsammeln und weiterleiten, ohne Ten aus den Augen zu verlieren."

„Spiel es noch einmal." Ich saß auf der Ecke seines Schreibtisches, stellte sicher, dass ich nicht mein gesamtes Gewicht darauf lehnte, für den Fall, dass das verdammte Ding zusammenbrach. Ich war keiner dieser Verteidiger, die flink waren und bei denen es nur darum ging, den Puck dem Angriff des anderen Teams abzuluchsen. Ich war der Arbeiter, das Schwergewicht, das keine Angst hatte, Schläge einzustecken und sie sofort zurückzugeben. Ich war ein Anstoßer, ein Verteidiger, der Mann, der ein schleppendes Spiel packen und dem Team den Antrieb geben konnte, sich zu wehren. Eine Erinnerung an die alten und schlimmen Tage des Hockeys, und jedes Team brauchte jemanden wie mich, wenn Generationen-Phänomene wie Ten für sie spielten.

Ich war gut in dem, was ich tat und das Problem dabei war, dass wenn man als Verteidiger wirklich gut in dem ist, was man tut, man gegen die besten Torjäger des Gegners eingesetzt wird. Verdammt, es war schwer, mit einigen von ihnen mitzuhalten. Wie zum Beispiel mit Ten, obwohl ich zu meinem Glück jetzt in seinem Team spielte.

Die Coaches hatten mich Ten zugeteilt, ich hielt ihm den Rücken frei und ich wusste, dass Jared mich dafür respektierte.

Ich lebte davon, von Respekt, der Held zu sein, das Brüllen der Menge zu hören und zu wissen, dass sie liebten, was ich für *ihr* Team machte.

Nur Gott wusste, was ich tun würde, wenn das vorbei war. Ich könnte kein Coach sein, nicht wie Mads. Ich würde immer auf dem Eis sein, mich durch ein weiteres Spiel kämpfen wollen.

„Also, was meinst du?", fragte Mads, als er es zum dritten Mal abspielte. Ich konnte sehen, was er mir da zeigte und ich musste damit aufhören, über den nächsten Teil meines armseligen Lebens nachzudenken und mich auf das Hier und Jetzt konzentrieren. Hier war das Stadion. Jetzt war das bevorstehende Spiel gegen die Flyers.

„Ich denke, sie sollten sich mit dem Orange zurückhalten", scherzte ich, bezog mich auf die Leuchtkraft der Ausrüstung der Flyers.

„Über das—"

„Ich weiß, was du meinst, ich kann es sehen, ich werde daran arbeiten." Und dann, weil es hier um Ten ging, auf den ich aufpassen würde, fügte ich an, was ich wusste, dass Mads hören wollte. „Ich schnappe mir den Puck, aber ich werde nicht zulassen, dass sie Ten erwischen."

„Darüber habe ich mir keine Sorgen gemacht", log er mir ins Gesicht.

„Natürlich nicht", log ich zurück.

So funktionierten wir.

ALS ICH DAS kleine Büro verließ, sah ich mich Stan gegenüber, der auf Händen und Knien war, in seiner vollen Goalie-Ausrüstung, den Hintern in der Luft, und den Hund streichelte, den Ben mitgebracht hatte. Kein Zeichen von Ben in diesem Moment.

Stan redete Russisch mit dem Hund, der sich auf den Rücken gerollt hatte, seinen Bauch zum Streicheln präsentierte. Ich verstand ein Wort, den Namen Noah, dann kamen eine Menge seltsam ausgesprochener Vokale und Konsonanten, die mir nichts sagten.

Ich hatte in meiner Zeit mit hundert Russen gespielt und sie alle hatten einen Platz in meinem Herzen, diese großen, starken Jungs mit der seltsamen Sprache, die überhaupt keinen Sinn ergab.

„Du magst?", fragte Stan und ich sah, dass er zu mir aufschaute, der große, liebenswerte Idiot.

„Hunde?", fragte ich und ging in die Hocke, um Bucky zu streicheln, wie ich gehört hatte, dass Ben ihn nannte. Er war weich und warm und erinnerte mich an den Hund, den wir gehabt hatten, als ich ein Kind war, einen Collie-Labrador-Mischling, der mir nie von der Seite gewichen war. Ich schäme mich nicht zuzugeben, dass ich tagelang geweint hatte, als Scooter mit elf Jahren gestorben war. Ich war bereits in der Auswahl, war für das AHL Team nominiert, das zu den Hawks gehörte, aber ich hatte wie ein Baby um den Hund geweint, der mir gehört hatte.

„Ich liebe Hunde", sagte ich einfach und klar.

„Ich stehle ihn", scherzte Stan. „Erzähl Erik nicht."

Ich stand auf und lächelte den Russen und den Hund, den er stehlen wollte, an. „Ich glaube, dazu hätte Ben etwas zu sagen."

Wenn man vom Teufel sprach, da war er, mit Layton Foxx an seiner Seite. Ich hatte wirklich noch nie zwei so gut aussehende Männer zusammen gesehen.

Ich muss wirklich jemanden finden, um dieses Jucken zu kratzen. Ich muss mich bald flachlegen lassen, bevor ich spontan explodiere.

„Da ist er ja", sagte Ben und griff nach der Leine. „Ich lasse ihn nur eine Sekunde aus den Augen …"

Stan sah so enttäuscht aus, dass Ben hier war, um den Hund mitzunehmen, es war komisch. Ich wollte nicht lachen, aber es passierte einfach.

Stan schnaubte und marschierte davon und so blieb

ich mit Ben, Layton und dem Hund in dem einsamen Flur zurück.

„Wir sehen uns wieder", sagte ich zu Ben, stöhnte dann innerlich. *Lahm*. Ich war so was von überhaupt nicht auf der Höhe.

Ich schob mich an Ben vorbei, was knapp war und verklagt mich doch, wenn ich ein wenig fester gegen seinen Arm drückte, als es nötig war. Er wich zurück, fiel beinahe über Bucky und ich packte ihn, um ihn davon abzuhalten, gegen Layton zu prallen. Nennt es Hockey-Instinkt oder nur das Bedürfnis, ihn zu berühren. Wer weiß, aber ich war da und ich hielt ihn, bis er mich abschüttelte. Er starrte mich wütend an, drehte mir dann nachdrücklich den Rücken zu.

„Das wäre dann das gesamte Team für den Kalender oder kann ich mir aussuchen, wen ich will?", fragte er Layton, während sie davongingen. Ich hörte meinen Namen und ein Kichern von Layton, ehe sie in Richtung Küche verschwanden.

„Vorsicht", rief jemand und ich duckte mich gerade noch rechtzeitig, um nicht einen Fußball gegen den Kopf zu bekommen. Ich schnappte mir den Ball und warf ihn zurück zu Westy und Mac.

„Dämliche Grünschnäbel", murmelte ich und drängte mich an ihnen vorbei, ignorierte ihr Gelächter ebenso wie ich das von Ben und Layton ignoriert hatte.

Niemand lachte über den großen bösen Verteidiger.

Und als ich zu Beginn des Trainings beide Grünschnäbel aufs Eis legte, fühlte ich mich bestätigt, als ich ihn ihren Augen sah, dass sie diese Lektion von mir gelernt hatten.

Wenn ich doch nur auch Ben auf den Boden unter mir bringen konnte, sich windend und mich verfluchend.

Das wäre eine Sehr Gute Sache.

Das Training war hart. Unser erstes Spiel in den Play-offs war auf dem Eis der Flyers, was ein Flugzeug bedeutete und Hotels und dass unser Tagesrhythmus durcheinandergebracht wurde. Mit all dem würden wir fertig werden. Am Ende ging es nur ums Hockey.

Ten drängte mich in die Ecke, so sehr man jemanden auf einer ovalen Eisfläche in die Ecke drängen konnte.

„Hat Mads dir die—"

„Ja."

„Und hast du—"

„Ja."

„Dann ist alles klar."

Wir stießen die Fäuste aneinander, weil wir uns einfach verstanden. Ich hatte viele Jungs gesehen, die aufgetaucht und als der nächste große Star bezeichnet worden waren, als sie noch feucht hinter den Ohren waren, aber Ten, er hatte Hockey-Intelligenz und Schnelligkeit und alle mochten ihn aufrichtig.

Nun, mit Ausnahme des Teils der Railers-Fans, die dachten, Ten würde dadurch definiert, was er mit seinem Schwanz machte. Idioten.

Ich hatte bereits etwas von den Beleidigungen gehört, die er von bestimmten Spielern in anderen Teams zu hören bekam, gerade genug, um zu wissen, welche Arschlöcher ich von ihren Kufen reißen und in die Bande befördern würde. Niemand sagte etwas laut genug, um erwischt zu werden, niemand redete deutlich, aber dennoch war es einfach, einen Kommentar über die sexuelle Orientierung eines Mannes abzugeben.

Ich zog es vor, meine Muskeln anstelle meines Hirns zu verwenden, wenn es darum ging, Dinge zu erledigen.

Das hieß jedoch nicht, dass ich kein Hirn hatte.

Nur, dass mein Gehirn dieses Ding in sich trug und es war nicht gut und ich wollte nicht einmal darüber nachdenken.

„Noch einmal", sagte Mads und ließ mich und James „Westy" Sato-West, einen Neuling aus den Minors, zwei gegen eins gegen Ten spielen. Der kleine Scheißer kam dennoch an uns vorbei, machte einen Slap Shot auf das Netz, den nicht einmal Stan halten konnte.

Ten jubelte ein wenig—das hatte er sich verdient— und dann blieb er Eis spritzend direkt neben mir stehen.

„Ich wünsche dir mehr Glück beim nächsten Mal", sagte er grinsend.

„Kleiner Scheißer", fluchte ich, lächelte aber dabei, denn verdammt, hier draußen fühlte ich mich lebendig.

Wir schlossen mit einer, wie ich es liebevoll nannte, Kreiszeit ab, wir alle um das innere Railers-Logo auf dem Eis versammelt, alle auf einem Knie, während wir uns Einschätzungen und Zeitpläne anhörten.

Wir würden übermorgen fliegen. Der Flug ging um fünf Uhr nachmittags. Das Hotel war für uns gebucht. Optionales Training im Stadion der Flyers am Morgen des Spiels. Uns wurde gesagt, dass wir morgen nicht aufs Eis sollten, unsere Zeit im Fitnessstudio verbringen, mit Therapeuten an jeglichen noch vorhandenen

Problemen arbeiten und dann bereit für den Flug sein sollten.

Einige der Jungs waren nach dem Ende einer schweren Saison angeschlagen und hatten einige Verletzungen. Wir alle brauchten liebevolle Pflege, aber ich wünschte mir, wir hätten morgen die Zeit auf dem Eis bekommen, früh, wenn das Eis neu war und ich vielleicht der Einzige darauf war.

Nur ich, das Eis und die hallenden Geister des Jubels aus dem letzten Spiel.

Ich war der Letzte, der das Eis verließ. Das war so ein Ding, das ich bei all meinen Teams laufen hatte. Es kümmerte mich nicht, wann ich auf das Eis ging und in welcher Reihenfolge, ich hatte da keinen Aberglauben, aber das Eis beim Training verlassen? Da ging es darum, dass ich der Letzte war.

Nur Gott wusste, warum. Vielleicht war es der Teil von mir, der sagte, dass wenn ich dasselbe Hemd am Spieltag trug oder eine bestimmte Krawatte zu einem Spiel gegen LA, wir dann gewinnen würden. Hockey-Aberglaube ist eine seltsame Sache.

Ich sah ihn, bevor er mich sah, oder zumindest starrte er in die andere Richtung, gestikulierte mit seinen Händen, während er mit Layton redete, der ihn angrinste, als ob Ben ihm den besten aller Witze erzählte.

Ich wollte zu ihnen gehen und sehen, ob sie noch immer über mich lachten, aber das tat ich nicht.

Jedenfalls am Anfang nicht. Erst als Layton an sein Handy ging und Ben sich selbst überließ, dachte ich darüber nach, ihn von der Herde zu trennen.

Ich nutzte meine besten Manöver, kam von seiner blinden Seite, stolperte beinahe über den Hund und glitt problemlos zwischen Ben und Layton, der ein wenig weiter wegging, um zu telefonieren.

Ich und Ben. Allein. Endlich.

„Wir sollten einen Kaffee trinken. Oder ein Bier. Oder uns ein Hotelzimmer nehmen", verkündete ich, denn zur Hölle, das Leben war zu kurz, um zu zögern. Ben konnte zustimmen oder mir ins Gesicht schlagen und ich würde mit beidem klarkommen.

„Du verstehst keine Hinweise, oder?", fragte er und schlang sich Buckys Leine um die Hand, bereit loszugehen.

„Du weißt, dass du mich heiß findest."

„Himmel, du bist ein arroganter Arsch—"

Ich beugte mich zu ihm. „Ich rede nicht um den heißen Brei herum. Du bist verdammt gut aussehend und ich will dich in den nächsten Tag ficken."

„Was, wenn ich derjenige sein möchte, der das Ficken erledigt?", schnappte er, wurde dann bleich, als ihm klar wurde, was er gesagt hatte.

Gott, ich war so hart, dass mein Tiefschutz meine Blutzirkulation abschnitt. Der Gedanke, dass dieser Mann loslegte und die Führung übernahm, war genau das, was ich liebte.

„Dafür könnte ich mich begeistern", flüsterte ich.

„Warum verarschst du mich so?", fragte er entsetzt und sah sich um. „Ist das eine Art kranker Witz? Ein Spiel?"

„Kein Witz und Ben, ich spiele keine Spielchen", gab ich zurück.

Etwas an diesen Worten musste bei ihm angekommen sein, weil er wie angewurzelt stehen blieb und da war etwas in seinem Gesichtsausdruck—eine Hoffnung, ein Sehnen—und es war dasselbe wie bei mir.

„Max—"

„Ich werde im Blue sein. Das ist eine Bar in—"

„Ich weiß, wo sie ist."

„Ich werde um acht dort sein. Deine Entscheidung."

Ich gab ihm keine Zeit zu diskutieren oder zu streiten. Das Angebot war da—wir trafen uns im Blue, wir tranken etwas, wir redeten, vielleicht hatten wir Sex an einer Wand. Wie es auch lief, ich hatte den Weg in den Verstand dieses wunderschönen Mannes gefunden. Ein einfaches Versprechen, dass ich keine Spielchen spielte.

„Warte", rief er mir nach, als ich in Richtung der Umkleide ging. Ich blieb nicht stehen. Ich hatte das Angebot gemacht und jetzt lag es an ihm, was als Nächstes passierte.

DREI

Ben

Längster. Tag. Aller. Zeiten.

Ich verbrachte Stunden damit, zu debattieren und zu jammern, überlegte hin und her, ob ich mich mit Max treffen sollte oder nicht. Ich hatte bis vier Uhr gebraucht, um mich selbst zu schlagen und die Entscheidung zu treffen. Ja. Ein Drink mit dem großen Mann, der mich ansah, als wäre ich ein Filet Mignon. Warum? Weil da eine Strömung war, scharf und heiß und es Jahre her war, seit ich diese Art Funken gespürt hatte.

Das Büro um sechs zu verlassen—eine Stunde nach Ende meiner „offiziellen" Arbeitszeit, die ich nie wirklich wahrnahm, denn ich war *Manager eines Tierheims* —fügte meiner Folter weitere sechzig Minuten hinzu.

„Was sage ich zu ihm, wenn ich da hingehe?"

Du sagst, dass du ihn ficken willst, bis er ohnmächtig wird. Dann fickst du ihn—oder lässt dich von ihm ficken—bis einer von euch beiden ohnmächtig wird. Dummkopf.

„Das war nicht wirklich eine Frage, auf die ich eine

Antwort wollte, Gehirn." Bucky warf mir einen Blick zu, als wir uns auf den Weg nach Allison Hill und den roten Ziegelreihenhäusern machten, die ich und meine beiden Großtanten unser Heim nannten. „Ich führe Selbstgespräche. Mach einfach mit deinem Kram weiter."

Der Malamute schaute mich wissend an und kehrte zu seiner vorherigen Beschäftigung zurück, nämlich seine Schnauze durch die fünfzehn Zentimeter breite Lücke im Fenster, durch die eine Hundenase genau passte, zu strecken, während hin und wieder Sabber von ihm wegflog und besagtes Fenster bedeckte und meinen Arm bespritzte.

Als ich an einer roten Ampel anhielt, warf ich einen Blick auf die Uhr am Radio. Viertel nach sechs. Warum war ich heute so auf die Zeit fixiert?

Du weißt warum.

„Schön, im Ernst, ich werde dir den Scheiß austreiben, Hirn!" Bucky rollte seine blauen Augen in meine Richtung, die Haare über seinen Augen zuckten in scheinbarer Erheiterung. „Es ist nicht lustig."

Nein, es war nicht lustig. Überhaupt nicht. Ich hatte mich wegen eines Mannes zum Deppen gemacht. Das war seit … Ewigkeiten nicht mehr passiert. Seit Liam.

„Also gut. Wir werden uns nur für ein paar Drinks treffen. Kein Ficken."

Bucky bellte aus dem Fenster.

„Nein, weißt du, Ficken ist für die namenlosen Männer. Max hat einen Namen. Na ja, schön, die anderen Männer hatten auch einen, aber sie haben mir nicht das Gefühl gegeben, als ob ich lebendige Goldfische verschluckt hätte, wenn ich an sie dachte."

Die Ampel sprang auf Grün, gerade als ich irgendein langsames Lied von Lionel Ritchie aufdrehte. Wir fuhren, während ich redete. Als ich aus diesem Konversationsnebel auftauchte, waren wir ungefähr vier Blocks von meiner Straße entfernt. Ich schüttelte die plötzliche Furcht ab, als mir klar wurde, dass ich zehn Minuten lang gefahren war, ohne einmal meine Umgebung wahrzunehmen. Ich würde wegen eines Mannes umkommen, der whiskeyfarbene Augen und eine Stimme wie eine Kettensäge im Leerlauf hatte.

Allison Hill war eine raue Gegend oder war es gewesen. Es gab immer noch ein paar gefährliche Ecken, aber da waren auch Teile, die gentrifiziert worden waren. Auf der südlichen Seite von Allison Hill standen verlassene Häuser, die mit Hausbesetzern gefüllt waren, viele Süchtige, die auf Betten aus leeren Spritzen und zerstörten Träumen schliefen.

Der schlimme Teil des Viertels war der Grund, warum ich hergezogen war, nachdem ich diesen tollen Abschluss in Verwaltung mit Tierwissenschaften als Nebenfach gemacht hatte. Meine beiden Großtanten väterlicherseits hatten seit ihrer Geburt hier gewohnt. Als das Verbrechen begann, die Nachbarschaft zu übernehmen, zogen sie nicht nach D. C., wie meine Eltern sie angefleht hatten, es zu tun, sondern gruben sich einfach wie Zecken ein und begannen, für die Menschen in dieser Gegend zu sprechen. Das hatte ihnen eine Menge Ärger vonseiten krimineller Elemente eingebracht, die nicht wollten, dass die Straßen gesäubert wurden. Auftritt Benton Worthington, hervorragender Neffe und Kautionszahler für zwei wilde Frauen, die zu Hause stricken und Cookies backen sollten, anstatt in ihren späten Siebzigern und frühen Achtzigern als Kriegerinnen für soziale Gerechtigkeit unterwegs zu sein.

Das Jobangebot von Crossroads war gekommen, bevor ich ganz eingezogen war, was ein Wunder gewesen war, aber man führte nicht Buch über jeden Segen. Man dankte nur Gott dafür.

Und das hatte ich, jeden Tag in den letzten Jahren. Mein Job, Liam, gute Gesundheit und ein ausgefülltes Leben waren in Reichweite gewesen. Das Leben war gut gewesen. So gut, dass ich schnell eine Beförderung bekommen hatte. Nur zwei Jahre, nachdem ich der Manager für das Tierheim geworden war, hatte der Besitzer, der alt und kränklich gewesen war, Liam und mir das Tierheim angeboten. Wir hatten geredet, Pläne geschmiedet, gebettelt und waren kurz davorgestanden, zu Dieben zu werden, um die Anzahlung leisten zu können. Legal gesehen war alles erledigt gewesen, nachdem die Besitzurkunde überschrieben war. In unseren Testamenten stand, dass, sollte einer von uns vor dem anderen sterben, das Tierheim an den noch lebenden Ehepartner gehen würde. Wir hatten nicht geahnt, dass einer von uns innerhalb weniger Jahre fort sein würde.

Als Liam gestorben war, war der sonnige Überzug aus meinem Leben verschwunden. Ebenso wie die Leidenschaft und die Gefühle und das heiße Lecken der Attraktion für einen anderen Mann. Alles weg. Bis ich in

Max van Hellrens Augen geblickt und dort Feuer und Leben gesehen hatte.

Bucky wimmerte und ich starrte unser Haus an, während ich daran vorbeifuhr.

„Scheiße. *Sag* mir das nächste Mal, dass ich an unserem Haus vorbeigefahren bin, bevor ich daran vorbeifahre. Tut mir leid, nicht deine Schuld. Mein Fehler."

Buckys Schwanz klopfte auf den Sitz. Ich fuhr um den Block, parkte auf meinem designierten Platz vor den Reihenhäusern und schnallte meinen Hund ab. Er sprang aus dem Jeep und trottete zur Nummer 20, wusste, dass wir nach den alten Mädels sehen würden, bevor wir in unser eigenes kleines Haus gingen.

Meine Tanten waren in der Küche, am Tisch, wo es nach Kaffee und Rebellion roch.

„Wogegen protestieren wir diese Woche?", fragte ich, gab jeder der kleinen Frauen einen Kuss auf die ledrige Wange. Beide waren grau, hatten Falten und waren gertenschlank. Keine von ihnen hatte je geheiratet und sie hatten auch keine Kinder.

„Unfaire Gehälter", erklärte Tante Carol—mit siebenundsiebzig die Jüngste—während ihr Pinsel selbstbewusst über die noch leere Oberfläche eines Protestschildes glitt.

„Dieser Arsch Senator Rudy will gegen eine Anhebung des Mindestlohns stimmen. Wissen diese reichen Politiker nicht, dass ein höherer Mindestlohn bedeutet, dass arme Leute mehr Waren kaufen können, was kleinen Geschäften helfen und die Kriminalität senken wird, weil zu stehlen und Leute auszurauben nicht nötig ist, wenn man ein vernünftiges Einkommen hat?" Tante Glenna—mit einundachtzig die Ältere—wedelte mit einer Hand in Richtung der Mikrowelle. „Da steht ein Teller mit Kotelett und überbackenen Kartoffeln für dich."

„Danke, aber ich habe in der Arbeit gegessen." Das war eine Lüge—ich hatte seit dem Frühstück nichts mehr gegessen. Mein Magen war zu verknotet, um zu essen. Ich warf einen kurzen Blick auf die Uhr an der Wand. Zehn nach sieben. Ich musste mich beeilen, sonst riskierte ich, zu spät zu kommen.

„Wenn du am Samstag Zeit hast, dann marschier mit uns", sagte Carol, die Zunge zwischen den Zähnen, während sie einen Slogan auf ihr Schild malte. Ich begann, mich langsam in Richtung Hintertür zu schleichen.

„Ja, komm mit uns, wenn wir es dem Mann zeigen", warf Glenna ein, tackerte dann ein Poster auf ein Holzbrett.

„Ich bin mir ziemlich sicher, dass niemand mehr ‚der Mann' sagt", kommentierte ich. Mein Blick wanderte wieder zur Uhr. „Und wenn ich gehe und verhaftet werde, wer wird euch dann auslösen?"

„Das ist ein gutes Argument", meinte Carol, malte weiter.

„Alles in Ordnung, Baby? Du siehst seltsam aus." Glenna streckte die Hand aus, um meine zu nehmen.

Ich schenkte ihr ein wackeliges Lächeln. „Nur niedriger Blutzucker."

Sie beide hörten auf, ihre Schilder zu basteln, und

warfen mir diesen Blick zu. Der, der mit Frustration angereichert war.

„Benton, Baby, bist du wieder zu schnell gelaufen?" Carol sah mich durch ihre mit Farbe verschmierte Brille an. „Du weißt, dass das ganze Joggen im Sommer dich ohnmächtig werden lässt."

„Einmal. Das ist einmal passiert." Ich hielt einen Finger in die Höhe, glitt dann in Richtung Tür. Bucky wartete, die Nase flach gegen die Scheibe in der Tür gedrückt. „Und das war nur, weil ich nicht genügend getrunken habe. Ich muss laufen, um in Form zu bleiben. Wegen meines Jobs bin ich ständig hinter einem Schreibtisch, darum …" Ich seufzte. Ich gab auf. Wir hatten schon tausend Mal mein Bedürfnis zu joggen besprochen. Manche Meinungen konnte man nicht ändern.

Die beiden alten Frauen warfen mir säuerliche Blicke zu.

„Ich muss heute Abend ausgehen. Könnt ihr in zwei Stunden nach Bucky sehen und ihn rauslassen? Danke. Gute Nacht!"

Ich rannte nach draußen, stolperte über den Hund und landete beinahe auf meiner Nase.

„Wohin gehst du, Benton?"

„Ist es ein Date?"

Gütiger Gott, rette mich vor alten Frauen. „Nur ein Treffen. Es geht um Hundetransportboxen."

Ich packte Buckys Leine und beeilte mich, zum Nachbarhaus zu kommen.

Mein kleines Haus war stickig. Bucky aß sein Abendessen, rollte sich dann auf dem Bett zusammen,

um ein Nickerchen zu halten, während ich die Fenster
öffnete, duschte, mich rasierte und versuchte, Kleidung
zu finden, die sagte, dass ich vielleicht interessiert, aber
nicht blind vor Lust war.

„Also Kleidung, die lügt", sagte ich zu meinem
Abbild im Spiegel, der auf der Rückseite der
Wandschranktür hing. Ich entschied mich für ein
kurzärmeliges Baumwollhemd, ein weiches Blau, das,
wie Liam gesagt hatte, meine Farbe war. Dann Jeans,
sauber, aber nicht gebügelt und Loafer. Vielleicht eine
Uhr? Ich riss die Schublade mit meiner Unterwäsche
auf und da war es. Das kleine, weiche Rechteck aus
Samt, in das ich erst vor zwei Monaten meinen Ehering
gewickelt hatte.

Mit einem Mal fühlte ich mich wie ein Verräter. Ich
setzte mich neben Bucky auf das Bett, öffnete vorsichtig
das gefaltete Tuch. Der dünne Goldring blinkte mich in
der späten Sonne an. Ich streifte ihn über, schloss meine
Augen, als Erinnerungen mich überwältigten. Der Tag,
als Liam mir einen Antrag gemacht hatte, gleich
nachdem wir unseren Abschluss am College gemacht
hatten, unsere hektischen Pläne, nach Kanada zu
fahren, um zu heiraten, und die reine Freude des Tages,
an dem wir die Ringe und unsere Schwüre ausgetauscht
hatten.

Ich rieb meinen Finger über den glatten Ring aus
Gold, konnte sehen, wie Liams Bruder Rolf in den
kleinen Saal stürmte, den wir bei unserer Rückkehr in
die Staaten gemietet hatten, um zu feiern. Rolf, der
abfällig grinsende, hasserfüllte Eiferer, der sich nie
entscheiden konnte, was ihn kränker machte: Dass sein

Bruder eine *Schwuchtel* heiratete oder dass sein Bruder, in seinen Worten, eine *schwarze* Schwuchtel heiratete. Nur, dass er nicht das Wort schwarz benutzte, sondern es liebte, mit den abfälligsten Begriffen um sich zu werfen, die ihm einfielen, um meine Hautfarbe zu beschreiben. Es war egal, dass Liam ebenfalls schwul war. Es war alles meine Schuld. Ich hatte seinen kleinen Bruder vom rechten Weg abgebracht.

„Der Mann war ein absoluter Vollidiot", erklärte ich Bucky. Mein Hund rollte sich auf seinen Rücken, darum rieb ich für einen Moment seinen Bauch. Ließ die Erinnerungen ein wenig verblassen. Der Hund nickte ein und ich warf einen Blick auf die Uhr neben meinem Bett.

„Scheiße." Ich eilte aus dem Schlafzimmer, schnappte meine Geldbörse und meine Schlüssel vom Seitentisch an der Tür, verließ das Haus, nachdem ich Bucky versprochen hatte, dass ich in ein paar Stunden wieder zu Hause sein würde.

Ich fuhr beinahe dreißig Minuten später auf den Parkplatz des Blue in der Cameron Street. Zu parken war mühevoll, aber ich fand schließlich eine Stelle hinter dem Gebäude. Ich atmete tief ein, atmete aus und ließ mich von den lieblichen Klängen von The Miracles beruhigen.

„In Ordnung. Drinks mit einem sexy Mann. Du kannst das, Benton."

In dem Moment, als ich die Bar betrat, konnte ich diese Raubtieraugen auf mir spüren. Es war, als ob Pumas ein neugeborenes Lamm entdeckt hätten, das über die Weide hüpfte.

Max sah zu, wie ich zu ihm ging, nippte an einem Glas, in dem sich etwas Bernsteinfarbenes befand. Die Tische waren voll, genau wie die Nischen an der Wand, wo Max die letzte neben der Jukebox ergattert hatte.

„Ich dachte, du würdest die Sache abblasen", sagte Max, als ich mich ihm gegenüber in die breite Nische setzte.

„Ich musste lang arbeiten."

Er winkte dem Bartender zu, während er trank. Seine Zunge kam hervor, um einen kleinen Tropfen Flüssigkeit zu erwischen. Der Anblick traf mich direkt im Gemächt, wurde zu heißen Fingern der Lust.

„Whiskey und Wasser", erklärte ich dem Bartender. Max sah zufrieden über meine Getränkewahl aus.

„Bin froh, dass du gekommen bist", sagte er, sein Blick wanderte über mich, gleichzeitig erschien ein Lächeln auf seinen Lippen, zog die Mundwinkel nach oben, verblasste dann. „Du hast also nach heute Morgen geheiratet?"

Meine Brauen zogen sich zusammen, dann erinnerte ich mich an den Ring an meinem Finger. „Oh, uh, nein. Ich habe ihn nur anprobiert und vergessen, ihn wieder abzunehmen."

„Dann hast du also vor zu heiraten?" Sein Verhalten kam mir jetzt kühl vor.

„Nein, ich *war* verheiratet. Er ist gestorben. Ich habe mich …" Ich lehnte mich zurück, damit der Bartender meinen Drink vor mir abstellen konnte. Ich bezahlte und er ging wieder. „Ich bin mir nicht sicher, was ich gefühlt habe."

„Mein Beileid." Er klang aufrichtig. Ich nickte, nahm

meinen Drink und begegnete seinem Blick. „Bist du sicher, dass du das willst?"

Ich leerte mein Glas. „Ich dachte mir, wir könnten vielleicht reden. Einander kennenlernen."

„Wenn es das ist, was du wirklich willst? Ich will damit sagen, wenn du deswegen hergekommen bist, dann würde ich gerne plaudern, aber was ich zwischen uns kochen fühle, hat nicht viel mit Reden zu tun."

Ein Schauder von Begehren kroch über mein Fleisch. Er hatte recht. Er irrte sich. Er war zu verdammt maskulin, um real zu sein.

Ich glitt aus der langen Bank, mein Blick fest auf seinen gerichtet. Er folgte mir aus der Tür, keiner von uns sagte etwas, bis wir neben meinem Cherokee standen. Dann drehte ich mich zu ihm um.

„Ich dachte, wir könnten uns vielleicht hier draußen unterhalten. Weißt du, da ist dieser Funke …"

Er griff nach mir, seine riesige Hand legte sich um meinen Nacken. Der Kuss war rau, hungrig, wild. Irgendwie so, wie er Hockey spielte. Er stahl mir den Atem und meine Vernunft ebenfalls, wie es schien, weil wir es irgendwie schafften, als Zungen tanzten und Zähne kratzten, in mein Auto zu fallen. Auf gar keinen Fall hatten wir genügend Platz. Wir befanden uns hinter einer verdammten Bar. Leute konnten herauskommen und uns sehen. Das hielt uns nicht auf. Ich nahm an, keiner von uns hatte noch viel klaren Verstand übrig.

„Schließ die Tür", keuchte ich, als wir uns in der verrückten Eile, einander zu berühren, trennten. Er tat es, zum Glück klemmte er niemandes Bein ein. Max war unter mir, seine Hände an meinem Hemd, schoben es nach oben, um meinen Brustkorb zu entblößen. Als sein Mund sich über meinen linken Nippel legte, fand ich den Hebel und der Sitz schlug zurück, so weit es ging.

„Du schmeckst wie reine Sünde", murmelte er, zog dann laut an meinem Nippel. Mein Rückgrat spannte sich an. Ich ließ meine Hüften kreisen, nachdem meine Beine einen Platz an seinen Seiten gefunden hatten. Steifer Schwanz bewegte sich über steifen Schwanz. Er atmete ein, wirbelte kühlere Luft über meinen bereits empfindlichen Nippel. „Dreh dich um."

„Nein. Was? Oh, Scheiße." Er schubste mich rau. Unsere Beine waren viel zu lang für diesen Scheiß, aber wir schafften es, uns zu entknoten. Ich beugte mich vor, um an seinem Mund zu saugen, ehe ich mich nach vorne drehte. Er war heißer Single Malt Whiskey auf meiner Zunge. Sein dichter Bart kratzte mein Gesicht. Küssen. Das hatte ich nicht mehr getan, seit Liam gestorben war. Die Aufrisse? Nein, keine Küsse für sie. Das machte die Dinge zu persönlich, nahm ich an. Ich hatte den Geschmack und den Druck des Mundes eines Mannes auf meinem vermisst.

Er war drängend, aber zärtlich, wenn das Sinn ergibt. Er schubste und zog, darauf aus, mich so zu platzieren, wie er mich haben wollte, gab mir aber nie das Gefühl, eingesperrt zu sein. „Zieh die runter."

Die Hände auf meinen Hüften, riss er meine Hose nach unten und meine beste Unterwäsche gleich mit. Gütiger Gott, es wurde stickig in diesem Auto. Seine Hände wanderten über meinen Hintern, liebkosten die festen Hälften, seine Haut voller Hornhaut und kratzig. Perfekt.

„Brauche ein Kondom." Er hob sich an, als ob er in eine Gesäßtasche greifen würde.

Ich zuckte und zog, bis ich ein Bein frei hatte, dann streckte ich mich nach oben, die Arme über der Konsole, der Hintern offen und begierig. Zu hören, wie er das Kondom aufriss, dann in seine Hand spuckte, brachte mich zum Wimmern.

„Ja … Höllenfeuer, ja", stöhnte ich, meine Finger krallten sich in die Konsole, während er mich nach hinten in Position zog. Er spuckte erneut. Meine Augen verdrehten sich. Schweiß sammelte sich auf meiner Braue und meiner Oberlippe.

„Setz dich auf mich, Ben. Langsam. Fuck. Oh, verdammt, du solltest das sehen …"

Es brauchte all meine Selbstbeherrschung, nicht angesichts der reinen Freude, dass der fette Schwanz eines Mannes in mich eindrang, ohnmächtig zu werden.

„Dein Hintern ist perfekt. Ja, gut, setz dich jetzt. Langsam, langsam. So heiß." Er stieß nach oben, rammte seinen Schwanz so tief in mich, dass ich jaulte, dann stöhnte. „Reit mich. Hart. Ja, guter Mann. Verdammt, ja. Guter Mann."

Seine Finger bissen in meine Hüften. Wir fickten wie wilde Tiere, mein Brustkorb knallte gegen die Konsole, jedes Mal, wenn er in mich stieß, sein Knie schlug jedes Mal gegen die Tür, wenn ich mich fallen ließ, um mich aufzuspießen. Wir legten ein paar Pausen ein, damit er in seine Hand spucken und den Speichel auf seinem Schwanz verteilen konnte, dann war ich wieder auf ihm, begierig darauf, die Dehnung und das Brennen zu spüren.

„Bist du nah dran?"

„Ja", schnaufte ich, während ich meinen Hintern kreisen ließ, sein Schwanz tief in mir vergraben. Max gab diesen gutturalen Laut von sich, jedes Mal, wenn ich das machte. Ich auch.

Er schlang einen verschwitzten Arm um mich, hob mich hoch. Mein Kopf schlug gegen das Dach, dann wölbte ich mich nach hinten, um auf ihm zu liegen, die Arme über dem Kopf verschränkt, die Hände gegen den Stoff am Dach gedrückt.

„Sitz einfach da und beweg weiter deine Hüften." Seine Stimme war jetzt noch kratziger. Er umschloss meinen Schwanz. „Verdammt, aber du bist köstlich", murmelte er in meine Haut, als er Liebestropfen auf meiner Eichel verteilte. „Komm jetzt für mich. Sitz still. Komm für mich und ich lasse mich von deinem süßen Hintern, der an mir saugt und mich packt, über den Rand ziehen. Tu es. Lass los, Ben. Ja, gut so, Baby. Verdammt, ja. Scheiße. Ah, Scheiße."

Der Orgasmus kam schnell. Ich spritzte heiß und wild ab, erstickte Laute, die kaum menschlich waren, quollen aus mir heraus. Er hielt mich mit seiner linken Hand fest an sich gedrückt, sein Griff war ein wenig schmerzlich, was die Erlösung so viel besser machte.

Seine Zähne fanden meinen Nacken und er saugte sich fest, als er kam. Mich windend, glitschig von Schweiß und mit meiner eigenen Wichse bedeckt, drückte ich fest zu, packte innerlich seinen zuckenden Schwanz, molk ihn hungrig.

„Ah, Hölle", keuchte ich, fertig und mit Schweiß

und Samen getränkt, meine Muskeln zogen sich immer wieder zusammen.

„Verdammt wunderschöner Mann", knurrte Max neben meinem Ohr, als das Paarungsfieber nachließ.

Da saß ich—lag ich, wie auch immer—mein Rücken an seinem Brustkorb, sein Schwanz so tief in mir, dass tief einzuatmen schwierig war, die Augen geschlossen, absolut selig.

„Ich glaube, ich bin auf der Konsole gekommen", platzte ich schließlich heraus. Max kicherte. Es war ein schmutziges kleines Lachen, das mich zum Lächeln brachte. Verdammt, aber das war fantastisch gewesen. Schmutzig. Schmutzig. Oh verdammt. So schmutzig und schwitzig und rau, genau wie Sex sein sollte. „Wir haben nicht über unseren Status gesprochen."

Das durchschnitt das rosige Nachglühen. Max murmelte etwas an meiner Schulter, leckte einen heißen Pfad an meinem verschwitzten Hals nach oben, hob mich dann von seinem Schoß.

„Tut mir leid, ja, es wurde irgendwie dumm."

Ich fiel auf den Fahrersitz, meine Hose baumelte von einem Bein, mein Hintern hing über der Mittelkonsole. Ich verspannte mich für einen Moment, als ich spürte, wie seine Finger meine Poritze nach unten glitten. Er rieb mein Loch mit zwei fetten Fingern, arbeitete sie in mich hinein. Ich schauderte und spießte mich auf diese Glieder, bettelte um mehr von ihm in mir. Finger, Schwanz, Zunge—spielte keine Rolle. Solange er wieder in mich eindrang.

„Ich bin negativ. Immer vorsichtig", sagte er.

„Mm, mmm." Ich konnte nicht reden, während er mich so zärtlich fingerte.

„Gefällt dir das?"

„Ja, sehr. Ich auch. Negativ. Nimm noch einen Finger."

Ich bekam wieder dieses raue Lachen, dann zog er sie traurigerweise heraus und versetzte meinem Hintern einen liebevollen kleinen Schlag.

„Lass uns irgendwohin gehen, wo wir unter uns sind. Mit Luft."

„Luft kann ich besorgen." Ich wand mich auf den Sitz, rollte in seiner Richtung, bis ich meine Hose über meinem Hintern hatte und aufrecht hinter dem Lenkrad saß. Max beugte sich über die Mittelkonsole und küsste mich, seine Hand fand meinen Schwanz, der immer noch an der Luft war. „Brauche Schlüssel."

„Ich wohne in der Nähe. Ich habe Sachen. Gleitgel. Kondome. Spielzeug. Alles gut. Brauche nur mehr von dir."

„Wo sind meine Schlüssel?!" Ich suchte in meinen Vordertaschen. Mein Handy fiel zu Boden und begann zu klingeln. „Oh Mann, nein …" Ich stöhnte, als der vertraute Klingelton eines meiner Freunde—einem ehrenwerten Mitglied der Harrisburg Polizei—das Auto füllte. „Da muss ich ran."

„In Ordnung, mach." Er ließ sich auf seinem Sitz zurückfallen, seine Hand umfasste immer noch meinen Schwanz.

Ich hielt mir das Handy ans Ohr. „Dwayne, wenn meine Tanten in einer Zelle sitzen, sag ihnen, dass ich in einer Stunde da bin."

„Mach drei draus", sagte Max, seine Hand streichelte immer noch meinen Schwanz zurück in die Härte.

„Drei Stunden. Sag ihnen, ich bin in drei—"

„Ben, es geht nicht um deine Tanten. Es geht um das Tierheim. Es wurde verwüstet. Das Glas der Eingangstür ist eingeschlagen. Jemand, der vorbeigegangen ist, hat es gesehen und zur selben Zeit gemeldet, als der Alarm der Sicherheitsanlage durchgeklingelt hat. Wir brauchen dich hier, damit du uns sagen kannst, ob etwas gestohlen wurde."

„Verdammt!" Ich warf Max einen Blick zu, der entschied, dass die Dinge nicht so liefen, wie wir es uns gewünscht hätten und darum meinen Schwanz losließ. „In Ordnung, bin in dreißig Minuten da. Danke, Dwayne."

„Jederzeit, Mann."

Ich legte dem Polizisten auf, der zwei meiner älteren Hunde für seine Kinder adoptiert hatte.

„Ärger?"

Die Schlüssel jetzt in der Hand, warf ich den Motor des Jeeps an, begierig auf die Brise abgestandener, aber kühler Luft.

„Probleme mit dem Tierheim. Vandalismus. Ich muss los." Ich schaute nach rechts, war mir sicher, dass er wütend sein würde, aber er schien ruhig zu sein. Verschwitzt, sein großer, weicher Schwanz immer noch außerhalb der Hose, aber ruhig.

„Willst du das wiederholen?", fragte er.

„Können wir es nächstes Mal bis zu einem Bett schaffen?"

„Ja, das können wir."

Wir packten ein und zogen Reißverschlüsse zu und dann griff ich nach ihm. Mein Mund nahm seinen und er reagierte mit Leidenschaft. Als wir uns trennten, brannte sein Blick erneut.

„Gib mir dein Handy."

Ich widersprach nicht und schaute zu, wie er ein paar Zahlen eintippte, ein Selfie als Kontaktbild machte, sich eine Nachricht schickte und es mir zurückreichte.

„Jetzt haben wir unsere Nummern. Ich rufe an, wenn wir aus Philly zurück sind, schöner Mann." Er tätschelte mein Gesicht, sanft, dann stieg er aus dem Jeep aus, schloss die Tür und verschwand.

„Heilige Scheiße", flüsterte ich, nahm mir nur einen Moment Zeit, um an einem Gesicht zu arbeiten, das den Polizisten nicht zeigen würde, dass ich gerade auf einem Parkplatz ordentlich durchgefickt worden war. Ich brauchte mehr Kühlung. Auf der Stelle.

VIER

Max
___

Coach Benson bewegte sich nicht. Er ging nicht in der Umkleide auf und ab wie mein letzter Head Coach. Er fluchte nicht einmal vor uns, wie es der davor getan hatte. Nach zwölf Jahren in der Liga und sieben verschiedenen Teams, hatte ich Coaches auf- und abgehen, schreien, Dinge werfen und sogar weinen sehen. Aber Coach Benson war etwas ganz Neues.

„Wir haben also verloren", fasste er zusammen, leise, kontrolliert, seine Hände lose an seinen Seiten.

Ja. Stimmt genau, wir haben, verdammt noch mal, verloren.

Es hatte drei zu drei gestanden, dann hatten die Flyers nach dreiundzwanzig Sekunden Overtime einen an uns vorbeigebracht. Ich war auf dem verdammten Eis gewesen. Ich war es, an dem sie dieses Tor vorbeigeschossen hatten.

Jetzt würde Coach durchdrehen und ich warf einen Blick auf Mads, den Coach der Verteidiger, der dastand, die Arme vor dem Brustkorb verschränkt, nur zusah. Ich konnte ihn auch nicht einschätzen. Ich hätte gedacht, dass er Ten trösten würde, der an seinem Spind zusammengesunken war und so aussah, als ob jemand all sein Spielzeug gestohlen und es dann vor seinen Augen verbrannt hätte.

„Das ist das erste Spiel", fuhr Coach fort. „Wir sind in zwei Tagen wieder hier und wir können gewinnen. Wir haben heute Abend gut gespielt. Ich habe da draußen viele kluge Manöver gesehen."

Und dann ging er und Mads folgte ihm, genau wie die anderen Assistenten und Julio, der Ausrüstungsmann, der einen Blick mit mir tauschte, als er nach draußen ging.

Ich hatte gestern im Flug Zeit damit verbracht, mit Julio zu reden. Nach all der Zeit in der NHL, mit meiner Erfahrung in verschiedenen Teams, wusste ich, dass die erste Person, mit der man sich anfreundete, der Mann war, der sich um die Ausrüstung kümmerte. Man brachte Kaffee, hinterließ Gebäck und kleine Geschenke auf dem Altar der Kufenschleifmaschine und sie respektierten, dass man sie respektierte.

Julio würde dieses Jahr in Rente gehen. Er hatte genauso viel gesehen wie ich, aber er war Mitte sechzig und grau. Ich war erst dreißig, dennoch war die Rente nur den Rest der Saison entfernt.

Wenn ich es so weit schaffte.

Unser Kapitän stand auf. Connor war nicht nur ein brillanter Spieler, sondern hatte auch diese Art an sich, die ihm Respekt einbrachte. Er ließ sich nicht verarschen und er würde uns nicht aus diesem Raum lassen, bis wir nicht alles besprochen hatten.

„Das war Pech", sagte er und alle nickten. Wir alle

wussten, dass wir gut gespielt hatten und abgesehen von einem Zufallsabpraller, hätten wir uns über das Eis zurück zu ihrem Tor kämpfen können und dann wären vielleicht wir die Sieger gewesen. Sein Blick landete auf mir, dann auf meinem Verteidigungspartner, Westy. „Das war nicht eure Schuld", sagte er. Dann schaute er nacheinander Ten, Ads und Larson durchdringend an. „Oder eure. Nur weil das Tor während eurer Schicht gefallen ist, heißt das nicht, dass ihr diesen Scheiß auf euch nehmen müsst."

Ten nickte und ich nickte ebenfalls.

„Jetzt lasst uns zurück ins Hotel fahren, etwas essen und schlafen und morgen sind wir wieder hier zum Trainieren."

Aus dem Augenwinkel sah ich, wie Dieter seine Hand hob, als ob er in der Schule wäre. Ich hörte ein paar Leute bei dieser Bewegung stöhnen.

„Lola ist mit Trent hier."

„Du machst wohl Witze", sagte Ten mit einem übertriebenen Stöhnen am Ende. „Nicht Lola. Das letzte Mal, als sie sich zu uns gesetzt hat, konnte ich meine Backe da, wo sie sie gekniffen hat, eine Woche lang nicht mehr spüren. Und ich meine nicht die Backe in meinem Gesicht."

Alle anderen lachten. Das war eindeutig eine Art Running Gag, bei dem ich nicht dabei gewesen war—bevor ich eingekauft wurde.

„Ich kann nichts dafür", verteidigte Dieter sich und sah beleidigt aus. „Sie gehört zum Paket."

„Wer ist das?", fragte ich Westy.

„Trents Großmutter. Sie ist mit Trent für das Spiel hergekommen."

„Warum ist das ein Problem?"

Westy warf mir einen Blick von der Seite zu. „Du wirst sehen."

Wir duschten, zogen uns um und waren in kürzester Zeit wieder im Bus. Zum Hotel zu fahren, dauerte ungefähr fünfzehn Minuten und es war wirklich atemberaubend. Ganz polierter Marmor und Glas, war es Lichtjahre von einigen der Absteigen entfernt, in denen ich schon geschlafen hatte. Das bekam man wohl, wenn man um den Stanley Cup spielte.

Die Manager scheuchten uns zu einem privaten Raum, schlossen die Tür und wir setzten uns. Ich bemerkte, dass die Verteidiger zusammensaßen, auch die Stürmer und dann die beiden Goalies—Stan und sein Ersatzmann, der am Ende der Saison weiterziehen würde, wenn man den Gerüchten glauben wollte— hatten einen Tisch ganz für sich.

Wir bestellten unser Essen, die Tür öffnete sich und ich erwartete etwas ganz anderes, als was kam. Eine kleine Frau undefinierten Alters, die sich am Arm eines dünnen Typen festhielt, betrat den Raum. Gekleidet von Kopf bis Fuß in Orange—Flyers Orange—war sie in dem Meer aus Männern in Anzügen so verdammt leuchtend.

„Wir gewinnen!", lachte sie und breitete ihre Arme weit aus. Ich sah, wie der dünne Typ zur Seite schlich, erkannte dann, wer es war. Der Eiskunstläufer, Trent Hanson, der, der letzten Sommer die Reality Show mit den Railers gedreht hatte. Er begab sich zu dem Tisch, an dem Dieter ihm einen Stuhl herauszog.

Gut, die Großmutter von Dieters festem Freund war also ein Flyers Fan.

Bedauerlich.

„Ihr alle Müll", fügte sie hinzu und suchte nach einem Sitzplatz. Ich sah, wie jeder einzelne der Männer auf seinem Stuhl zusammensank, aber sie hatten Glück —sie hatten keinen Platz. Unser Tisch schon und ich hörte, wie Westy neben mir fluchte.

Strahlend Orange Frau kam zu unserem Tisch und setzte sich mir gegenüber hin. Ich hatte meine Saison als Flyer gespielt, hatte das Orange getragen und sie gab mir ihr bestes Starren.

„Lola", verkündete sie. Ich nahm an, das war ihr Name. „Du hättest die Flyers nie verlassen sollen."

Es war nicht so, dass ich eine große Wahl gehabt hatte. Ich war ein Springer, der in das Team geschickt wurde, das gerade einen Arbeiter wie mich brauchte.

„Mir gefällt es hier", sagte ich abwehrend.

Sie schnaubte und ihre Augen wurden schmal. „Du bist gefährlich für meine Flyers."

Dem würde ich nicht widersprechen. Ich kannte meinen Wert.

Dann hielt sie Hof. Sie war unglaublich rechthaberisch, verkündete sehr laut ihre Abneigung gegen die Railers und ich liebte sie. Sie war so verdammt lustig und am Ende des Abends hatten wir die Köpfe zusammengesteckt und redeten über die glorreichen Tage des Hockeys, von denen sie viel mehr gesehen hatte als ich. Ich liebte Hockey. Ich konnte

Statistiken zitieren, kannte die Team Logos, konnte mich an dieses eine Mal erinnern, als Mario etwas mit Wayne gemacht hatte oder Clarek Favell mit einem Deke überlistet hatte. Ich war eine wandelnde Enzyklopädie nutzlosen Wissens über Hockey.

Auf halbem Weg durch eine Tirade von Lola darüber, dass Ten zu schnell war und dass das den anderen Teams gegenüber einfach nicht fair war, traf es mich mit der Wucht einer Tonne Ziegel.

Was würde ich ohne Hockey machen? Wer war ich, ohne das Wissen über das Spiel?

Was wird mit mir passieren?

Trauer rollte sich in meinem Brustkorb zusammen und bleib dort für den Rest des Abendessens und wenn jemandem auffiel, wie still ich geworden war, sagten sie es nicht.

Lola umarmte mich und tätschelte meine Backe—die in meinem Gesicht—dann drückte sie einen Kuss auf meine Hand. Sie sagte nicht wirklich etwas, aber ich war auf seltsame Weise gerührt. Mit einem Mal wollte ich, dass sie mich hielt, während ich weinte.

Wo zur Hölle war das hergekommen?

Dann setzte die Furcht ein. War ich traurig, weil ich mit dem Hockey aufhörte? Oder war es, weil diese Sache in meinem Hirn die Art veränderte, wie ich Dinge sah? Ich war der harte Typ, nicht derjenige, der weinte. Stimmte etwas nicht?

Ich ging in Richtung meines Zimmers, war so froh, dass ich es nicht teilen musste—Gott sei Dank hatten sie mit diesem Scheiß aufgehört—und zog meinen Anzug aus, hängte ihn sorgfältig auf. Ich tätigte den Anruf, saß in meiner Unterwäsche in dem warmen Zimmer, hoffte inständig, dass der Doc abnehmen würde. Ich bezahlte ihm sicherlich genug, dass er für mich immer erreichbar sein sollte.

Ich bekam die Computerstimme, aber sie verband mich schnell und innerhalb von fünf Minuten, in denen der Gedanke, dass ich sterben könnte, sich in der ersten Reihe in meinem Kopf eingenistet hatte, redete ich mit dem einzigen Mann, der mich beruhigen konnte.

„Was ist los?"

Doktor Nolan Warner war ein Experte auf dem Gebiet der Endovaskulären Neurochirurgie. Er hatte vor beinahe sieben Jahren einige Zeit damit verbracht, sich in meinem Gehirn umzusehen, und ich hatte ihn auf der Schnellwahltaste. Ich konnte mich nicht erinnern, wann ich das letzte Mal mit ihm gesprochen hatte. Ich ignorierte Kopfschmerzen und Schwindel jeglicher Art. Ich hatte vor langer Zeit entschieden, dass ich es lieber nicht wissen wollte.

Aber das hier war anders. Es war mein letztes Jahr und ich wollte nicht sterben, bevor ich fertig war. Ich hatte eine Aufgabe zu erledigen, einen Cup in die Höhe zu halten.

„Max, hallo", sagte er, ganz gesprächig und glücklich.

„Ich habe Kopfschmerzen", platzte ich heraus.

Er schwieg. Er hatte mir erklärt, auf welche Dinge ich achten musste—extreme Kopfschmerzen, Schwindel, getrübte Sicht, Übelkeit, Gedächtnisverlust. Ich hatte nichts davon.

„Auf einer Skala von eins bis zehn—"

„Es ist eine Eins", gab ich zu.

Natürlich wäre das für einen normalen Menschen vielleicht eine Fünf gewesen, aber für einen Hockeyspieler war Schmerz der Stufe Eins nichts. Es gab auf dem Eis Jungs, die spielten mit gebrochenen Beinen—Kopfschmerzen auf Stufe Eins waren nicht der Erwähnung wert.

Er seufzte nicht und nannte mich auch keinen Idioten, weil ich ihn angerufen hatte. Für einen Moment herrschte Schweigen in der Leitung und dann hörte ich, wie er sich bewegte und eine Tür schloss.

Hatte ich ihn aufgeweckt? Wie spät war es jetzt überhaupt in Vancouver?

„Rede mit mir", sagte er mit diesem sanften, drängenden, doktormäßigen Tonfall.

„Als du es blockiert hast, hast du mir gesagt, dass die Chance besteht, dass es zurückkommen könnte."

„Nein, ich habe dir gesagt, dass die Arbeit, die ich an deiner speziellen arteriovenösen Missbildung durchgeführt habe, mich glauben ließ, dass eine neunzigprozentige Chance besteht, dass du keinerlei Probleme mehr haben wirst."

„Mit dieser Stelle", hakte ich nach.

Doc hatte mir erklärt, dass obwohl das Knäuel aus Blutgefäßen in meinem Gehirn abgeschnitten und blockiert worden war wie eine neue Ölquelle, eine kleine Chance bestand, dass das Problem immer da sein würde. Zehn Prozent, dass es schlimmer werden würde, wenn ich weiter darauf bestand, Kontaktsportarten zu betreiben.

Mit zehn Prozent kam ich klar. Zur Hölle, ich hatte

eine höhere Wahrscheinlichkeit, von einem Bus überfahren zu werden, als dass die komplizierte Arbeit in meinem Gehirn versagte. Ich fuhr nicht mehr Auto— ich war nicht willens, auf der Straße eine geladene Waffe zu sein—und mein Testament war gemacht. Ich würde alles meinen Schwestern vererben.

Aber.

Sieben Jahre, Kopfschmerzen und ich stand so kurz vor dem Ende meiner Karriere.

„Erzähl mir noch einmal von der Möglichkeit, dass weitere Stellen hinzukommen", sagte ich. Als sie die eine Stelle in Ordnung gebracht hatten, hatte die Chance bestanden, dass der Druck sich anderswo aufbauen würde. Der Prozentsatz war sehr klein, aber dennoch gegeben. Daher fuhr ich nicht Auto.

Das tat er nicht. Stattdessen seufzte er dieses Mal. „Wann wirst du in Vancouver sein?"

„Werde ich nicht", fing ich an. Schließlich wussten wir nicht, wie weit wir kommen würden und schon gar nicht, wie es mit den Canucks stand oder ob wir uns überhaupt irgendwann gegenüberstehen würden.

„Max, ich habe damit gemeint, dass du einen Termin machen sollst, um in Vancouver zu mir zu kommen. Ich werde ein paar Test machen."

Ich klammerte mich an diese Worte. Er wollte ein paar Tests machen. *Er denkt, dass etwas nicht stimmt.* Mein Magen drehte sich um, mein Brustkorb verengte sich und ich fühlte mich gleichzeitig heiß und verletzlich und zittrig.

„Du hast gesagt, dass ich vorsichtig sein muss", platzte ich heraus. Der arme Kerl hatte einen unglücklichen Hurensohn am Telefon, der ihn volljammerte. Was zur Hölle stimmte nicht mit mir?

„Max, beruhige dich."

Das tat ich. Auf der Stelle. Wie Pavlovs Hunde und die Glocke, reagierte ich auf den strengen, unnachgiebigen Befehl und die Spannung in mir löste sich.

„Buch einen Termin mit meiner Rezeption. Oder nicht. Vielleicht fliegst du nur her und besuchst mich, wenn du kannst. Oder nicht. Wie auch immer, komm her. Aber sich über Kopfschmerzen der Stufe Eins Gedanken zu machen, ist nicht vernünftig und ich habe Sorge, dass es hier ein tieferliegendes psychologisches Problem gibt."

Das war so überhaupt nicht, was ich hören wollte. Mein Gehirn war absolut in Ordnung, vielen Dank auch.

Ich verabschiedete mich, sagte dem Doc, dass ich ihn besuchen würde, und legte auf.

Das Zimmer war, abgesehen von meiner Atmung, vollkommen still, man hörte nicht einmal den Lärm von der Straße zwanzig Stockwerke unter mir. Und ich fühlte mich ziellos. Ich sollte schlafen, aber die Niederlage im Spiel und die missmutigen Gedanken, die in meinem Brustkorb einen Ball bildeten, brachten mich dazu, mich im Bett hin und her zu wälzen. Am Ende stand ich auf, holte mein iPad und setzte mich mit einer heißen Schokolade auf das Sofa in der Ecke des Zimmers. Ich schaute nach den Nachrichten, warf einen Blick auf all die beschissenen Überschriften und schloss die App. Ich öffnete Candy Crush, aber die

Farben waren zu hell und ich konzentrierte mich nicht.

Etwas an dem Spiel, das ich spielte, erinnerte mich an Ben.

Wen wollte ich verarschen? Sobald ich aufhörte, all das zu machen, was mit Hockey zu tun hatte, war es Ben, der die Leere füllte.

Genau wie ich für viele Teams gespielt hatte, war ich auch mit vielen Männern zusammen gewesen, allen Arten von Männern. Aber Ben war anders.

Ich konnte nur nicht herausfinden, was es war, das ihn so anders machte.

Vielleicht lag es daran, dass ich hier in der Dunkelheit saß, ein Spiel, bei dem es um Süßigkeiten ging, anstarrte und an einen Fick in einem Auto mit einem sexy, schlanken, dunkelhäutigen Adonis dachte. Vielleicht lag es daran, dass er wie ein großes Glas Wasser und ich durstig war. Vielleicht war er einfach nur neu und ich würde ihn mir irgendwann aus dem Kopf ficken.

Ich erinnerte mich an die Laute, die er von sich gab —das Seufzen, das Keuchen—die Tatsache, dass er mich aufgenommen und sich auf mich gesetzt und mehr gewollt hatte. Und die Küsse.

Ich wurde hart und ich genoss diese köstliche Erwartung, mir zu seinen Lauten und zu dem Gefühl, nach oben in ihn zu stoßen, einen herunterzuholen.

Aber erst wollte ich sein Foto sehen, mehr herausfinden und ich erinnerte mich daran, dass er ein Tierheim leitete, in dem die Tiere nicht getötet wurden. Last Roads? Dog Roads? Oder irgendetwas mit Roads.

Ich googelte Tierheime in Harrisburg, die nicht einschläferten und da stand es, ganz oben auf der Liste: Crossroads, ohne Einschläfern.

Sein Bild befand sich nicht auf der ersten Seite, diese Ehre gebührte Diana Pierce, die den Titel Tierheimmanagerin trug. Sie war eine kleine, füllige Frau mit lockigen dunklen Haaren und das Foto zeigte sie mit einem Arm voller Welpen. Ich tat meinen Teil für Wohltätigkeitsorganisationen. Vielleicht konnte ich etwas für sie machen, ich mochte Hunde genug, um es ernsthaft in Erwägung zu ziehen. Vielleicht konnte ich etwas in meinem Testament vermerken, wodurch das Tierheim Geld bekommen würde. Zur Hölle, ein Arbeiter zu sein wurde nicht so gut bezahlt, wie die Superstars, aber es hat Zeiten gegeben, da habe ich pro Saison zwei Millionen verdient, was nicht zu verachten ist.

Ich klickte durch die Seiten, Adoptionsnachweise, Berichte, Dinge über den zuständigen Tierarzt, Dr. Vince Owens und ich las mehr über die Adoptionsberaterin, Abby, die einen Post darüber geschrieben hatte, wie Hunde das Leben beeinflussen. Die Webseite war professionell, informativ, aber ich hatte immer noch nicht gefunden, wonach ich suchte.

Und dann hatte ich es. Ein atemberaubendes Foto von Ben und seinem Hund, der wie ein Husky aussah, obwohl er in der Beschreibung als Malamute bezeichnet wurde und einen kurzen Absatz, warum er das Tierheim übernommen hatte. Ich wurde noch härter und umfasste meinen Schwanz. Was ich nicht geben würde, ihn hier und jetzt unter mir zu haben. Oder über den Schreibtisch in der Ecke gebeugt oder auf seinen Knien.

Ich weiß nicht, was ich anklickte, aber mit einem Mal erschien ein neues Bild, von Ben und einem anderen Mann. Sie umarmten sich nicht oder hielten sich an den Händen, aber Ben schaute ihn an und die Tiefe der Liebe in seinen Augen war deutlich zu sehen.

Ich las den Artikel und meine Erektion verabschiedete sich schneller als Ten bei einem Überraschungsangriff.

Das war Liam, Bens Ehemann, der jung, schnell und tragisch gestorben war, der Ben aber täglich inspirierte, den Kampf fortzusetzen, ein neues Zuhause für Hunde zu finden. Er war blond, mit strahlend blauen Augen und der Welpe in seinem Arm war eine winzige Version des Hundes in dem Foto, das Ben allein zeigte. Der Text darunter sagte „Liam, Ben und Bucky". Ich fragte mich, woran er gestorben war und sah dann den Spendenlink für *Multiples Myelom*, das, wie ich beim Weiterlesen lernte, aggressiv und schnell war.

Ich hatte das Was-Wenn-Spiel so viele Male gespielt. Als sie mir gesagt hatten, was mit mir nicht stimmte, hatte ich sie gefragt, ob es schnell oder langsam sein würde. Sie hatten keine Antwort gehabt. Würde ich es vorziehen, schnell zu gehen oder für eine lange Zeit zu verweilen? Wenn es langsam verlief, hatte ich Zeit, mich von allen zu verabschieden. Meiner Mutter, meinen Schwestern, den Freunden, die ich während meiner Zeit im Hockey gefunden hatte. Ich hatte Leute, die mich vermissen würden.

Nur nicht diese eine Person, einen Mann, der mich

so sehr liebte, wie Ben offensichtlich seinen Ehemann, Liam, geliebt hatte.

Danach ging ich ins Bett. Der Gedanke, mir einen runterzuholen war vergangen, das Bedürfnis zu nichts verblasst.

Wir hatten ein Spiel verloren. Ben hatte einen Ehemann verloren. Ich stand kurz davor, alles zu verlieren.

Wer zur Hölle konnte danach schlafen?

DAS NÄCHSTE SPIEL GEWANNEN WIR. Ich weiß nicht, wie es passierte, aber wenn wir die Energie in Flaschen abfüllen könnten, die wir in diesem Spiel gehabt hatten, wären wir reich. Ten war der Erste, der den Puck bei einem Power Play im Netz versenkte. Die Verteidigung des anderen Teams war schlampig, müde … wer wusste das schon? Ich wusste nur, dass sie uns durchließen.

Vielleicht war Ten schneller?

Vielleicht war Connor raffinierter?

Vielleicht waren die Verteidiger der Railers einfach so gut?

Oder vielleicht war es Stan, der im Tor Unmenschliches vollbrachte, einmal tatsächlich ein Rad schlug, um einen Puck aus der Luft zu schnappen, der von einem Pfosten abgeprallt war.

Ein Shutout.

Ein drei zu null Sieg für uns und die Serie stand unentschieden, bereit für die Heimspiele in Harrisburg.

Die Stimmung in der Umkleide war heiterer und ich fragte mich, was Coach dieses Mal tun würde. Sein Tonfall war glücklicher, aber seine Nachricht blieb gleich.

„Ihr habt gut gespielt. Ich habe wirklich tolle Sachen auf dem Eis gesehen. Gut gemacht."

Dieses Mal jedoch kam Mads und gab seinen Verteidigern ein High Five und ich konnte ein Lächeln nicht unterdrücken. Auch wenn mein Oberschenkel furchtbar schmerzte, weil ich vor dem Netz einen Puck abgefangen hatte. Sogar mit Polsterung hinterlässt ein Projektil, das mit hundertsiebzig Sachen unterwegs ist, eine Prellung.

„Lass das anschauen", drängte Mads und deutete auf meinen Oberschenkel. „In zwei Stunden geht es zurück zum Flugzeug, aber ich will das geeist und behandelt sehen."

Es gab nichts, das die Prellung, die ich bekommen würde, wirklich in Ordnung bringen konnte, aber wir konnten zumindest versuchen, sie weniger schlimm zu machen. Ten war mit mir in dem Raum—er war auf ziemlich beschissene Weise gegen die Bande gecheckt worden, bei einem Power Play, als ich nach meiner Schicht auf der Bank gesessen hatte, um wieder zu Atem zu kommen. Sie hatten ihn auf dem Eis gelassen und er war ein verdammtes Ziel gewesen. Armer Junge.

„Das ist nur der Anfang", sagte ich zu ihm, als er das Eis mit einer Grimasse betrachtete und seinen Arm anstupste.

„Der Arsch hat mich geschnitten", murmelte Ten

und testete seine Hand, öffnete und schloss die Faust. Er würde sich schnell erholen. Ich erinnerte mich daran, wie ich in seinem Alter gewesen war, bereit, die Welt zu erobern und meinen Platz zu finden.

„Pass auf dich auf", gab ich zurück. Dann wünschte ich mir, dass ich gar nichts gesagt hätte, weil Ten diesen Ausdruck in seinen Augen bekam.

„Du klingst komisch", beobachtete er. „Wir haben gewonnen."

„Ein Sieg bedeutet nicht immer, dass man den ganzen Weg bis nach Hause lächeln kann." Mir wurde klar, dass ich wie ein Idiot klang, wie eine Art falscher Mr. Miyagi und Ten machte mir das auf die bestmögliche Weise klar. Er schnaubte ein Lachen und dann wurde das Lachen mehr und dann konnte er nicht aufhören zu lachen und schon bald machte ich mit.

„Weise Worte sagst du", schaffte er zwischen dem Gelächter. „Mach, es gibt kein Versuchen." Ich schwöre, der letzte Satz brachte ihn beinahe dazu, sich einzunässen, und ich fühlte mich in seiner Gesellschaft leichter.

Als wir das Therapiezimmer verließen, kicherten wir und warfen uns dämliche Einzeiler aus Filmen an den Kopf. Für jemanden, der so jung war, kannte er eine Menge alter Filme, wie sich herausstellte.

Das sagte ich ihm und er schaute mich an, als wäre ich ein Idiot.

„Max van Hellren, eins neunundachtzig, zweihundertdreißig Pfund, Verteidiger, schießt rechts, ausgewählt als einundsechzigster insgesamt im Draft 2005, dreißig Jahre. Richtig?"

„Du hast dir diesen ganzen Scheiß gemerkt?"

„Ja", sagte Ten fröhlich. „Mads hat ständig darüber geredet, dass er dich haben will und keine Ruhe gegeben. Was ich damit sagen will, ist, dass du nicht viel älter bist als ich. Was ist mit euch Jungs und eurer Obsession mit dem Alter?" Er lachte erneut, als ich nach ihm schlug und er sich duckte. „Zu langsam, alter Mann", verkündete er, joggte dann davon. Ich hätte hinter ihm herlaufen können, aber ich war zu müde und darum rollte ich meinen Hals und folgte ihm in ruhigerem Tempo.

Der Flug zurück war ruhig. Wir hatten zwei Tage bis zu unserem nächsten Spiel gegen Philly, zu Hause und abgesehen von Training und Schlaf, gab es noch eine Sache, die ich wollte.

Ben sehen.

WIE ich so lange warten konnte, wusste ich nicht. Nach dem Training nahm ich ein Taxi von meinem großen, leeren Apartment zum Tierheim, die Worte von Coach hallten in meinem Kopf.

Er wollte, dass wir auf Ten aufpassten. Ten beschützten. Und nicht nur Ten, sondern auch die anderen, die unsere besten Chancen waren, gegen dieses starke Team zu gewinnen. Darauf konzentrierte ich mich, als das Taxi mich vor den Toren des Crossroad Tierheims absetzte. Es gab eine Klingel, auf die ich drückte.

„Hallo, kann ich helfen?", fragte eine weibliche Stimme.

„Ich bin hier, um Ben zu sehen", gab ich zurück. Denn das war Tatsache.

„Könnte ich Ihren Namen bekommen, Sir?"

„Max."

Für einen Moment dachte ich, sie würde nach mehr fragen, aber das hier war ein Tierheim, das für Besucher offen war, oder? Darum würden sie die Leute reinlassen. Inklusive einem geilen Hockey-Spieler.

Ich wartete geduldig und Diana, die lächelnde Brünette von der Webseite, kam zu mir.

„Es tut mir leid, das Tierheim öffnet heute erst um drei für Besucher und Ben ist mit ein paar Neuankömmlingen hinten. Kann ich helfen? Wollen Sie ein Tier adoptieren?"

Ich könnte lügen, ihr sagen, dass ich nach einem Hund suchte, aber im Moment konnte ich einem Tier kein Zuhause bieten. Man würde nur ein neues Herrchen oder Frauchen finden müssen, wenn mir etwas zustieß.

„Nein, das ist ein persönlicher Besuch."

Sie blinzelte mich an—das war ihr eindeutig neu— und dann sah sie unentschlossen aus, warf einen Blick nach rechts, wo ich annahm, dass Ben arbeitete. Ich könnte einfach nur losgehen und ihn suchen, aber dann würde sie sich wegen der Sicherheit aufregen, das konnte ich sehen. Ich unterbrach ihre Gedankengänge.

„Können Sie Ben sagen, dass Max, der Hockeyspieler, hier ist?"

Sie nickte und wandte sich zum Gehen, aber das musste sie nicht.

„Es ist in Ordnung", rief Ben von einem Pfad rechts von uns. „Komm her, Max."

Ich grinste Diana an und wir trennten uns, wobei ihr Blick deutlich weniger besorgt war.

Er schüttelte mir die Hand. „Tut mir leid wegen eben. Wegen des Vandalismus sind wir alle besorgt."

Ich fragte mich, was die winzig kleine Diana gegen einen großen Typen wie mich unternehmen würde. Ich dachte, dass sie ihre Sicherheit vielleicht verstärken und keinen idiotischen Hockey-Spieler durch das Tor lassen sollten. Das sagte ich aber nicht. Ich war zu sehr damit beschäftigt, Bens Hand zu halten und nicht loszulassen, sogar als er sie zurückzog.

Für einen Moment standen wir da und er neigte gedankenverloren seinen Kopf ein wenig.

„Du hast ein bisschen gebraucht, mich zu finden", bemerkte er mit einem sanften, geheimnisvollen Lächeln.

„Es tut mir leid, ich musste ein bisschen Hockey spielen." Ich ließ seine Hand los und er trat zurück und fort von mir.

„Möchtest du ein paar Welpen sehen?"

Ich hatte gehofft, das wäre ein Euphemismus für Sex, aber nein, er wollte wirklich, dass ich mir Welpen ansah. Sieben Stück, fette schwarze Labradorwelpen in einer sich windenden Gruppe lauten Jaulens und Springens. Ich wusste nicht, warum sie hier waren oder was für eine Geschichte sie hatten, aber ich war verloren und verdammt, wenn ich nicht bereit war, sie alle mit nach Hause zu nehmen. Auf der Stelle. Auf dem

Beifahrersitz eines Taxis und dem Rücksitz und überall, wo sie sitzen wollten.

Als ich zu Ben schaute, grinste er mich an und Scheiße, ich war verloren.

Denn dieses Lächeln war starkes Zeug.

FÜNF

Ben

————

Was für atemberaubende Augen der Mann hatte.

Das hämmerte in meinem Kopf herum, als ich einen sich windenden schwarzen Fellball hochhob und Max reichte. Seine waren braun-golden. Wunderschön, wirklich. Immer heiß. Wie ein Holzofen, in dem es glühte. Ich genoss es, in seine Augen zu sehen. Zur Hölle, ich genoss es, alles an ihm anzusehen. Ich hatte schon immer eine Schwäche für Jocks gehabt. Liam war ein verdammt guter Tennisspieler gewesen und hatte sogar darüber nachgedacht, Profi zu werden, aber Probleme mit dem Ellbogen während des Colleges hatten diese Pläne hinausgezögert.

Hey, Dummkopf. Hör auf, an Liam zu denken. Konzentriere dich auf den Mann hier. Den lebenden, atmenden Mann mit dem tollen Lächeln und den unglaublichen Armen.

„Du magst Hunde?"

Max nickte, gestattete es dem Welpen, sein Gesicht mit Küssen zu bedecken, die nach Welpenatem stanken. „Oh ja, ich liebe sie."

Das war ein großer Haken hinter einem wichtigen Punkt.

„Katzen?"

„Klar."

Noch ein Haken.

Jetzt hatte ich nichts mehr. Scheiße. Ich schaute mich auf der Hinterseite der Zwinger um, wollte unbedingt etwas finden, über das wir reden konnten. Max genoss seine Gesichtswaschung, darum bemerkte er die peinliche Stille, die sich wie ein Mantel über uns legte, nicht so sehr.

Zwei Kinder fuhren auf Rädern vorbei. „Als ich zehn Jahre alt war, bin ich kopfüber über meinen Lenker gefallen. Habe hier zehn Stiche gebraucht."

Ich deutete auf die Unterseite meines Kinns. Max streckte die Hand aus und hob mein Kinn mit zwei dicken Fingern an.

Dann küsste er die Narbe. Lust flammte tief in meinem Bauch auf, die Hitze strahlte aus, um meine Extremitäten zu wärmen, was auch meinen Schwanz einschloss.

„Uh, in Ordnung." Ich stand einfach da, während Welpen über meine Schuhe hüpften und gestattete es dem Mann, noch ein paar Küsse mehr auf meine Kehle zu drücken. Der auf meinen Adamsapfel war eher ein Saugen als ein Küssen. Mein Schwanz fand das Saugen ganz hervorragend.

„Wann hast du Feierabend?", fragte er, seine Stimme so rau wie Sandpapier.

„Sobald wir etwas finden, wo wir allein sein können."

Das ließ Max leise lachen und mich erröten. Ich war normalerweise nicht so forsch bei Männern. Ich war wochenlang um Liam herumgeschlichen, hatte mich zum Idioten gemacht, bis er Mitleid mit mir hatte und mich um ein Date bat.

„Das habe ich nicht so gemeint." Er ließ mein Kinn los und unsere Blicke trafen sich. Eine Braue kroch an seiner Stirn nach oben. „Offensichtlich habe ich es so gemeint, aber es hätte nicht herauskommen sollen. Du machst mich nachlässig."

„Wie wäre es, wenn wir uns etwas zu Essen gönnen, ein wenig reden und uns dann ein Plätzchen suchen, um es dir zu besorgen?" Er setzte den Welpen zurück zu seinen Geschwistern.

„Ich muss die hier noch in die Akten des Tierheims eintragen."

„Ich kann warten." Er wich ein paar Zentimeter zurück, was eine Erleichterung war. Irgendwie. „Warum sind sie hier?"

Ich gab ein paar Notizen in mein iPad ein. „Sie wurden unter der Market Street Bridge ausgesetzt."

Seine Augen wurden groß. „In einem Sack in den Fluss geworfen?"

„Nein, zum Glück nicht. Nur in einer Schachtel neben dem Wasser zurückgelassen." Vielleicht habe ich meine Zähne gefletscht.

„Verdammt, die Leute sind Arschlöcher."

„Das sind sie." Ich sah von den Eingangsformularen auf. „Wir sammeln sie auf und bringen sie in einen isolierten Teil des Tierheims für Neuankömmlinge. Morgen wird unser Tierarzt kommen und sie untersuchen, sie impfen und entwurmen."

„Und dann kannst du ihnen helfen, ein Zuhause zu finden."

Ich lächelte. „Hoffentlich. Welpen gehen schnell weg. Es sind die alten Hunde, die niemand haben möchte."

Er schien für einen Moment abzudriften, dachte vielleicht an einen alten Hundefreund, den er einmal gehabt hatte. Dann, genauso schnell, wie er verschwunden war, war er wieder da. Sein Blick richtete sich auf mich, das vertraute Feuer flammte in den Tiefen von Bernstein und Braun auf.

„Tut mir leid, ich war woanders."

Ich winkte ab und wir brachten die Welpen in Quarantäne, einige Zwinger, die von den anderen getrennt waren. Dort gab es keine Außengehege, da wir nicht wussten, ob neu angekommene Hunde sicher für die Interaktion mit Menschen waren. Die Welpen rollten übereinander, froh über die Schüsseln mit Futter und Wasser, die Diana für sie vorbereitet hatte. Sie stand an der Seite, ihr Mund zuckte, ihr Blick wanderte von mir zu Max, während er und ich über die Welpen redeten.

Dann wandte er sich Diana zu. „Denken Sie, ich kann ihn stehlen?"

„Ich glaube ja." Sie schenkte mir das anzüglichste Zwinkern, schlenderte dann davon.

„Also, Essen. Hattest du Mittagessen?"

„Ah, nein, noch nicht. Ich wollte, war aber bis über beide Ohren in Papierkram vergraben. Die Welpen aufzunehmen ist eigentlich Dianas Job, aber ich habe sie angefleht, es machen zu dürfen. Eingesperrt zu sein, macht mich nach ein paar Stunden ganz fertig."

„Das verstehe ich." Er trat um mich herum und zog die Tür auf, die zu den Büros und dem Untersuchungszimmer führte.

„Lass mich Bucky holen und wir können los."

„Du nimmst deinen Hund mit?"

„Ich kann ihn nicht dalassen." Ich zog meine Tür auf und Bucky trottete mit wedelndem Schwanz heraus, begierig darauf, Max erneut zu begrüßen. Der große Mann zauste sein graues Fell mit einer großen Hand zwischen den Ohren.

„Es wird schwierig sein, ein Restaurant zu finden, in dem wir mit einem Hund essen können", bemerkte er.

„Überlass das mir."

Eine Stunde später schlenderten wir über die Wege in Wildwood Lake, einem wunderbaren Park, in dem es Feuchtgebiete, Bike- und Laufwege gab und der offen für Hunde war, solange man sie anleinte. Max und ich saßen auf einer Bank im Schatten von einhundert dichten Bäumen, genau neben einem Laufweg, aßen ein paar Riesensandwiches, während Bucky aufmerksam dasaß und nach Eichhörnchen Ausschau hielt.

Ich lernte eine Menge über den Mann, mit dem ich so intim gewesen war. Wir erzählten beide von unserer Kindheit, unseren Plänen für die Zukunft und unserer gemeinsamen Liebe zum Sport. Er unterhielt mich mit ein paar lustigen Geschichten über alte feste Freundinnen und Freunde, was auch diese große Frage beantwortete.

Unser Musikgeschmack war irgendwie ähnlich, auch wenn er zugab, dass er sich nicht so viel aus Musik machte. Wir mochten dieselben Filme und schauten ein paar derselben Serien im Fernsehen. Er las nicht mehr sonderlich viel, gab er zu, mochte aber Thriller. Ich hatte eine Schwäche für alles von Stephen King, auch wenn ich davon schreckliche Angst bekam. Max lächelte schnell, lachte noch schneller und berührte mich auf sanfte, intime Arten, derer er sich nicht zu schämen schien.

Nach einem kleinen Streicheln seiner Finger über meinen Unterarm beugte ich mich zu ihm und drückte meine Lippen an seine. Er wich nicht zurück oder wirkte ängstlich, dass er dabei gesehen wurde, einen Mann zu küssen.

„Bist du bereit, dich auszuziehen?", fragte er, seine Worte tanzten über meine Lippen.

„Ja." Ich hatte davon geträumt, wie dieser große Kerl auf meinem Bett ausgestreckt lag, die dicken Beine und starken Arme ausgebreitet, mir all diesen haarigen, kräftigen Mann anbot, damit ich tun konnte, was ich wollte.

Wir fuhren zu meinem Haus. Da ich mich furchtbar schuldig fühlte, rief ich im Tierheim an, nur um sicherzustellen, dass es für meine Angestellten in Ordnung war, dass ich mir zwei Stunden stahl. Das war noch nie passiert. Niemals. Ich warf einen Seitenblick auf Max und meine Haut rötete sich. Dieser Mann hatte irgendwie eine wilde Wirkung auf mich.

Ich bemerkte, dass der Parkplatz für meine Tanten leer war und dankte Gott und allen Engeln, dass sie heute unterwegs waren, um gegen irgendeinen armen Senator oder ein Mitglied des Kongresses oder einen Richter zu protestieren. Ja, sie fuhren noch mit dem Auto. Niemand in der Kfz-Behörde *wagte* es, ihnen den Führerschein zu nehmen.

Sobald wir in meinem hohen, schmalen Haus waren, ging ich nervös herum und öffnete die Fenster, während Max herumschlenderte, sich die etwas abgenutzten Möbel ansah.

„Schönes Haus. Heimelig. Ist das dein Ehemann?" Er hob ein Foto von Liam und mir in die Höhe, das während der College-Zeit entstanden war. Wir waren beide tropfnass, nachdem wir mit dem Kanu gekentert waren, auf einem Ausflug im Frühling den Tioga River entlang, oben in Pennsylvania.

„Ja, das ist Liam."

Jetzt fühlte ich mich schmutzig. Als ob ich Liam irgendwie betrügen würde, indem ich Max in unser Haus brachte.

„Willst du das hier immer noch?"

Mein Blick hob sich ruckartig von den alten Korkuntersetzern auf dem Kaffeetisch. Liam hatte sie gekauft, als wir vor vier Jahren zu einem Yankees-Spiel nach New York City gefahren waren.

„Das tue ich, ja." Ich bot ihm meine Hand an. Seine raue Handfläche glitt über meine feuchte. Ich führte ihn nach oben zu einem von zwei Schlafzimmern— meinem, dem größten. Eine sanfte Sommerbrise wehte herein, als ich das Fenster öffnete. Die Geräusche der Nachbarschaft drangen herein. Spielende Kinder, das beständige Brummen des Verkehrs, jemand, der schrie, das Heulen einer weit entfernten Sirene. Stadtgeräusche. Max zog sich sein Hemd über den Kopf. Ich griff hinter mich, um mein Hochzeitsfoto mit dem Bild nach unten hinzulegen.

Gott, aber er war eine Menge Mann. Breit, wo er es sein sollte, schlank, wo es zählte. Ich stand auf dem Teppich festgenagelt, mein Hintern ruhte auf der Kommode, während er sich nonchalant auszog und dabei unsere Blicke verflochten blieben.

„Ich sehe bei Tag ein wenig rau aus, huh?"

Ich schüttelte den Kopf. „Überhaupt nicht." Ja, er hatte ein paar Narben. Hatten wir die nicht alle? Nichts davon hatte meine Erregung gedämpft. Im Gegenteil. All diese Kratzer und Beulen vom Leben machten ihn noch attraktiver, genau wie die kleinen Falten um seine atemberaubenden Augen.

Er kam zu mir, langbeinige Maskulinität und selbstbewusster Gang. Mein Schwanz wurde härter, mit jedem Schritt, den er näherkam.

„Du bist so wunderschön", sagte er, seine Hände glitten unter meinem Oberteil nach oben, schoben den Kragen an mein Kinn und zogen das Hemd dann über meinen Kopf. Ich griff nach seinem Schwanz, schloss meine Finger darum, hinunter zur Basis und wieder nach oben, streichelte die glatte Eichel.

Die Zeit verging langsamer oder zumindest schien es so. Sein Mund legte sich auf meinen, seine Finger zupften an meinen Nippeln, während ich ihn pumpte. Dann beschleunigte die Zeit, warf mich auf das Bett mit Max unter mir, meine Hose lag über der Kommode, sein Schwanz tropfte, bedeckte meine Wange mit

Striemen salziger Liebestropfen, als ich mein Gesicht an seinem Schaft rieb.

Wir rollten und grapschten, stimulierten uns mit Berührung und Zunge, lachten leise, als sein Knie hüpfte und seine Schulter knackte, als ich seine Arme über seinen Kopf hob und mir einen Weg über seinen Bizeps zu der dichten Matte Achselhaare und dann hinunter zu seinen Rippen knabberte.

„Ich will dich ficken", keuchte ich an seinem Nabel. Er wölbte sich auf. Ich spießte die kleine Vertiefung auf und er stöhnte. Es war ein erregender Laut, zumindest für mich. Schnarrend und atemlos, wanderte er direkt in meine Eier, gab mir das Gefühl, dass sie schwerer waren.

„Ja, fick mich, Ben."

Ich glitt auf ihm nach oben, verschwitzter Brustkorb rutschte über verschwitzten Brustkorb und fummelte in der Schublade des Nachtkästchens herum. Es gab keine Kondome, nur Gleitgel.

„Hast du Schutz dabei?", fragte ich. Er nickte.

„Geldbörse."

Einen Moment später war ich wieder im Bett, hob seine Knie an seinen Brustkorb und spreizte sie, sein enges Loch war meinen Blicken preisgegeben. Meine Hände zitterten so sehr, dass das Kondom überzuziehen schwierig war. Ich bekam ein wenig zu viel Gleitgel auf meine Finger, aber es schien ihn nicht zu stören, als es seine Poritze hinunterfloss. Ich nahm an, dass meine Finger, die sich in ihm vor- und zurückbewegten, eine feuchte Stelle auf meinem Bettzeug unwichtig machten.

„Komm in mich, Ben. Und versuch nicht, sanft zu

sein. Ich kann aufnehmen, was du hast und dann noch etwas mehr."

Ich warf ihm einen trotzigen Blick zu. Er schenkte mir ein schräges Grinsen. „In Ordnung, das hier ist eine Herausforderung, oder? Dass mein Schwanz dich nicht hart genug ficken kann, damit du zu fluchen anfängst?"

Ich nahm meinen Schwanz in die Hand und tätschelte seine feuchte Öffnung.

„Nimm es, wie du willst, Hübscher."

Das tat ich. Ich nahm es genauso, wie ich wollte. Stieß in ihn, so tief ich konnte. Max knurrte vor Lust, seine Finger krallten sich in seine Knie. Ich drang noch tiefer ein, rieb mein Gemächt in kleinen Kreisen, wollte unbedingt hören, wie er diesen knurrenden, leidenschaftlichen Laut erneut von sich gab. Ich bekam ihn. Und das gab mir das Gefühl, ein König zu sein. Ich zog mich zurück, ging wieder tief und wurde mit einem weiteren gutturalen Stöhnen belohnt.

„Mach das, bis ich überall auf mir selbst abspritze. Werd nicht langsamer. Fick mich, Ben. Lass mich wissen, dass ich am Leben bin."

Ich hob meinen Blick von der Stelle, an der wir verbunden waren. Seine bernsteinfarbenen Augen waren voller Emotionen, die ich nicht einordnen konnte. Lust, ganz klar, aber noch etwas anderes. Trauer? Furcht?

Er zog sich um mich zusammen, drückte meinen Schwanz mit seinen inneren Muskeln und ich hörte auf, mir um irgendetwas Sorgen zu machen. Meine Aufmerksamkeit richtete sich auf den Rhythmus, die

Geschwindigkeit, den Sog seines Körpers an meinem, als ich in diesen engen, heißen Mann pumpte.

„Scheiße. Ah, Scheiße, Scheiße, Scheiße", schnaufte ich, als ich spürte, wie das Aufwallen eines bevorstehenden Orgasmus zum Leben erwachte. Max lag unter mir, glitschig vor Schweiß, pumpte seinen fetten Schwanz im perfekten Rhythmus zu meinen Stößen. Und einfach so explodierte ich. Ich nutzte meine Knie, um mich abzudrücken, wand mich noch weiter nach oben, wild darauf, mich tief und hart in ihm zu vergraben. Er grunzte lang und tief und kam auf seinem Brustkorb und seinem Bauch. Ein paar perlende Tropfen landeten auf seinem Kinn. Sogar in den Klauen einer perfekten Erlösung ließ ich mich auf ihn fallen, verlor ein wenig Tiefe, gewann dafür den vollen, zu Kopf steigenden Geschmack seiner Wichse auf meiner Zunge. Ich leckte an den Haaren auf seinem Kinn, tauchte dann in seinen Mund, meine Zunge glitt über seine.

„Oh Scheiße", sagte ich erneut, als der Kuss stoppte.

Max legte einen großen Arm über meinen unteren Rücken, streckte dann seine Beine, zog dabei eine leichte Grimasse. Er rollte uns herum, klebrige Wichse versiegelte unsere Brustkörbe und er plünderte meinen Mund, als ob er niemals wieder einen Mann küssen würde. Ich klammerte mich an ihn wie eine Kletterrose, wollte nichts mehr, als diese feurige Intimität am Laufen zu halten. Aber ich konnte nicht auf ewig verweilen. Das Leben musste sich in unsere kleine Nachmittagsfreude zurückstehlen. Ich schnaubte über mich selbst, dass ich in diesem Moment überhaupt an dieses Lied dachte. Ich berührte sein Gesicht mit meinen Fingerspitzen, glättete die Falten auf seiner Stirn, als ich anfing, diesen dämlichen Song zu summen.

„Oh, Jesus", kicherte Max, fiel neben mir auf das Bett, als ein warmer Sommerwind daran arbeitete, unsere Haut zu trocknen. „Du bist ein Idiot."

Das brachte mich dazu, laut zu lachen. „Diese Art Mittagspause brauche ich jeden Tag."

„Was du nicht sagst." Er rollte sich auf den Rücken und starrte an die Decke. „Morgentraining, Essen, Sex mit einem heißen Mann und ein Nickerchen. Perfektion."

Ich schnaubte, dann musste ich das Bett und den sexy Mann verlassen, um mich um das Kondom zu kümmern. Als ich zurückkam, zog Max seine Jeans über seinen Hintern. Das zu sehen, machte mich ein wenig traurig. Ich hatte gehofft, mir noch ein wenig Zeit mit ihm zu stehlen.

Sein sexy Blick begegnete meinem. „Möchtest du vielleicht zum nächsten Spiel kommen?" Das sorgte dafür, dass ich mich ein wenig besser fühlte. „Ich weiß, dass wir nicht das verdammte Team von *Washington* sind oder so."

Er konnte sein Lächeln nicht verbergen. Ich auch nicht.

So fand ich mich beim nächsten Spiel eingeklemmt zwischen einem glitzernden Eiskunstläufer mit Make-up, der einen funky grünen Hut mit Federn trug und einer kleinen asiatischen Frau in einem orangenen Flyers-Sweatshirt wieder.

„Ah! Hast du gesehen?! Dieser schmutzige Mann! Was schaust du an?"

Ich wandte schnell den Blick von der wütenden Frau ab, die mit der Faust in Max' Richtung drohte, weil er einen der Flyers zu Boden gebracht hatte.

„*Lola*, hör auf, Benton zu nerven."

Ich versuchte, zu den anderen Frauen um uns herum zu schauen—von denen ich annahm, dass sie Ehefrauen und feste Freundinnen waren—aber die lange Fasanenfeder an Trents Hut pikste mich im Auge.

„Oops! Tut mir leid. Verdammt sollen meine Federn sein." Trent reichte mir ein limettengrünes Taschentuch, um mein tränendes Auge zu betupfen. „Also, raus damit. Erzähl mir, wie du und Max zusammengekommen seid."

„Oh, nun, äh … wir sind nicht wirklich zusammen. Nur Freunde." Als ob ich meine und Max' Beziehung mit einem Mann diskutieren würde, den ich erst vor dreißig Minuten kennengelernt hatte.

„Mmm-hmm. Freunde mit gewissen Vorzügen. *Lola*, was habe ich dir darüber gesagt, diese Geste gegenüber den Railers zu machen?"

„Ich zeige Finger Rowe. Er macht böses Manöver gegen meinen Mann!" Die winzige Frau hielt beide Mittelfinger hoch über ihren Kopf.

Trent seufzte. „Sie hört nie auf mich." Ich hatte in meinem ganzen Leben keinen Mann gesehen, der fabelhafter geoutet war und ich war dreißig. „Also, zurück zu dir und Max."

„Es gibt kein mich und Max", sagte ich erneut, verpasste beinahe einen atemberaubenden Schuss auf das Tor, den der Goalie der Flyers kaum schaffte zu blocken. Mann, Tennant Rowe war schnell. Wenn dieses Team in der nächsten Runde auf Washington traf, würde um das Tor meines geliebten Teams herum die Hölle losbrechen.

„Oh, ja, genau. Es *gibt* kein du und Max. Ich frage mich, warum er die Kröten für diesen speziellen Sitz hat springen lassen, wenn er dich nicht—oder du ihn nicht—im Hinterteil kitzelst. *Lola!* Ich meine es ernst, hör auf, das mit deinem Mund zu machen! Es sind Kinder in der Nähe!"

Die kleine Frau in strahlendem Orange setzte sich, murmelte etwas in ihrer Muttersprache. Ich wollte nicht wissen, was sie mit ihrem Mund gemacht hatte.

„Hör zu, Trent, ich weiß, dass das unhöflich klingt, aber können wir aufhören darüber zu reden, was Max und ich im Bett machen und uns einfach nur das Spiel anschauen?" Ich wedelte mit dem Taschentuch in Richtung der Männer auf dem Eis.

„Ah! Du und Max kitzelt euch also im Hinterteil! Ich wusste es! Ich habe einen sechsten Sinn für schwulen Schweinekram. Ich will Einzelheiten. Er ist ein großer, böser Junge im Bett, da möchte ich wetten."

Ich starrte den Mann in Grün und Gelb an. „Nein. Ich werde keine Details preisgeben."

„Spielverderber", sagte Trent, lachte dann leichthin. Ich hatte den Verdacht, dass der Mann alles Schmutzige über Max und mich wissen würde, ehe die Nacht vorüber war.

Mitten im Spiel vibrierte mein Handy. Ich zog es aus

der Tasche in meinem Sweater und sah, dass es Diana war. Was seltsam war. Sie rief selten an, es sei denn, es gab einen Notfall.

„Gib mir einen Moment", schrie ich ins Handy. Diana hat vielleicht „In Ordnung" gesagt, aber das war schwer zu sagen, weil die Menge wegen einer Schiedsrichterentscheidung gegen die Railers buhte.

„Lass mich wissen, was auf dem Eis passiert", schrie ich in der Nähe von Trents Ohr. „Ich muss diesen Anruf annehmen."

Er nickte. Ich ging um Füße und Bierbecher herum, bis ich den Block verlassen hatte, dann joggte ich die Treppe nach oben und betrat die nächstgelegene Männertoilette.

„Gut, was ist los?" Wir hatten in den letzten paar Wochen mit immer schlimmer werdendem Vandalismus zu kämpfen gehabt. Eingeschlagenes Glas an der Eingangstür, Leute, die versuchten, die Schlösser an den Fenstern zu knacken und eine ziemlich abscheuliche rassistische Beleidigung, die vor ein paar Tagen an die Seite des Gebäudes gemalt worden war.

„Ich habe gerade einen Anruf vom Manager von SecureGuard Security bekommen, der bestätigt haben wollte, dass wir morgen um acht im Tierheim sind, um seine Techniker reinzulassen. Hast du das bestellt und vergessen, es mir zu sagen?"

Ich ging um zwei Männer herum, die sich die Hände wuschen und betrat eine Toilette. „Nein, auf gar keinen Fall. Es ist nicht genügend Geld in der Kasse, um neues Kauspielzeug zu kaufen, ganz zu schweigen von der Installation eines Sicherheitssystems. Hast du ihnen gesagt, dass es sich um einen Irrtum handeln muss?"

„Das habe ich, aber sie haben gesagt, dass der Auftrag bestätigt und die Summe bezahlt worden ist. In bar."

„In bar?" Ich verlagerte mein Bein ein wenig, um einer Pfütze am Boden auszuweichen. „Wer zur Hölle hat so viel Geld herumliegen? Und wer würde es für uns ausgeben?"

„Ich habe keine Ahnung. Ich habe ihm gesagt, dass ich zurückrufe. Was soll ich sagen?"

Jemand spülte ein Urinal. „Haben sie gesagt, wer dafür bezahlt hat?"

„Ein anonymer Hundeliebhaber."

„Was zur Hölle?"

„Genau!? Denkst du, wir haben jetzt wirklich einen reichen, geheimen Gönner? Es wäre wunderbar, wenn dem so wäre."

„Ich weiß ehrlich nicht, was ich davon halten soll." Ein Gespräch unter Männern drang an meine Ohren. Ich dachte für einen langen Moment nach. „In Ordnung, ruf sie an und sag ihnen, dass sie es machen sollen. Sieht so aus, als ob Gott sich entschieden hätte, ausnahmsweise gnädig mit uns zu sein."

Ich verließ die Toilette und ging zurück ins Stadion, während Diana vor Freude jubelte. Die Menge klatschte. Ich schaute mir die Wiederholung auf dem Jumbotron an und bekam Max zu sehen, der einen Verteidiger der Flyers über die Bande auf die Railers Bank beförderte. Ein absolut sauberer Check, aber brutal und eindeutig gemacht, um eine Botschaft zu senden. Ich lächelte über die Wiederholung und das Glänzen, das deutlich in Max' Augen zu sehen war. Ja, Gott lächelte in letzter Zeit eindeutig auf uns herab.

SECHS

Max

Dass wir die nächsten drei Spiele gewannen, bedeutete, dass die Flyers aus dem Rennen waren und wir in der nächsten Runde. Ich klopfte Lola auf die Schulter, als ich sie nach dem Spiel sah. Sie sah am Boden zerstört aus und es schien nicht einmal zu helfen, dass Ten ihr versicherte, dass die Flyers „ein wirklich gutes Team" waren. Ich erinnerte mich daran, wie es war, ein Fan zu sein, der ein Team so leidenschaftlich liebte, wie sie es tat und dann zusehen zu müssen, wie dieses Team verlor.

Wir waren uns zu diesem Zeitpunkt nicht sicher, wem wir als Nächstes gegenüberstehen würden—die anderen beiden Teams in unserer Gruppe hatten noch ein Spiel—aber irgendwie hoffte ich, dass es Washington wäre. Vor allem, damit ich Tickets für ein Spiel besorgen konnte, bei dem Ben das Team sehen konnte, das er liebte. Natürlich wollte ich von einem Hockey-Standpunkt aus nicht, dass wir gegen dieses Team spielen mussten. Sie waren schwer zu besiegen. Ich musste nicht die Zusammenfassungen der Experten lesen, um zu wissen, dass, obwohl wir nach Punkten vor ihnen lagen, sie in letzter Zeit stark gewesen waren und dass die Railers in diesem Spiel die Underdogs sein würden.

Aber ein kleiner Teil von mir wollte Ben auch zeigen, woraus ich gemacht war. Dass ich gut genug war, in einem Team zu spielen, das dasjenige besiegen konnte, das er liebte.

Und wie albern war das? Männliches Gehabe in seiner schlimmsten Form.

Warum hatte ich das Gefühl, dass ich Ben beeindrucken musste? Wir hatten noch ein weiteres Treffen geschafft, alles hatte ziemlich gut angefangen. Der Sex war explosiv gewesen, atemberaubend. Als wir uns auf das Bett gelegt hatten, waren wir so kurz davorgestanden, zu kuscheln, ich schwöre. Aber sein Telefon hatte geklingelt. Jemand hatte einen Ziegelstein durch ein Fenster im Tierheim geworfen und er hatte gehen müssen, weil Diana auf einem Seminar war und es sonst niemanden gab, der sich um alles kümmern konnte.

Verdammt.

Das Kuscheln war *so* nahe gewesen.

Ich liebte Kuscheln. Nicht die Umarmungen, die man bekam, wenn das Team ein Tor machte, diese kurzen Bro-Umarmungen, die einem ein Gesicht voller Schweiß und Eis gaben, sondern echte Umarmungen. Nicht viele Leute hielten mich, aber andererseits schrammte ich ja auch an der falschen Seite von angsteinflößend entlang.

Ich machte sogar meiner Mom Angst. Zumindest dachte ich das.

Meine PTA-Mom. Sie liebte die Ballettvorführungen meiner zwei kleinen Schwestern, veranstaltete Mädchen-Partys, hatte sehr viel Rosa in ihrem Haus. Sie wusste nur nie so genau, was sie mit ihrem großen, harten Sohn anfangen sollte. Vielleicht wäre es anders gewesen, wenn Dad da gewesen wäre, aber er hatte sie verlassen, als ich klein war und war vor drei Jahren bei einem Unfall in der Arbeit gestorben.

Sie unterstützte mein Hockey, verstand es aber nicht wirklich. Sie liebte es, dass ich viel Geld verdiente, dass ich einen Namen hatte, aber sie hasste es, dass ich andere Teams für meinen Lebensunterhalt verprügelte. In ihren Augen war ich eine Ansammlung an Widersprüchen.

Mom und meine Schwestern waren bei unserem letzten Spiel dabei gewesen und sie war so erfreut gewesen, als wir uns danach getroffen hatten, aber sie hatte mich nicht umarmt.

Sie hatte auch Ben nicht umarmt, den ich als Freund vorgestellt hatte, mit großer Betonung auf das Wort *Freund*.

Das war noch etwas, was meiner Mutter nicht wirklich passte. Sie hatte nie eine Szene gemacht, wenn ich mich entschied, einen Mann mit nach Hause zu bringen, aber ich konnte die Verwirrung in ihrem Blick sehen, jedes Mal, wenn ich es tat. Sie hatte meine feste Freundin von der Junior High, Jenna, geliebt. Und Abby, mit der ich ausging, als ich angeworben wurde.

Aber mit Dan oder Eric hatte sie sich nicht verstanden. Auf gar keinen Fall würde sie sich mit Ben verstehen.

Nicht nur das, aber sie wussten nichts über die Sache mit meinem Gehirn. Was für einen Sinn würde das auch machen? Sie würden anfangen mir zu erzählen, dass dies alles die Schuld von Hockey war, auch wenn das nicht stimmte. Ich war damit geboren worden, darum konnte ich, auch wenn es keine erbliche Sache war, dennoch auf meine Mom deuten und ihr sagen, dass es ihre oder Dads Schuld war.

Sogar wenn dem nicht so war und auch, wenn ich so etwas niemals sagen würde.

Ich mochte mich mit meiner Mom nicht verstehen, aber sie war dennoch meine Familie. Richtig?

Also ja, ich war ein großes Durcheinander, was meine Familie betraf und in der Nacht davor hatte ich eine verdammte Umarmung gewollt.

Ich schickte Ben eine kurze Nachricht, fragte ihn, ob es ihm gut ging und wie es im Tierheim aussah, dann eine weitere Nachricht an den Verkäufer von SecureGuard, der mir versichert hatte, dass sein verdammtes System all diesen kleinlichen Mist stoppen würde.

Er rief sofort zurück, war ganz reumütig und erklärte, dass sie losfahren würden, sobald sie das irgendwie von ich weiß nicht was ausweiten konnten. Um ehrlich zu sein, hörte ich nicht mehr groß zu, nachdem sie versprochen hatten, aufzurüsten und das Tierheim zu schützen. Ich beendete das Gespräch mit der sanften Erinnerung, dass ich ein anonymer Spender war, und wartete auf die Versicherung, dass es so bleiben würde.

Dann konzentrierte ich mich wieder auf diesen Tag, darauf, meine Sachen für einen zwei Spiele Ausflug nach Washington zu packen. Ich saß im Flugzeug neben Adler, der sich das Käppi ins Gesicht gezogen hatte und aussah, als würde er schlafen. Wie es schien, hatte unser Marketing-Mann ihn auf mehr als eine Weise wachgehalten.

„Das ist nicht gut für dich", erklärte ich hilfreich, als ich sah, wie er mir einen Blick zuwarf, während ich mich anschnallte.

„Was?" Er gähnte laut.

„Sexuelle Aktivitäten in der Nacht vor einem großen Spiel."

„Ich konnte nicht schlafen—hatte Albträume über leuchtend orange Pinguine, die mir die Augen auspicken." Er schauderte. „Und Hölle, hast du gerade den Begriff ‚sexuelle Aktivitäten' benutzt?" Er grinste und ich schnipste gegen sein Käppi.

„Schlaf ein wenig, Arschloch", fügte ich mit der Autorität, älter und weiser als Adler Lockhart zu sein, hinzu.

„Du bist nur eifersüchtig auf mich und Layton", murmelte er und machte es sich in seinem Sitz bequem.

Eifersüchtig? Worauf sollte ich eifersüchtig sein? Ja, Adler und Layton waren ganz furchtbar ineinander verliebt, aber ich hatte auch jemanden.

Ich hatte Ben, irgendwie.

Ben, der, *wie ich dachte*, mehr als ein Aufriss war, aber natürlich viel weniger als ein fester Freund. Ein Freund mit gewissen Vorzügen, wobei die Vorzüge sich aufs Ficken beschränkten.

Traurigerweise gehörte Kuscheln nach dem Fick nicht dazu.

„Schau!" Stan stellte sich neben mich und hielt mir etwas unter die Nase und mit einem Mal hatte ich einen Schoß voller Zeichnungen. „Hilf Entscheidung treffen", befahl er.

Mir war klar, dass man Stan nicht widersprach. Nicht, weil er angsteinflößend war, sondern weil man, sobald man in das Kaninchenloch hüpfte und versuchte, ihn zu verstehen, man bereits zehn Minuten verloren hatte, die man niemals wieder zurückbekam.

Ich schaute mir die Zeichnungen an, die eindeutig für ein Helmdesign waren und sie waren wunderschön. Es gab das Railers-Logo—die alte Dampflok, um die herum Dampf aufstieg, und Eisen und Stahl. Es gab auch Schnee und andere Dinge, die, wie ich annahm, russisch waren.

„Wähle", sagte er.

„Du willst, dass ich eine aussuche?" Ich war mir nicht sicher, wie ich mir dieses Recht verdient hatte und wünschte mir, Adler würde unter seinem Käppi hervorkommen.

„Ganzes Flugzeug sucht eine aus", erklärte Stan.

Gott sei Dank. Ich war mir nicht sicher, ob ich mit der Verantwortung klarkam, eine monumentale Entscheidung über das Helm-Design eines Goalies zu fällen. Ich schaute sie mir erneut an und bemerkte, dass auf dem Papier das Logo des Designers war, demselben Typen, bei dem meine Railers-Kollegen sich ihre

Tattoos stechen ließen. Gatlin Pearce. Seine Sachen waren ziemlich cool und ich merkte mir seinen Namen, um ihn wegen ein paar meiner eigenen Tattoo-Ideen zu kontaktieren.

„Ich stimme für das hier", verkündete ich und zog die lebendigste der Zeichnungen heraus.

„Gut für Finale", sagte er. Dann nahm er die Blätter und runzelte die Stirn in Adlers Richtung. Er überlegte, ob er Adler aufwecken sollte, aber ich schüttelte subtil meinen Kopf.

Ich war eigentlich ganz froh, dass Adler schlief—das bedeutete, dass es ruhig war—und Stan ging weiter zu Ten, der in dem Sitz vor mir war.

Mein Handy vibrierte und ich schaute schnell nach.

Alles in Ordnung, schrieb Ben. *Minimaler Schaden und den Hunden geht es gut. Security-Typ ist hier zum Nachschauen, was ein Glück ist.*

Ich drückte auf Antworten, überlegte dann, was die korrekte Reaktion war.

Okay.

Das war immer ein guter Anfang. Ich fügte ein Smiley hinzu, löschte es dann wieder. Das hier war eine Daumen hoch Situation und wo wir gerade von Daumen sprachen, meine waren viel zu groß für die verdammten, winzigen Handytasten. Nur Gott wusste, warum ich das Ding noch nicht aus dem Fenster geworfen hatte. Ich brauchte so lang, irgendetwas zu schreiben. Darum waren Emojis so eine gute Sache. Ich fügte den Daumen hoch hinzu, überlegte dann, wie ich die Tatsache ausdrücken konnte, dass ich mir wünschte, wir hätten es an diesem Morgen geschafft zu kuscheln.

Jesus, wenn irgendein gegnerisches Hockeyteam mich jetzt sehen könnte, hätten sie überhaupt keine Angst vor dem großen bösen Verteidiger der Railers. Sie würden lachen.

„Der Verteidiger will kuscheln."

„Schaut ihn euch an, armer Maxxy Waxxy braucht eine Umarmung."

Ich konnte mir den Spott vorstellen und spürte, wie ich vor Scham rot wurde bei dem Gedanken, dass jemand so tief in meine Seele blickte. Ich beendete den Text mit einem gewöhnlichen, *wir sehen uns bald*, und schaltete mein Handy aus, ehe ich über die Art Scheiß nachdenken konnte, den ich vielleicht zu hören bekommen würde, wenn irgendjemand von meiner weichen Seite erfuhr.

Der Flug war kurz, das Hotel wunderschön, der Blick über die Stadt ein Foto wert. Das ich niemandem schickte und mit niemandem teilte. Genau wie meine Mom meine sexuelle Orientierung nicht verstand, interessierte sie sich auch nicht die Bohne dafür, in was für einer Stadt ich mich befand. Was so ziemlich beschrieb, wie meine Schwestern ebenfalls empfanden.

Egal, nichts davon spielte mehr eine Rolle.

Ich könnte Ben ein Foto schicken?

Ein Foto von einer Stadt einem Mann schicken, der ein Aufriss ist? Ja, genau.

WIR VERLOREN ein Spiel gegen Washington und gewannen eins. Nur Gott wusste, wie wir überhaupt irgendetwas gewannen, weil beide Spiele auf beiden

Seiten ein Penalty nach dem anderen waren. Allein Stan im Netz bescherte uns einen Vorteil und wir nahmen diesen Sieg mit nach Hause, führten diese Runde mit drei Spielen gegenüber ihrem einen.

Die Stimmung im Flugzeug nach Hause war euphorisch. Wenn wir die nächsten Spiele gewinnen konnten, könnten wir Washington aus dem Rennen kicken. Der Gedanke daran reichte aus, dass wir den Großteil des Fluges standen, herumalberten und so viel Lärm machten, dass es ein Wunder war, dass der Pilot uns nicht sagte, wir sollten endlich den Mund halten.

Erst kurz bevor wir Zuhause waren, wurden wir still, weil wir schließlich dasselbe Team in zwei Tagen auf unserem Eis empfangen würden.

Ich nahm mir die Zeit, die Nachricht noch einmal zu lesen, die ich von Ben erhalten hatte, der Zeitstempel war direkt, nachdem wir das zweite Spiel gewonnen hatten.

Glückwunsch, war das einzige Wort. Ich wollte irgendwie mehr, begnügte mich aber stattdessen damit, dieses eine Wort nah bei meinem Herzen zu tragen.

Ich schlug mit meinen Teamkollegen die Fäuste aneinander, als wir das Flugzeug verließen, umarmte die verwirrte Stewardess, lachte, grinste und stieg in das Taxi, das ich vor allem aus einem Grund bestellt hatte. Um Ben zu sehen.

Als Ben die Tür seines Hauses öffnete, hinter der Hand gähnte, anbetungswürdig zerzaust und warm vom Bett, trat ich ein, schloss die Tür und zog ihn in meine Arme.

Er kam willig, ganz weich und müde und ich hielt

ihn so lange fest, dass ich wusste, er würde wissen wollen, was zur Hölle los war.

„Ihr habt eines gewonnen", murmelte er an meiner Kehle.

„Haben wir."

„Aber du umarmst mich fest."

„Uh-huh."

„Was ist los?"

„Nichts." Ich umarmte ihn noch fester und liebte es, dass er es zuließ. „Ich habe eine Umarmung gebraucht."

Da lachte er, ein sanfter Laut, den ich durch ihn hindurchgehen spürte. „Ich bin froh, wenn ich helfen kann."

Wir umarmten uns weiter, zu müde, um zu ficken, waren einfach zufrieden, in Bens großem, weichem Bett zu kuscheln und wir schliefen in den Armen des jeweils anderen ein.

Es war der beste Sieg, den ich seit langer Zeit eingefahren hatte, denn diese Umarmung zu bekommen, war ein noch besseres Gefühl, als Washington zu besiegen.

ICH BIN MIR NICHT SICHER, was mich weckte. Vielleicht war es Ben, der sich bewegte oder der Klang seines Handys oder vielleicht die Dringlichkeit in seinem Tonfall. Ich wusste nur, dass er nicht in meinen Armen lag und als ich mich im Halbdunkel auf ihn konzentrierte, zog er sich gerade an.

„Wie spät ist es?" Ich versuchte, meine Uhr anzusehen.

„Vier", antwortete er kurzangebunden, voller Furcht und ich war auf der Stelle wach.

„Was?" Ich setzte mich im Bett auf und zog die Decke herunter, zog mich so schnell an wie er.

„Ein Einbruch im Tierheim. Die Polizei ist da und sie haben den Typen. Ich fahre", fügte er hinzu und ich hatte dagegen nichts einzuwenden, weil ich kein Auto hier hatte und auch nicht mehr fuhr.

Ich folgte ihm aus dem Haus und wir erreichten das Tierheim innerhalb von zehn Minuten, sahen blinkende Lichter und Polizei. Ich war bereit, den Jeep zu verlassen und denjenigen anzugreifen, der Ben Ärger gemacht hatte, aber das konnte ich nicht tun. Ich konnte außerhalb des Stadions meine Handschuhe nicht ausziehen. Ich musste ruhig bleiben.

„Ich war das nicht!", schrie jemand. Ein Junge in einem Mantel starrte zwei Polizisten an, die seinen Blick erwiderten. Er zitterte sichtlich, trotz des Mantels und ich wusste, wie er sich fühlte. Es war verdammt kalt.

„Scheiße", fluchte Ben und rannte auf die Polizisten zu.

„Es ist in Ordnung, er ist in Ordnung", sagte er und stellte sich zwischen die Polizisten und den Jungen.

„Sir, der Alarm wurde ausgelöst und als wir ankamen, fanden wir diesen jungen Mann und das hier." Polizist eins hielt etwas in die Höhe, das wie ein Taschenmesser aussah und als das Licht der Straßenlaterne auf das Metall traf, kochte mein Temperament über. Jetzt war ich an der Reihe, mich einzumischen.

„Was zur Hölle?", sagte ich, stand direkt vor dem

Jungen. Er taumelte von mir weg und Ben musste ihn auffangen, damit er nicht fiel.

„Max, lass es gut sein", sagte er und sein Tonfall ließ keinen Raum für Diskussionen oder Einwände.

„DK? Was machst du hier?", fragte Ben, hatte seine Hände auf den dürren Oberarmen des Jungen.

„Du hast gesagt, dass wenn ich dich brauche, ich kommen kann und ich habe den Schlüssel im Tor versucht und er hat nicht funktioniert, darum habe ich versucht, das Schloss zu knacken, und mich friert Ben, und ich brauche dich."

Ich hörte dem Jungen zu, diesem DK, der Ben zu kennen schien. Der Ben *brauchte*.

Ben drehte sich, sodass DK hinter ihm war und er den Polizisten zugewandt. „Es tut mir leid, dass Sie Ihre Zeit hier verschwendet haben, meine Herren. DK ist mein Neffe."

Sein Neffe? Das würde wohl erklären, warum ich ihm keine hatte reinhauen dürfen.

„Wir brauchen eine schriftliche Erklärung", sagte Polizist zwei, während Polizist eins laut seufzte.

„Morgen, in Ordnung?" Ben wartete. Hinter ihm zitterte der Junge und ich wusste nicht, was zur Hölle ich tun sollte.

Die Polizisten besprachen sich, meldeten die Situation mit einer Anzahl Codes, fuhren dann davon.

Ich, Ben und DK blieben vor dem Eingangstor zurück und sahen einander an.

„Kaffee", verkündete Ben, gab seinen Code in den neuen Zahlenblock ein und betrat dann das Gelände. Sobald die Tür sich hinter uns schloss, löste aller Mut in dem Jungen sich auf und er sank auf dem nächsten Stuhl zusammen.

„Rede mit mir, DK", sagte Ben und ging vor ihm in die Hocke. Ich wich ein wenig zurück und füllte die Kaffeekanne, lauschte die ganze Zeit über mit einem Ohr, worüber sie redeten.

„Dad ist durchgedreht", murmelte DK.

„Wie durchgedreht?", fragte Ben.

„Er war … Es war …" DK hörte zu reden auf und rieb sich die Augen, als ob er versuchte, Tränen loszuwerden.

„Wir alle trauern auf verschiedene Weise", hörte ich Ben sagen.

„Hier geht es nicht darum, dass Dad trauert, Onkel Ben. Er hat seinen Job verloren, hat kein Geld und wenn du hören könntest, was für bösartige Scheiße er mir ins Gesicht brüllt … Dann hat er …"

Ben legte eine Hand auf Bens Knie. „Komm, DK, erzähl mir, was passiert ist."

Da schaute DK mich direkt an und ich wurde daran erinnert, dass Starren keine gute Sache war, darum versuchte ich, mich mit Tassen und Kaffee zu beschäftigen, aber nicht, bevor DK Ben etwas zeigte und Ben das Licht voll aufdrehte. Nicht, bevor ich die Prellungen sah.

Ein tiefes Rot an DKs Hals, ein lila Fleck auf seinem Arm, hellrote Stellen an seinen Handgelenken.

Ich hörte, wie Ben vor Entsetzen fluchte und ich hatte große Mühe, meine Wut zu bezähmen. Ein Kind schlagen?

Was zur Hölle?

„Ich werde nicht zurückgehen", schnappte DK. „Du kannst mich nicht zwingen. Ich bin jetzt achtzehn und ich entscheide mich, bei dir zu sein."

Ben warf mir einen Blick zu und ich sah den Konflikt in seinen Augen. Ich wollte ihm sagen, dass für den Jungen alles in Ordnung kommen würde, dass er ihm einen Platz zum Bleiben anbieten sollte. Ich wollte, dass der Mann, der Hunde rettete, dasselbe Mitgefühl für seinen Neffen zeigte. Ich brauchte das ebenso wie eine Umarmung, Reinheit in jemandem zu sehen, der das genaue Gegenteil von mir war.

„In Ordnung", sagte Ben und stand auf. Er streckte eine Hand aus und zog DK in eine Umarmung. „Aber es muss alles korrekt sein. Ich werde mit deinem Dad reden müssen."

DK sah schockiert aus, dann zuckte er mit den Schultern, was für mich wie ein Beweis für Selbsterhaltung aussah. Vielleicht schüttelte er in seinem Leben alles ab?

„Dad kann gar nichts tun. Er kann mich nicht zwingen, nach Hause zu kommen."

„Ich weiß", flüsterte Ben.

Dann fing DK zu weinen an und lehnte sich an Ben. „Warum musste Onkel Liam sterben?", fragte er mit einem Schluchzen.

Ich schaute zu, an Ort und Stelle erstarrt, während Ben seinen Neffen hielt. Ich schwöre, dass ich auch in Bens Gesicht Tränen sah, aber in diesem Licht konnte ich mir nicht sicher sein.

Warum sollte ein Witwer nicht mit der Familie seines Ehemannes weinen?

Ich war ein Voyeur, die schlimmste Art Zuschauer, sah diese nackte Trauer, die ich verstand, mit der ich aber nicht umgehen konnte. Stattdessen stellte ich die gefüllten Kaffeetassen auf, nahm meine und verließ das Zimmer, folgte dem Flur dorthin, wo ich wusste, dass die Welpen waren.

Ich stand da und schaute sie an, zusammengekuschelt in einem Haufen Fell, versuchte, eine Art Frieden zu finden oder Verständnis oder, zur Hölle, Mitgefühl, das ich Ben geben konnte.

Wie zum Teufel war diese unkomplizierte *Sache* zwischen uns so kompliziert mit Begehren und auch noch Trauer geworden?

Ich hatte dafür keine Zeit. Ich hatte genügend eigene Probleme hinter einer Wand in meinem Verstand aufgestaut und ich würde sie nicht so bald hervorziehen und ansehen.

„Ich nehme DK mit zu mir", sagte Ben hinter mir. Ich konnte sein Spiegelbild im Glas sehen und er blieb dort, kam nicht weiter zu mir.

„Das ist also der Neffe deines Ehemanns …" Ich ließ es offen, wartete darauf, dass Ben es erklärte, obwohl ich mir das Recht, alles zu wissen nicht wirklich verdient hatte.

„Ja. Mein Ehemann, Liam, sein Bruder hat drei Söhne. DK ist der Jüngste. Der arme Junge geriet ins Kreuzfeuer, als Liam sich entschied, mich zu heiraten. Und als Liam dann sein Testament änderte und mir alles vererbte, verwandelte die Abneigung gegen mich sich in Hass. Er wollte nicht einmal, dass DK mich besuchte, obwohl er früher hier an den Wochenenden einen Teilzeitjob hatte.

„Aber du lässt ihn jetzt bei dir bleiben." Ich musste wissen, dass dies real war für den Jungen mit den Tränen und den Prellungen.

Ich hatte Leuten schlimmere Verletzungen zugefügt als die, die ich auf DKs Haut gesehen hatte, aber niemals abseits des Eises. Niemals in solcher Wut, dass ich einem Kind hätte wehtun können oder meinem eigenen Sohn. Ich hasste es, dass Zweifel darüber, was Ben tun würde, in meinen Tonfall krochen und ich sah, dass meine Worte ihn ein wenig verletzten, so wie er sich versteifte.

„Er wird bei mir immer einen Platz haben." Seine Stimme war kurzangebunden und ich wusste, dass ich es verbockt hatte.

„Ich habe es nicht so gemeint. Ich kenne dich."

Er wandte sich zum Gehen, aber ich schwöre, ich hörte ihn murmeln, dass ich ihn überhaupt nicht kannte.

Großartig, jetzt war ich derjenige, der sich verletzt fühlte. Ich holte ihn ein und packte ihn am Ärmel, hielt ihn an und küsste ihn, sanft und nachdrücklich, bis er mit einem Seufzen seine Hände um meinen Hals legte.

„Du musst dir darüber keine Sorgen machen", verkündete er, wobei seine Augen voller Emotionen waren.

„Die habe ich mir nicht gemacht", gab ich zu. Ehrlichkeit war schließlich eine meiner Stärken. „Aber hier handelt es sich um einen verletzlichen jungen

Erwachsenen und Hölle, du machst es mir verdammt schwer, wegzugehen und mich nicht zu kümmern."

Er legte seinen Kopf auf meine Schulter und ich hörte dieses Seufzen erneut, als ob das Gewicht der Welt schwer auf ihm lastete. Ich war ein großer Mann und ich hatte den Raum, ihm einen Teil der Sorgen abzunehmen. Das ist so mein Ding. Schutz. Die Wand zu sein.

„Aber du willst die Sorgen jetzt? Nach … was? Ein paar Mal Sex?"

Ich versuchte, ihn mit meiner Antwort aufzumuntern. „Ich habe, abgesehen von Hockey, sonst nichts zu tun."

„Du bist ein Idiot."

Da tippte ich mir an den Kopf. „Habe zu oft eins auf den Kopf bekommen."

Ich scherzte. Das war es, was jeder Hockeyspieler sagen würde.

Aber die Wahrheit darin brodelte wie Säure in mir.

Ich tat, was ich am besten konnte. Ich ignorierte das Knäuel der Blutgefäße in meinem Kopf und machte weiter.

SIEBEN

Ben

DK eine Bleibe zu bieten machte mich zu einem nervösen Wrack. Ich liebte ihn und seine Brüder, aber zu wissen, dass DKs Vater, Rolf, jederzeit auftauchen und vor Hass kochen würde, machte mich fertig. Er hatte meine Ehe mit Liam nie gutgeheißen. Er hatte die Hochzeit boykottiert und die Hälfte der Familie mit sich genommen. Natürlich war er bei dem kleinen Empfang mit der offenen Bar aufgetaucht, hatte mit seinen Vorurteilen Chaos gestiftet. Ich hatte ihn wegschicken wollen, aber die Traurigkeit in Liams Augen hatte mich dazu gebracht, meinen Mund zu halten.

Ich hasste ihn und ich hatte eigentlich nicht die Fähigkeit, irgendjemanden zu hassen, darum wusste ich nicht, woher das kam.

Vor allem machte er mir Angst.

Dazu hatten wir noch den Vandalismus und ich hatte den Angestellten im Tierheim gesagt, dass niemand je allein auf dem Gelände sein sollte. Wir überprüften alle Schlösser doppelt, bevor wir abends gingen.

Mein Haus war … nun, mein Haus war ein Nest voller Stachelschweine.

Glenna und Carol hatten über die Situation informiert werden müssen, weil Rolf wusste, wo wir wohnten.

Meine Großtanten waren ausgeflippt, als sie die Prellungen auf DKs blasser Haut gesehen hatten. Es hatte all meine Überzeugungskraft gebraucht, damit sie nicht die Polizei riefen. Zum einen würde die Polizei wahrscheinlich keinen Streifenwagen schicken, um vor unserem Haus zu parken und uns zu beschützen. Zum anderen war DK—oder David Kenneth, wie Liam ihn immer gerne im Scherz genannt hatte, da der Junge aus irgendeinem Grund seinen Vornamen hasste—vom Gesetz her erwachsen. Natürlich konnte er eine Anzeige wegen Körperverletzung aufgeben, aber er weigerte sich. Und es wäre sein Wort gegen das von Rolf und wer würde einem Jungen glauben, der ein paar rote Markierungen in seiner Akte hatte? Kleine Dinge. Teenagerkram. Hauptsächlich Tags an alten Häusern. Ein gestohlener Schokoriegel in einem Laden. Dasselbe, was jedes Kind aus der Stadt machte—glaubt mir, er hätte *viel* schlimmere Sachen anstellen können—aber DK war immer erwischt worden.

Als von Max das Angebot kam, das fünfte Spiel gegen Washington anzuschauen, zögerte ich.

„Max, ich weiß das wirklich zu schätzen", sagte ich, während ich die Karten betrachtete, die er mir gerade in die Hand gedrückt hatte, mitten in meinem Büro.

„*Aber*?"

„Aber ich bin mir nicht sicher, ob ich das Haus verlassen sollte. Was, wenn Rolf auftaucht?"

Max musterte mich eingehend. „Ben, du kannst den Jungen nicht ewig in deinem Haus verstecken. Und um ganz ehrlich zu sein, du siehst wie gehämmerte Scheiße aus."

„Danke." Ich schaute ihn wütend an, fuhr mir dann mit einer Hand über mein Gesicht. „Ich fühle mich wie gehämmerte Scheiße."

Seit DK aufgetaucht war, hatte ich nicht mehr gut geschlafen und mein Magen war wie ein Topf Säure. Stress tat mir nicht gut.

„Komm zum Spiel. Bring DK mit. Du musst dich entspannen." Er legte seine große Hand auf meinen Nacken, rieb und zog mich an sich. Ich ließ ihn beides tun, weil ich wirklich eine kleine Nackenmassage brauchen konnte, genau wie das Gefühl seiner Arme um mich. Max wurde langsam eine Konstante in meinem Alltag, die Sache im Leben, für die man aufwacht und nach der man sucht oder feststellt, dass man in der Nacht danach getastet hat. Wir hatten noch nicht einmal ein richtiges Date gehabt oder eine ganze Nacht miteinander verbracht. Ich sehnte mich nach diesen Dingen. Vielleicht musste ich aufhören, auf die Dinge, die ich wollte, zu warten. Ich wusste nur zu gut, wie kurz das Leben sein konnte. Schrecklich kurz manchmal. Während meine Augen sich schlossen, als seine Finger die harten Muskeln in meinem Hals bearbeiteten, ließ ich die Worte herausschlüpfen.

„Ich wette, Washington gewinnt."

Max lachte leise. „Welche Art Wette schwebt dir vor?"

„Wenn sie heute Abend gewinnen, kommst du nach dem Spiel mit mir nach Hause und bleibst die ganze Nacht."

Die Halsmassage stoppte. Meine Atmung ebenfalls.

„Hey, schau mich an." Ich öffnete meine Augen und starrte in gold-braune Augen, die vor Emotionen brannten. „Ist das etwas, das du wirklich von mir willst?"

„Ja."

„Kann ich die Nacht auch bei dir verbringen, wenn wir gewinnen?"

Die Railers hatten mein Team in dem Spiel davor verkohlt. Sie hatten Washington verbrannt, als wären sie billige Hühnerbeine über einer offenen Flamme.

„Du willst das?"

„Ja. Will ich."

Ich holte tief Luft, bevor ich ohnmächtig wurde. „In Ordnung. Ich suche eine zweite Zahnbürste und stelle sie neben meine."

Max küsste mich so hart und so lang, dass die Sache mit der Ohnmacht wieder zu einer Sorge wurde.

DK und ich waren zwischen den beiden größten Railers-Fans eingeklemmt, in die Gott je Atem gehaucht hatte. Beide Männer sahen wie Linebackers aus und sie waren wild. Die Gesichter hatten sie in diesem rauchigen Blau der Railers-Jerseys bemalt, ihre Brustkörbe waren nackt mit einer Dampflok, die so aussah, als wäre sie mit einem Filzstift gemalt worden, und wurden stolz zur

Schau gestellt. Oh, und sie waren betrunken. Und nicht einfach nur angenehm angeheitert. Ich meine sturzbetrunken. DK fand es absolut lustig, dass die einzige Person in der East River Arena, die für das Team aus Washington jubelte, zwischen zwei riesigen Männern eingepfercht war.

Jedes Mal, wenn Washington etwas Gutes machte—und das war oft—jubelte ich und wurde dann sofort finster angesehen. Noch war nichts Abwertendes gesagt worden, aber ich war mir sicher, dass dies nur eine Frage der Zeit war. Dennoch würde ich mich vor DK nicht einschüchtern lassen, darum feuerte ich so mutig an, wie ein Mann das tun konnte.

„Mann, sie sehen wie ein anderes Team aus", schrie DK, nachdem unser großer russischer Stürmer Tennant Rowe ausschaltete. Und ich meinte *ausschaltete*. Sauberer Schultercheck, der Rowe im Brustkorb erwischte, während er den Puck in Richtung der Bande bewegte. Das Wunderkind fiel hart, seine Schulter fing den Großteil des Aufpralls gegen die Bande ab. Rowe lag auf dem Eis, bewegungslos und, so wie sein Gesicht aussah, mit heftigen Schmerzen. Mein Team stahl den Puck und raste auf den Goalie der Railers zu, der Schuss vom Mittelpunkt von unserem Star segelte über Stans linke Schulter und schüttelte das Netz. Ich sprang auf, als das rote Licht aufleuchtete.

Mr. Berg rechts von mir beugte sich nach unten, um mich anzustarren, seine Nase war beinahe flach gegen meine gepresst.

„Du musst … zurück nach Hause gehen, kleiner

Mann." Sein Atem war grauenvoll. Eine Übelkeit erregende Mischung aus schalem Bier und Nachokäse.

DK kam hoch. „Alles gut. Er geht mit Max van Hellren aus."

Schön. Jetzt waren Max und ich also geoutet. Sobald er es gesagt hatte, wurde DKs Gesicht lang, als die Realität dessen, was er gerade verkündet hatte, einsank.

Das war interessant. Ich hatte eine kurze Vision der Prügel, die ich bekommen würde, weil ich schwarz, schwul und ein Washington Fan war.

Der Mann mit der Gesichtsbemalung, der mir ins Gesicht atmete, starrte mich eine Minute lang dumpf an. Ich ballte meine Finger vorbereitend zur Faust. Sie mochten mich ja wie einen Teppich schlagen, aber ich hatte vor, zumindest einen Treffer zu landen, bevor ich zu Boden ging.

Niemals in einer Million Jahren hätte ich erwartet, dass er mich in eine heftige Umarmung zog und mich direkt auf die Lippen küsste.

Als meine Füße wieder auf dem kalten Zement standen, taumelte ich mit weit aufgerissenen Augen gegen DK.

„Mein Mann und ich lieben den Heller!" Er tätschelte den Kopf des kleinen Mannes zu seiner Linken, der lächelte und um den kräftigen, blaugesichtigen Mann herum winkte.

„Oh. Na dann, alles gut!" Ich grinste und hob die Daumen, setzte mich dann und gab mein Bestes, für den Rest des Spiels nicht von einem weiteren Mann geküsst zu werden. Ein wenig später wurde es knapp, als Tennant Rowe diesen atemberaubenden Spielzug direkt an unserer blauen Linie durchführte. Er schaffte es, den Schläger eines unserer Verteidiger anzuheben und dann, mit einer wilden, geschmeidigen Bewegung, um ihn herum zu tänzeln, den Puck aufzunehmen und auf unseren Goalie zuzurasen. Er machte einen rauchenden Schuss, der irgendwie durch die fünf Zentimeter Raum zwischen dem Blocker unseres Goalies und dem Rohr ging. Mr. Berg klopfte mir nur auf den Rücken, als Rowe das Tor machte, Gott sei Dank.

Dieses Tor verschaffte den Railers neue Energie, aber sie konnten das nächste Tor, das sie für ein Unentschieden brauchten, nicht machen. Washington hatte dieses Spiel gewonnen und fuhr zurück nach Hause.

„Sag dem Heller, dass ich ihn liebe", schrie Mr. Berg, als DK und ich uns durch die Menge quetschten, das Stadion verließen.

„Das werde ich", brüllte ich über meine Schulter.

Es war eine wunderschöne Nacht. Warm und klar, wenig Luftfeuchtigkeit. DK und ich standen vor dem Spielerausgang, plauderten mit Fans, während wir darauf warteten, dass die Spieler kamen.

Max kam in einem grauen Anzug heraus, der seine breiten Schultern und muskulösen Oberschenkel perfekt umhüllte. Er redete gerade mit Stan, als er uns sah. Seine Lippen zogen sich zu einem Lächeln auf. Eine Welle der Zuneigung überfiel mich, als ich zusah, wie er sich durch die Fans bewegte, auf Käppis und Programmen unterschrieb. Er war wirklich ein guter Mann. Und ich verliebte mich wirklich schneller in ihn, als ich das sollte, das wusste ich. Dennoch sehnte ich mich danach, obwohl das Wissen mir Angst machte.

„Hallo, Benton Hundemann!" Stan schlug mir auf die Schulter. Ich wimmerte und schaffte ein Lächeln. „Ich suche noch nach gutem Hund. Großem Hund. Lange Zähne mit brennenden roten Augen. Hast du schon so einen Hund?"

„Ah, nein, tut mir leid. Keine Hunde mit roten Augen, aber ich rufe dich an, sobald ich einen bekomme."

„*Da*. Gut. Und wenn du anrufst, rede nur mit mir. Nicht mit Erik reden. Er mag freundlichen Hund mit lockigem Schwanz. Pah. Ich sage, böse Männer keine Angst vor glücklichem Hund. Böse Männer Angst vor Wolfshund. Hast du Wolfshund im Tierheim?"

„Nein, auch keinen von denen. Ich habe ein paar nette Labrador-Mischlinge. Ich kann die Freiwilligen bitten, einen für die nächste ‚Adoptiert ein Tier'-Pause beim Spiel mitzubringen."

Stan dachte darüber nach, als Max neben mich trat, mit seinen Fingern über meine strich.

„In Ordnung, ja, Labrador-Mischling ist in Ordnung, bis Wolfshund mit langen Zähnen kommt." Er nickte, zauste DKs Haare und ging zu Erik, der bei den Autos der Spieler auf ihn wartete.

„Würde es seltsam aussehen, wenn ich die einzige Person in Harrisburg küsse, die ein Washington-T-Shirt trägt?", fragte Max leise, als wir in Richtung unseres Autos gingen, das zusammen mit denen des restlichen Fußvolkes vorne geparkt war.

„Da bin ich mir nicht sicher. Ich glaube, wir sind

schon geoutet, dank jemandem, der nicht genannt werden soll", sagte ich ein wenig spöttisch, warf DK einen übertrieben finsteren Blick zu.

„Es tut mir leid, Onkel Ben. Ich dachte wirklich, der Typ würde dich zu Brei schlagen."

Ich legte einen Arm um seinen Hals und zog Liams Neffen an meine Seite.

„Ah, nun, es ist ja nicht so, dass zwei Typen, die sich küssen, in diesem Team etwas Neues wären", bemerkte Max, öffnete dann die Tür meines Autos. „Wir sehen uns in etwa dreißig Minuten bei dir. Ich muss nach Hause und ein paar Sachen packen."

„Klingt gut." Ich stahl mir einen schnellen Kuss, setzte mich dann hinter das Lenkrad. Max schlug auf das Dach und trat zurück, als wir wegfuhren.

DK und ich tauschten einen Blick und er lächelte mich an.

„Oh, äh, ich habe vergessen dir zu sagen, dass ich die Nacht bei Skipper bleibe", sagte er, ohne jegliche Anzeichen, dass er log, um mir und Max Raum zu geben.

„Ach ja?" Ich hatte den Verdacht, dass er sich das gerade ausgedacht hatte, aber ich machte mit. „Willst du, dass ich dich bei ihm vorbeibringe?"

„Ja, ja, cool." Er hob den Blick nicht von den Nachrichten, die er schickte. Wahrscheinlich an Skipper, um ihn zu informieren, dass er bei ihm schlafen würde.

Wir fuhren in DKs Nachbarschaft, eine sehr schöne Mittelklasse-Gegend und ich folgte seinen Anweisungen zu Skippers Haus.

„Soll ich dich morgen abholen?", fragte ich, als das

Licht auf der Veranda des Hauses, vor dem ich geparkt hatte, anging. Ein schlaksiger Junge kam heraus und winkte.

„Nein, ich frage Skipper, ob er mich fahren kann. Ich wünsche dir eine schöne Nacht, Onkel Ben."

Er rannte zu seinem Kumpel, sie schlugen die Fäuste aneinander, gingen dann hinein. Das Licht ging aus. Ich raste nach Hause, wollte vor Max da sein und vielleicht irgendetwas Romantisches vorbereiten. Oder zumindest die Bettwäsche wechseln.

Ich kam nie dazu, das Bett neu zu beziehen. Max wartete bereits auf mich, als ich vorfuhr. Ich parkte, als meine Tante Glenna aus ihrem Reihenhaus tappte, hinter das Lenkrad ihres alten Lincoln glitt und in einer Wolke brennenden Öls umparkte.

„Komm her und beeil dich, Benton!", bellte Tante Carol. „Wie wir sehen, hast du einen Übernachtungsmann!"

„Gütiger Gott, gib mir Kraft", betete ich, während ihre Worte die Straße entlang in jedes offene Fenster hüpften.

„Tut mir leid, ich dachte, ich wäre diskret", sagte Max, als ich zu ihm schlenderte. Seine Tasche hatte er über die Schulter geworfen. „Ich habe den Fahrer sogar gebeten, die Scheinwerfer auszumachen, damit niemand es mitbekommt."

„Sie haben ein Gehör wie ein Hund", murmelte ich, gerade als Tante Carol ankam, um Max zu mustern. „Warum seid ihr alten Frauen nicht im Bett?"

„Wir planen den Widerstand für das Wochenende. Hmm, hmm, er ist ein kräftiges Exemplar, Benton." Sie zwickte Max' dicken Bizeps und nickte anerkennend. „Habe meine Männer immer groß und kräftig gemocht."

„Carol! Hör auf, den Mann zu zwicken", schrie Tante Glenna, die jetzt in ihrem Bademantel und ihren Pantoffeln auf uns zu watschelte. „Er ist gekommen, um Benton zu zwicken!"

„Alles klar, wir gehen jetzt rein." Ich zog Max nach drinnen und schloss die Tür vor den beiden alten Frauen, die dreckig lächelten.

„Deine Tanten sind lustig." Max warf seine Tasche auf das Sofa, dann trat ich in seine Arme.

„Oh ja, sie sind zum Totlachen."

Ich strich mit meinen Fingern über seine Wangen, genoss die weichen Stoppeln seines Bartes auf meiner Handfläche. Er musste nichts sagen. Ich fühlte es auch. Das Schnappen von Begehren mischte sich mit dem subtilen Glühen von etwas Richtigem. Diese Sache … fühlte sich in jeder Hinsicht *richtig* an.

„Du siehst aus, als ob du Küsse brauchst." Er umfasste meinen Hintern, riss mich fest an sich. „Oder brauchst du etwas anderes?"

„Du liest das schon richtig. Ich brauche Küsse *und* etwas anderes."

Der Kuss war heiße, feuchte Perfektion. Das etwas andere war sogar noch besser. Max und ich hatten diese hervorragende sexuelle Kompatibilität. Wir schienen zu spüren, was der andere brauchte oder wollte. Wir fanden unseren Weg nach oben, mit seiner Tasche und fielen in mein Bett. Bucky umkreiste das Bett, winselte, war wegen irgendetwas nervös.

„Ich tue ihm nicht weh", erklärte Max dem Hund.

„Ich bringe ihn nach unten zu seinem Körbchen."

Ich beeilte mich, das zu tun, wollte so schnell wie möglich zurück zu Max. Bucky rannte zu seinem Körbchen im Wohnzimmer, dasselbe, das er hatte, seit er ein Welpe gewesen war. Er liebte sein Körbchen. Er fühlte sich darin sicher. Ich gab ihm ein Hundeleckerli und lächelte, als er sich nach einigen Liebkosungen darin niederließ.

Ich joggte zurück zu Max, zog mir dabei mein T-Shirt aus, als ich die Tür zum Schlafzimmer erreichte und das leise Schnarchen hörte.

Da lag er, ausgebreitet auf meinem Bett, eine Hand an seinem Schwanz und schlief tief und fest.

Ich konnte nicht wirklich wütend auf ihn sein. Lächelnd zog ich die leichte Sommerdecke über seine Beine und Hüften, entkleidete mich bis auf meine Unterhose und schaltete das Licht aus. Er war ein großer Mann. Auch schwer. Es bedurfte einiges an Stoßen und Schieben, um überhaupt genügend Platz zum Schlafen zu erobern, aber irgendwann bekam ich ihn auf seine Seite und rollte mich hinter ihm zusammen. Die Nachtluft bewegte die Vorhänge, strich über uns, kühlte das Zimmer und mich. Ich rutschte näher, schmiegte mich voll an ihn und seufzte wegen der wunderbaren Wärme, die er an mich abgab. Der Schlaf übermannte mich sanft.

ALS ICH AUFWACHTE, geschah das zum leisen Lied eines Rotkehlchens und warmen Sonnenstrahlen.

Zudem hatte ich einen Mann, der so viel wie ein Silo
wog, auf mir liegen. Es war nett und flauschig, aber
auch ziemlich unbequem. Dennoch blieb ich liegen,
solange ich konnte, wand mich dann unter ihm hervor.
Max bewegte sich kein einziges Mal. Schnaufte nicht,
schniefte nicht, grunzte nicht einmal. Der Mann war ein
Tiefschläfer. Wahrscheinlich von all den Jahren, in
denen er mit anderen Typen, die Wälder absägten, in
Hotelzimmern geschlafen hatte.

Ich schlich mich ins Bad, duschte, rasierte mich und
zog eine Haushose und ein Tanktop an. Dann ging ich
in die Küche, begierig darauf, den Kaffee zu machen
und das Frühstück vorzubereiten. Da es Sonntag war,
hatte ich frei. Hoffentlich. Es sei denn, es kamen neue
Tiere an. Die Stadt war groß, es war selten, dass nicht
jeden Wochentag ein neues Tier gebracht wurde. Ich
sagte Bucky, dass er aus dem Körbchen kommen
konnte, öffnete dann die Hintertür für ihn. Er sprang in
den Garten. Ich schloss die Fliegentür und ließ ihn in
meinem umzäunten Stückchen Grün sein Ding
machen.

Die Fenster glühten in sonniger Wärme, während
ich mich in meiner kleinen, aber heimeligen Küche
bewegte. Der Kaffee war schon bald fertig und ich
suchte die Zutaten für French Toast zusammen. Musik
aus meinem Handy füllte das Zimmer, die Miracles
übernahmen meinen Körper mit „Love Machine".
Pfanne in einer Hand, Pfannenwender in der anderen,
vollführte ich ein paar funky Moves. Ich war ein
verdammt guter Tänzer. Das hatte Liam immer gesagt.

Ich wirbelte herum und da stand Max, zerzaust und

frisch aus dem Bett. Seine Arme über seinem Brustkorb verschränkt.

„Ich koche besser mit Musik", erklärte ich als Antwort auf seine buschige Braue, die an seiner Stirn nach oben glitt. „Genieß die Show."

Ich tanzte noch ein wenig mehr, wollte unbedingt, dass er mir ein Kompliment machte.

„Hast du Schmerzen?", fragte er, was meine geschmeidigen Bewegungen stoppte.

„Nein, warum?"

Er schüttelte den Kopf. „Hast du dir je *Seinfeld* angesehen?"

„Klar." Ich senkte den Pfannenwender und die Pfanne von über meinem Kopf nach unten. Ich hörte auch auf, mit meinem Hintern zu wackeln.

„Du siehst irgendwie wie Elaine aus, wenn sie tanzt."

Mein Unterkiefer knallte auf meinen Brustkorb. „Du findest, ich kann nicht tanzen?" Ich war sprachlos. Liam hatte mein tänzerisches Können immer mit glühenden Worten gepriesen. Er war im Vergleich zu mir so schlecht gewesen, dass er nie etwas anderes als Schieber mit mir getanzt hatte, weil er im Vergleich nicht gut wegkam. Hatte er zumindest behauptet.

„Nicht wirklich, nein."

Ich knallte die Pfanne auf den Herd. „Ich kann tanzen."

„Nein, tut mir leid, das kannst du wirklich nicht. Aber das ist in Ordnung, ich kann es auch nicht."

Ich nahm an, er konnte spüren, dass ich wütend wurde. „Ich kann tanzen. Du bist nur nicht daran gewöhnt, so tolle geschmeidige Moves zu sehen."

„Wenn du das sagst." Er tappte zur Tür und ließ Bucky herein. Ich war zu sprachlos und verletzt, um mich von der Stelle zu rühren.

„Ich kann tanzen."

Er kam zu mir, nahm mir den Pfannenwender aus der Hand und zog mich in eine riesige, warme Umarmung.

„Nein, kannst du nicht." Er liebkoste meinen Hals, knabberte und kratzte an meiner Kehle entlang. „Willst du noch ein wenig zurück ins Bett gehen?"

„Ich gehe vielleicht nie wieder mit dir ins Bett", zog ich ihn auf. Irgendwie.

„Das wäre wirklich schade." Er fing meinen Mund, sein Atem minzig-frisch, drängte mich dann langsam gegen den immer noch kalten Herd. „Wenn ich dir sage, dass du wunderbar tanzt, kommst du dann ins Bett?"

„Zu spät, *Heller*. Ich weiß, was du wirklich denkst." Ich schob eine Hand in seine Unterwäsche, die Rückseite meiner Finger strich über seinen harten Schaft.

„Ich werde deine Ohren mit deinen anderen Talenten füllen." Oh, er war gut. Nicht so gut wie ich auf der Tanzfläche, aber gut. „Ich fülle auch deinen Hintern mit meinem Schwanz, wenn du das möchtest."

Oh ja, das wollte ich. Ich wollte das wirklich *sehr*.

„Benton! Du hast dreißig Minuten bis zum Morgengottesdienst. Hör auf, was immer du gerade machst und zieh dich für die Kirche an." Ich zuckte zusammen beim Klang von Tante Glennas Stimme direkt vor der Fliegentür. Max erschrak heftig. Ich riss meine Hand aus seiner Unterwäsche und fluchte laut.

„Pass auf, wie du redest, Benton. Morgen, Max. Du kommst auch mit in die Kirche." Keine Frage. Eine Feststellung.

„Uh, ja, Ma'am."

„Guter Junge."

Und weg war sie, in ihrer besten Sonntagskleidung.

„Ich muss in die Gänge kommen." Ich seufzte und schmiegte mich für einen weiteren Kuss an ihn. Dann mussten wir uns beeilen, bevor eine von ihnen zurückkam und mich erneut mit meiner Hand um seinen Schwanz erwischte. Ich würde Gott darum bitten, mir zu vergeben, dass ich meinen Mann an einem Sonntagmorgen begrapscht hatte. Ich war mir ziemlich sicher, dass er das tun würde. Gott war in dieser Hinsicht cool.

ACHT

Max

_____

Wir brauchten nur noch ein Spiel, um es in die nächste Runde zu schaffen, aber Washington machte es uns nicht leicht. Sie hatten Spiel fünf in unserem Stadion gewonnen und wir waren für das sechste Spiel wieder in Washington. Nach der Hälfte der Spielzeit stand es unentschieden und sie umschwärmten Ten wie Fliegen die Scheiße. Ich legte mich im Moment gerade mit ihrem großen Verteidiger an, Vladimir Vleck, ein Meter fünfundneunzig, gebaut wie ein Panzer und seine Hände vor sich zu Fäusten geballt.

Ich hatte die Handschuhe bereits ausgezogen, weil das Arschloch Ten gegen die Bande gestoßen hatte, schon wieder, zwei Spiele hintereinander. Coach wollte, dass ich es gut sein ließ, dass ich daran arbeitete, Ten zu beschützen, es hatte mich wütend gemacht, wie sie Ten vor einer Minute vom Eis hatten helfen müssen. Nicht nur das, aber der Rest der Railers spielte auf einmal vorsichtig und das konnten wir uns nicht leisten.

Dieses Spiel war schal und es war meine Aufgabe, die Dinge in Schwung zu bringen.

Ich wartete darauf, dass Vleck anfing. Er plapperte irgendeinen Scheiß über meinen Schwanz oder meine Mutter, aber ich hörte nicht zu. Man spottet nicht und kämpft. Das macht nachlässig. Ich sah, wie er seine Schulter sinken ließ, seinen Schlag dadurch laut ankündigte, wich aus und konterte sofort. Ich schaffte zwei saubere Schläge und er taumelte zurück und packte meinen Jersey. Ich grub meine Kufen ein, lehnte mich in den Griff und er begann, das Gleichgewicht zu verlieren. Ich konnte den Sieg spüren, schlug noch drei weitere Male zu, spürte, wie andere an meinem Jersey zerrten, mich von dem mit den Armen rudernden Russen auf dem Eis wegzogen.

„Fick dich", sagte ich laut genug, dass er mich hören konnte, aber leise genug, dass ich deswegen keinen Ärger bekommen würde. Toly war jetzt zwischen uns, sein Gesicht zu einem breiten Grinsen verzogen. Er klopfte mir auf die Schulter, fuhr dann mit mir und dem Schiedsrichter zur Penaltybox und das war es. Sie halfen Vleck vom Eis, Blut in seinem Gesicht und ich bekam fünf Minuten für Kämpfen. Vleck wurde dafür bestraft, dass er angefangen hatte. Es war erstaunlich, wie ich die Dinge für die Schiedsrichter aussehen lassen konnte, wenn ich das wollte. Der Teamkapitän schrie mir etwas auf Russisch zu und Toly zuckte mit den Schultern, als ich ihn ansah.

„Deine Mom", erklärte er.

Ich wandte mich dem massigen Russen zu, der mich mit feurigem Blick anstarrte und dann hob ich nur kurz die Schultern. Ich hatte meinen Teil getan und das Team konnte damit arbeiten.

Ten war wieder auf dem Eis. Er fuhr an mir vorbei und nickte. Ich hatte ihren größten, schlimmsten Verteidiger außer Gefecht gesetzt und er gab mir das Versprechen, dass es nicht umsonst gewesen sein würde.

Dreiundzwanzig Sekunden später, mit einem Manöver, das es in die Play-off-Highlight Rotation schaffen würde, kam ein klarer Pass vom Kapitän und Ten versenkte den Puck vorbei an einem erschrockenen, aus dem Gleichgewicht geratenen Goalie.

Das Feuer des Kampfes brannte heiß im Team und auf einmal gewannen wir. Zwei weitere und wir hatten die Gegner gebrochen. Toly schaffte sogar ein Tor ins leere Netz, als sie ihren Goalie aus dem Spiel nahmen.

Wir hatten das Spiel gewonnen, hatten diese Runde gewonnen und das neueste Expansionsteam hatte es auf die nächste Stufe des Stanley Cups geschafft. Es war jedoch nicht zu Hause passiert und die Zuschauer in Washington buhten, aber das hatten wir die ganze Nacht gehabt. Im Stadion des gegnerischen Teams zu gewinnen ist etwas, auf das wir alle in unseren Karrieren hoffen können. Ten fuhr Kreise um mich herum und wir schlugen die Köpfe mit Stan zusammen, der nicht aufhören konnte, wie ein Idiot zu grinsen.

Ja. Das war gut.

Und ich musste es mit jemandem teilen. Ich musste all das mit Ben teilen, von dem ich wusste, dass er zugesehen hatte.

Wir blieben diese Nacht im Hotel, würden am Morgen fliegen und die Stimmung war hervorragend.

Ich schaute nicht auf mein Handy. Ich wollte nicht, dass irgendjemand anderes sah, was er gesagt hatte oder was ich zu ihm sagen würde. Ich wollte vollkommene Privatsphäre, nur ich und seine Worte und ich würde sie genießen, ebenso wie die Tatsache, dass wir am Gewinnen waren. Ich wurde von Teammitgliedern aufgehalten, inklusive Dieter, der mir sagte, dass Lola mir gratulierte. Ich dankte ihm, stand geduldig da, während er mir erzählte, dass er und Lola gewettet hatten, in wie viele Kämpfe ich geraten würde. Er hatte anscheinend gewonnen, weil Lola angenommen hatte, dass ich mindestens drei Mal die Handschuhe ausziehen müsste, um das Spiel zu beeinflussen.

Toly wollte mir erzählen, was für ein Arsch Vleck war und wie sehr er sich freute, dass ich ihn aus dem Spiel genommen hatte.

Ten wollte mir ein High Five geben und dann machte er diese komplizierte Fäuste-aneinander-Abfolge und erklärte mir, dass ich unbedingt ein Pokémon-Tattoo brauchte.

Jared schüttelte nur meine Hand und nickte.

Als ich endlich in meinem Zimmer war, war ich begierig darauf zu erfahren, was Ben mir geschrieben hatte. Sobald die Tür zu war, schaute ich aufs Handy und sah nur drei Worte.

Ruf mich an.

Ich zog mein Jackett, meinen Gürtel, meine Krawatte und die Hose aus und setzte mich auf das Bett, wählte seine Nummer und wusste nicht recht, was ich sagen sollte, als Ben beim ersten Klingeln abnahm.

„Verdammt", sagte er, fluchte, was untypisch für ihn war. „Das war intensiv", fügte er hinzu. „Glückwunsch."

Ich hatte gewusst, dass ich lieben würde, was immer er sagte, ich hatte nur nicht gewusst, wie sehr. Es waren nicht die Worte. Es war die Atemlosigkeit, mit der sie ausgesprochen wurden, als ob das Spiel oder vielleicht ich, ihn wirklich überwältigt hätte.

„Es war ein gutes Spiel—"

„Gut? Es war unglaublich. Wie du Vleck ausgeschaltet hast, oh mein Gott, ich habe ihn noch nie so schnell fallen sehen und dann Ten, wie er … In Ordnung, für den Rest des Cups bin ich offiziell ein Railers-Fan."

Ich ließ ihn weiterplappern, über Corsi-Statistiken und Spielzüge und Lichter und dass Ten, seiner Meinung nach, eines Tages Kapitän sein würde und wie sehr er Arvy vermisste, aber dass es in Ordnung war, weil Dieter ein brillanter Two-Way Stürmer war. Es ging immer so weiter und mir wurde klar, dass ich einem Fan zuhörte und das brachte mich zum Lächeln. Ich zog Ben von der dunklen Seite, Washington zu unterstützen und wenn es nach mir ging, würde ich ihn behalten.

Nicht für mich.

Als Fan.

Natürlich.

Er verlor schließlich an Schwung und seine Stimme wurde tiefer. „Weißt du, was mir am besten gefallen hat?"

Ich dachte, wir hätten schon alles besprochen, waren meinen Schlag gegen Vleck durchgegangen, darum konnte es nichts mit mir zu tun haben, was mich ein wenig enttäuschte, bis er wieder zu reden anfing.

„Sie haben die Umkleide nach dem Spiel auf Twitter gezeigt. Diese Sache, als die Railers diesen blauen Hut dem wichtigsten Spieler im Spiel gegeben haben? Ich weiß, dass Stan ihn bekommen hat, aber er hätte dir zugestanden und dann bist du zu Stan gegangen, um ihm zu gratulieren … und …" Er wurde für einen Moment still. „Du hattest dein Oberteil ausgezogen und du bist direkt vor der Kamera stehen geblieben, verschwitzt, deine Haare, als ob du sie mit den Händen zerzaust hättest und ich habe noch nie so etwas Heißes gesehen."

Mann. Ich war so hart und ich schob meine Hand in meine Unterwäsche, schlang meine Finger um meinen schmerzenden Schwanz. Die Stimme meines Mannes war wie guter Whiskey, ein Brennen und dann eine glatte Wärme, die meinen Körper überflutete. Ich hörte, wie sein Atem stockte und ich wusste, was er machte.

„Holst du dir einen runter?", erkundigte ich mich.

„Als du dich der Kamera zugewandt hast und dir klar wurde, dass du gefilmt wirst, hast du deine Muskeln angespannt und ich habe dich gesehen und den Schweiß und … guh …"

Ich schob meine Unterhose weg und klemmte mir mein Oberteil unters Kinn, wünschte, ich hätte mehr Zeit—ich wollte das hier in die Länge ziehen—und stellte ihn auf Lautsprecher.

„Was würdest du tun?", fragte ich, während ich auf dem Bett nach hinten rutschte, meine Beine anzog und zur Seite fallen ließ. Ich begann mit einem Rhythmus an meinem Schwanz und schloss meine Augen.

„Ich würde dich einfach nur so stehenlassen", sagte er, seine Stimme stockte erneut. „Und ich würde auf die Knie gehen, direkt vor dir und ich würde dich so tief einsaugen …"

„Mach weiter", ermunterte ich ihn, als er stoppte.

„Was würdest du tun?", erkundigte er sich, gab meine Frage an mich zurück.

Gott, wie sollte ich denken? „Ich würde nicht zulassen, dass du dich bewegst. Ich würde deinen Kopf stillhalten und ich würde deinen Mund so hart ficken …"

Stille, dann stöhnte er und ich kannte diesen Laut—er kam—und in Sekunden war ich bei ihm, wölbte mich in meine Faust, fiel dann zurück auf das Bett, erlöst.

Wir schwiegen beide und ich weiß nicht, wie lang es dauerte, aber es war Ben, der die Stille durchbrach.

„Das habe ich noch nie zuvor getan", murmelte er. „Aber dich auf dem Bildschirm zu sehen und wie du gewonnen hast …"

Es klang, als ob er sich entschuldigen würde, obwohl ich nicht wusste, wofür. War es, weil es für ihn ein erstes Mal war? Oder weil er von einem Spiel geil geworden war?

„Ich hatte auch noch nie Telefonsex, aber Hockeykämpfe machen mich heiß", gab ich zu und ich log nicht. Ich hatte noch nie mit einem Mann eine so tiefe Verbindung aufgebaut, um etwas so unglaublich Intimes zu tun, aber ich war der Erste, der zugab, dass ich schon wegen Spielen gekommen war.

Mehr Schweigen und ich stand gerade kurz davor, etwas Dummes zu sagen, als er anfing zu reden.

„Es ist nicht so, dass ich mit Liam kein gesundes Sexleben hatte. Das hatte ich."

Will ich das hören?

„Es ist nur so, dass wir ständig zusammen waren. Wir haben zusammen gearbeitet, zusammen gewohnt und ich habe ihn so sehr geliebt, dass ich nicht von ihm getrennt sein wollte."

Was möchte er dazu von mir hören?

„Uh-huh", machte ich, weil das alles war, was mir einfiel. Ein Teil von mir wollte hören, wie er über seinen Ehemann redete, weil er dann erkennen würde, dass das, was wir hatten, nicht dasselbe war. Es war nur Sex.

Der andere Teil von mir litt mit ihm, hatte Mitleid mit ihm, weil er so einen schrecklichen, das Herz brechenden Verlust erlitten hatte.

„Es tut mir leid, dass er gestorben ist", fügte ich meinem einfachen uh-huh hinzu. Ich glaubte, dass er das hören musste.

„Danke", murmelte er. „Ich … ich brauche …" Er suchte eindeutig intensiv nach den richtigen Worten. „Es tut mir leid, dass ich das hier ruiniert habe", sagte er am Ende.

Meine normale Reaktion wäre etwas Vulgäres darüber gewesen, dass ich beim Klang seiner Stimme kam und ihm für den Spaß zu danken. Das war der alte Max. Der Max, der existiert hatte, bevor ich Ben kennenlernte, bevor er mich dazu brachte zu überdenken, was ich mit mir selbst machte.

Ja, ich würde in ein paar Wochen in den Ruhestand gehen. Ja, ich lebte mit der Furcht vor dem Tod, aber irgendwie griff Ben in mich hinein, an all diesen verknoteten Ängsten vorbei und er berührte etwas Eisiges und machte heiß.

Darum dachte ich noch einmal darüber nach, was ich sagen würde.

„Du hast gar nichts ruiniert, Ben. Ich will, dass du mit mir redest. Ich muss *dich* kennen."

Woher diese Worte kamen, wusste ich nicht. Ich wusste nur, dass sie wahr waren.

WIR HATTEN ein paar Tage frei vor unserem nächsten Spiel. Unsere Gegner standen noch nicht fest. Ihre Spiele gingen über die vollen sieben Runden und das bedeutete, dass sie müde sein würden, wenn sie in der nächsten Runde auf uns trafen.

Das sagte zumindest Coach Benson, einfach, klar und ohne ein Anzeichen von Emotion. Man sollte meinen, der Mann wäre aufgeregt, weil wir es so weit in den Play-offs geschafft hatten, aber er war ruhig und rational. An diesem Tag mussten wir daran arbeiten, gegen Ten zu verteidigen, was sehr lehrreich war. Der Junge war nicht einfach nur schnell, er hatte diese Art, das Eis anzusehen, eine Aufmerksamkeit, die dazu führte, dass Westy und ich wie wild herumfuhren, nicht zu vergessen Stan, der eine Menge Zeit damit verbrachte, seine Rohre entschuldigend zu streicheln. Das einzige Mal, als ich Ten tatsächlich stoppte, war, als ich Atem schöpfte. Er bemerkte nicht, dass ich angehalten hatte, und fuhr in meine bewegungslose Gestalt. Er atmete nicht einmal schwer.

„Tut mir leid", sagte er und raste in die andere Richtung davon.

„Denkst du, Jared kippt Ten Speed in seine Frühstücksflocken?", jammerte Westy neben mir.

Ich tippte sein Schienbein mit meinem Schläger an. „Nein, wir werden nur alt."

„Ich bin vierundzwanzig, Arschloch."

Ich warf ihm einen vernichtenden Blick zu. „Dann ja, bist du einfach zu langsam."

Westy lachte schnaubend und wir gingen wieder in Position, sahen zu, wie ein grinsender Ten den Puck vor uns mit dem Schläger tanzen ließ. Der verdammte Junge würde uns bis ins Finale bringen, das wusste ich tief in mir.

„Komm, versuch Tor machen", schrie Stan, seine Worte noch mehr durcheinander als normal. Ich bewunderte den großen Mann, mit seinem Vokabular aus einem russischen Spionagefilm und seiner Liebe für alles, was mit Erik zu tun hatte.

„Ich bin zwei in Führung", schrie Ten zurück.

Stan knurrte. Ich konnte es deutlich hören. „Ich lasse rein. Mache großes Ego", sagte er entschlossen und ging in Position.

Und dann bewegte Ten sich, flog aus dem Stand los, links, einmal herum, fing meinen Schläger mit seinem, hob ihn, schlug den Puck zwischen Westys Beinen hindurch und zielte dann auf das Tor. Zum Glück war Stan aufmerksamer und deutlich schneller als ich und

Westy und er fing den Puck, tätschelte seine Rohre, während er ihn eng an seinen Brustkorb drückte, wie ein Kätzchen, ihn schützend umarmte.

„Du schlecht wie Roomba der Boden saugt!", brüllte er in Tens Richtung.

Ich sah zu, wie er und Ten einander Beleidigungen an den Kopf warfen, wartete darauf, dass das nächste Verteidigerpaar an die Reihe kam, schaute dann in die Ränge. Es gab dort noch keine in Pension geschickten Jerseys und ich bezweifelte, dass meine Nummer dort oben jemals ausgestellt werden würde, nachdem ich nur wenige Monate hier gewesen war. Dennoch würde ich ein Teil dieses Teams sein, das Geschichte machte und wir waren in der nächsten verdammten Runde.

Arvy fuhr zu mir, trug immer noch den Jersey, der besagte, dass er nicht berührt werden durfte. Wenn er gesund gewesen wäre, hätten wir einen beeindruckenden ersten Block gehabt, unaufhaltsam.

„Wie lange noch?", fragte Westy, schaute auf das verwundete Bein, als ob er dadurch in der Lage wäre zu erkennen, wie schlimm die Verletzung war. Dann wurde mir klar, dass ich dasselbe tat.

Arvy zuckte mit den Schultern. „Ich bekomme vielleicht bald etwas Zeit auf dem Eis."

Ten kam spritzend neben uns zum Stehen. „Bist du in der nächsten Runde dabei?" Er klang hoffnungsvoll, aber Arvy konnte uns nichts sagen.

Mit Ausnahme einer interessanten Sache.

„Ihr steht vor Mister April", sagte er und spannte seine Muskeln an. „Ich habe es immer noch drauf."

„Juli", verkündete Ten. „Sie wollten mich oben ohne. Jared war nicht begeistert."

Ich hatte keine Ahnung, worüber sie redeten, doch als Westy sich einmischte und erklärte, dass er November war und sie gewollt hatten, dass er auf falschem Schnee saß, war ich neugierig.

„Es geht um den Kalender für das Tierheim, bei dem wir mit den Welpen posieren, um Geld zu sammeln. Ben organisiert es." Ten warf mir einen kalkulierenden Blick zu, als er das sagte.

Arvy meldete sich. „Welcher Monat bist du?"

„Ich habe keine Ahnung." Ich bezweifelte, dass ich für irgendetwas eingeteilt worden war. Ich war hier für den Cup, verlieh Tiefe und Nachdruck, aber danach bezweifelte ich, dass die Railers mich behalten würden, sogar wenn ich nicht ohnehin in Rente gehen würde.

„Er wird Oktober sein", meinte Arvy. „Gebt ihm ein paar Hörner und er kann der Teufel sein."

„Wir sollten sie dazu bringen, ihn rot anzumalen", fügte Westy hinzu.

„Ich hasse euch alle."

Aber wenigstens lenkte das Geplänkel davon ab, warum ich keinen Monat bekommen hatte. Ich wollte im Moment nicht über all das reden. Mein Fokus musste darauf gerichtet sein, den Cup zu holen. Während ich duschte, dachte ich an den Rest meines Tages und fühlte mich friedvoll.

Nach dem Training würde ich ins Tierheim gehen, um mit Ben zu plaudern, wir würden vielleicht sogar eine Übernachtung haben, bei der wir es tatsächlich schafften, uns zu lieben, anstatt einzuschlafen.

Das Leben war toll.

Und dann, als ich darüber nachdachte, was ich mir von dieser Nacht erhoffte, wurde mir klar, dass ich nicht daran gedacht hatte, mit Ben Sex zu haben. Ich hatte daran gedacht, ihn zu lieben.

Mein Kopf schmerzte.

NEUN

Ben

„Benton, wenn du dich nicht um die Hotdogs kümmerst, werden sie Kohledogs werden."

Ich zuckte ein wenig zusammen, als Tante Glennas Stimme neben mir ertönte. „Es tut mir leid, ich habe den Kindern beim Straßen-Hockey zugesehen."

Ich beeilte mich, die Wiener mit meiner Grillzange umzudrehen, während Leute in meinem Vorgarten plauderten, Limonade tranken und Kartoffelchips aßen.

„Mmm-hmm. Ich bin mir sicher, dass du wegen der Kinder, die Straßen-Hockey spielen, ganz große Augen hast und vor dich hinträumst."

Mein Blick huschte zu Max, der von einer Gruppe Kinder aus der Innenstadt umringt war, die mitten auf der Straße Hockey spielten. Er war verschwitzt und müde, aber er lachte genauso laut wie jedes der armen Kinder auf dem Asphalt. Kaum eines von ihnen wusste, wie man Hockey spielte, aber sie lernten schnell. Max hatte unglaubliche Geduld und war endlos nett. Er war so anders als der Mann, der über das Eis fuhr und nur nach jemandem suchte, den er auf den Hosenboden befördern konnte. Er füllte mein Herz mit Dingen, von denen ich gedacht hatte, dass ich sie nie wieder fühlen würde. Dinge, die mich fröhlich und hart und verängstigt und irgendwie vergesslich machten.

„Benton, die Hotdogs?"

„Oh, verdammt, genau, tut mir leid." Ich spürte, wie die Röte meinen Hals nach oben kroch. Tante Glenna schnalzte mit der Zunge, fing dann an, amüsiert zu lachen. „Gut, in Ordnung, vielleicht habe ich Max da draußen beobachtet."

„Er sieht gut aus in kurzer Hose und Tanktop, aber Gott, der Mann braucht etwas Sonne." Sie stapfte los, um nach den Gästen dieses spontanen Grillens zu sehen. „Gäste" bedeutete jeden in der Nachbarschaft und „spontanes Grillen" bedeutete eine Block-Party, um zu feiern, dass die Railers es ins Halbfinale gegen Florida geschafft hatten. Noch eine Runde und sie würden um den Stanley Cup spielen. Ich war so stolz auf Max und sein Team. Es war so aufregend, ein Teil des inneren Zirkels zu sein, auch wenn ich eine merkwürdige Spielerfrau abgab.

Tante Carol erschien zu meiner linken, kaute auf einem Karottenstück. „Lass sie nicht zu lange drauf, Benton. Niemand mag sie verbrannt."

Ich schaute auf die alte Frau neben mir herunter. „Wer genau trägt die Schürze, auf der B-B-Q KING steht?" Ich tippte die Schürze, die um meine Hüfte gebunden war, mit meiner Grillzange an. „Ja, genau. Ich. Jetzt geh und mach dir wegen etwas anderem Sorgen."

„Du bist heute ziemlich vorlaut." Sie schnaubte und pikte mich mit ihrer Karotte, ehe sie davonwanderte, um zu plaudern.

Ich liebte diese beiden alten Frauen. Sie hatten das alles organisiert und mir kein Sterbenswörtchen verraten. Das war beeindruckend, weil meine Tanten nichts lieber mochten, als zu tratschen. Nun, abgesehen davon, Widerstand gegen die

Obrigkeit zu leisten, natürlich.

„Wie geht es den Hotdogs?" Ich war bereit, jeden anzufauchen, der nach den Hotdogs fragte. Ich war der Grillkönig. Ich wusste, wie man eine Wiener briet. „Oder ist es nicht gut, das zu fragen?"

„Nein, Sir, so etwas kann man gerne fragen." Ich lächelte meinen Pastor an und hoffte, dass schlechte Dinge über ihn zu denken, mich beim Herrn nicht in Verruf brachte. Pastor Bert—und ja, Bert ist sein Nachname, sein Vorname ist Alabaster—war ein großer Mann, schlank, mit grauen Haaren und er lächelte immer. Er hatte vor zwei Jahren seine Frau verloren, mit der er neunundvierzig Jahre verheiratet gewesen war und jetzt versuchte jeder in der Rose of Beulah Baptistenkirche, ihm eine Freundin zu suchen. So wie sie versucht hatten, für mich einen festen Freund zu finden, nachdem Liam gestorben war.

„Ich nehme an, alle machen sich Sorgen um die Hotdogs?", fragte er mit Schalk im Blick.

„Das kann man so sagen." Ich lachte leise und drehte die Hotdogs um.

„Die Leute stecken ihre Nase gerne in fremde Angelegenheiten", kommentierte er, als sein Blick zu den Kindern und Max wanderte, die auf der abgesperrten Straße spielten. „Es hat mich gefreut, deinen neuen Freund beim Gottesdienst zu sehen. Er scheint mir ein guter Mann zu sein."

„Ja, Sir, das ist er."

„Dir ist klar, dass er in unserem Gotteshaus jederzeit willkommen ist?"

„Ja, Sir, das weiß ich. Und danke, dass Sie mir und den anderen in der LGTBQ Gemeinschaft gegenüber immer offen sind."

Pastor Bert lächelte mich an und man konnte die Liebe für seine Arbeit in seinen Augen sehen.

„Benton, der Herr liebt all seine Kinder. Als sein Diener wäre es eine Beleidigung, wenn ich sie nicht auch lieben würde." Er klopfte mir auf die Schulter, beugte sich dann zu mir. „Außerdem hoffe ich, dass ich vielleicht nächste Saison ein paar Karten für die Jugendgruppe für ein Spiel bekommen kann."

Das brachte mich dazu, laut zu lachen. „Ich werde Max bitten, jemandem zu sagen, Sie anzurufen."

„Danke. Komm nächste Woche nicht zu spät zur Chorprobe. Ich werde jetzt das Backwerk kosten. Clara Miller hat gesagt, dass sie ihren berühmten Schokoladenkuchen mitbringt. Ich bin ein schwacher Mann im Angesicht von Schokoladenkuchen."

Ich hoffte, dass er diese Schwäche für sich behielt. Clara war eine Witwe und eine erstklassige Kandidatin als neue feste Freundin.

Max und die Kinder jubelten. Jemand musste ein Tor geschossen haben. Sein Blick fand meinen quer über den Vorgarten und unter all den Nachbarn. Feuer stand in seinen atemberaubenden Augen. Ich starrte ihn ewig an, bis jemand schrie, dass die Hotdogs brannten. Dann kümmerte ich mich um meinen Grill und nicht meinen Mann. Das würde ich später machen.

SOBALD DIE TÜR zu meinem Haus sich schloss, kümmerte ich mich um meinen Mann. Und Max, wie es schien, wollte unbedingt, dass man sich um ihn kümmerte.

Ich drückte seinen Rücken gegen die Wand, neben uns sprang der Kühlschrank an. „Den ganzen Abend dazusitzen und dich anzusehen und nicht in der Lage zu sein, auf dich zu klettern, war Folter." Ich schob das verdammte, sexy Tanktop an sein Kinn, meine Finger glitten durch die Locken auf seinem Brustkorb, während meine Lippen sich auf seinen Mund legten. Max war hart und bereit, seine Hände kamen nach oben, um meinen Kopf zu umfassen, während ich meinen Schwanz an seinem rieb. Ich zog an seinen Nippeln und er saugte an meiner Zunge.

„Gott sei Dank verbringt DK die Nacht bei Carol und Glenna", keuchte er zwischen heißen, feuchten Küssen.

„Ich habe ihm fünf Dollar bezahlt, damit er das macht." Ich schob meine Hand in seine kurze Hose.

„Ich habe ihm zwanzig gegeben."

Wir lachten beide leise, trennten uns dann lange genug, um zum Schlafzimmer zu eilen. Bucky war ganz von sich aus in sein Körbchen gegangen. Er lag da,

Kopf auf seinen Pfoten, sein Schwanz schlug sachte auf
das dicke Kissen.

„Du bist ein guter Junge", flüsterte ich. Ich gab ihm
ein Leckerchen, schloss dann die Tür. Max wartete auf
der Treppe auf mich, zeigte ein zärtliches Lächeln. Er
bot mir seine Hand an. Ich nahm sie und führte ihn zu
meinem Bett.

Sobald wir mein Zimmer betraten, änderten die
Dinge sich irgendwie. Die Luft um uns herum verlagerte
sich oder vielleicht war es eine subtile Veränderung in
unseren Auren. Zur Hölle, ich wusste nicht, was es war,
aber da lag eine Weichheit in der Art, wie wir uns
berührten und schmeckten, die ich zuvor noch nicht
gespürt hatte. Seine Hände strichen ehrfürchtig über
meine Haut, sein Mund geisterte über meinen Hals.

„Was willst du heute Nacht von mir, Ben?" Max glitt
zwischen meine Beine, hielt mich gefangen, seine Hände
auf beiden Seiten meines Kopfes, sein Schwanz wie ein
Brandeisen neben meinem. „Sag mir, was du von mir
willst."

Es gab eine Million Dinge, die ich hätte sagen
können … die ich vielleicht hätte sagen *sollen*. Ich hätte
ihm erzählen können, dass ich wollte, dass er mich liebte
und nicht nur fickte. Ich hätte ihm sagen sollen, dass ich
wollte, dass er mich genauso mochte, wie ich angefangen
hatte, ihn zu mögen.

„Wach mit mir auf", war alles, was ich
auszusprechen wagte.

Er küsste mich atemlos, faltete dann meine Beine
nach oben und über meinen Brustkorb, hakte meine

Fersen ein, gestattete es seinem Schwanz, über meine Eier zu gleiten.

„Ich würde liebend gerne mit dir aufwachen", gab er zurück, die Worte schwer von Lust. Ich schloss langsam meine Augen, als er ein Kondom aufriss, dann etwas Gleitgel in seine Hand pumpte. Zu hören, wie er seinen Schwanz einschmierte, schickte ein Schaudern glühend heißer Lust durch mich hindurch. „Bist du bereit für mich?"

„Gott, ja", keuchte ich, während ich mich an seine Seiten klammerte.

Er glitt mit einem langen, geschmeidigen Stoß in mich. Als er so tief war, wie es ging, drückte er meine Beine fester gegen meinen Brustkorb und begann, sich zu bewegen. Er zuckte schnell mit seinen Hüften— kurze, tiefe Vorstöße, die mir den Atem raubten und mich gleichzeitig viel zu schnell in Richtung Orgasmus beförderten. Verdammt sei der Mann, er wusste genau, wie er sich bewegen, wie er diese Hüften pumpen, wie er meine Eier liebkosen und meinen Schwanz streicheln musste.

„Ist es das, was du von mir brauchst, Ben?"

„Ja … ja … ja."

Mein Orgasmus traf mich hart. Ich wölbte mich auf, fiel zurück und schrie seinen Namen. Seine rechte Hand hielt meinen zuckenden Schwanz, seine Linke hielt meine Beine an meinen Brustkorb gedrückt. Ich kam auf meinem Unterbauch und meinen Waden. Max rammte in mich. Ich jaulte auf wegen der Tiefe und dem Druck. Dann taumelte er über seine eigene Klippe, sein Knurren beim Orgasmus ließ mich schaudern. Er ließ meinen Schwanz los und fiel neben mir auf das Bett, sein Schwanz glitt aus mir heraus. Meine Beine auszustrecken war schmerzlich, aber herrlich.

Max sagte eine Ewigkeit lang nichts. Ich schlüpfte aus dem Bett, um ein schmutziges T-Shirt zu finden, mit dem ich mich abwischen konnte, während er sich um das Kondom kümmerte. Er griff nach mir, als ich zurückkehrte, zog mich an sich. Wir lagen da, sahen einander an. Ich dachte, dass ich es in seinen Augen sehen konnte. Diese Emotion, nach der wir alle suchten. Dieses glühende Gefühl, über das Lyriker Lieder schrieben und über das Dichter so eloquent erzählten. Ich wusste, dass ich es fühlte. Ich dachte, dass ich es fühlte. Vielleicht sah ich nur die Liebe für diesen Mann, die in mir wuchs, in seinen Augen reflektiert. Vielleicht projizierte ich nur oder vielleicht war es nur ein Wunsch auf meiner Seite.

„Alles in Ordnung?", fragte er einen Moment später. Ich nickte und lächelte und schob all diesen sentimentalen Kram beiseite. „Du siehst lustig aus."

„Das ist mein Orgasmus-Gesicht, das noch nicht ganz weg ist", scherzte ich. „Du siehst auch lustig aus."

„Kann nichts dafür. Ich wurde mit diesem Gesicht geboren."

Das brachte mich zum Kichern. „Ich mag dein Gesicht." Ich rutschte näher und er legte einen dicken Arm über meine Schulter.

„Ich mag dein Gesicht auch."

. . .

DIE ARBEIT WAR die eine Sache, die mich davon ablenkte, Max zu vermissen und mir ständig Sorgen über Rolf zu machen. Der Mann war zu still gewesen. Ich hatte den Verdacht, dass er abwartete, um die Folter in die Länge zu ziehen. Ich hatte sogar einen der Polizisten, die ich kannte, angerufen und die Situation mit ihm besprochen. Wenn DK nicht willens war, ihn anzuzeigen, konnten sie nicht wirklich etwas tun. Sein Rat war gewesen, vorsichtig zu sein und anzurufen, sobald er auftauchte.

Das saß in meinem Hinterkopf wie ein ranziger Topf Lammgulasch. Traurigerweise hatte ich nicht einmal Max, um die Unruhe zu vertreiben.

Er und die Railers ruhten sich aus, bereit für die ersten zwei Spiele der Conference Championship gegen Florida. Zum Glück fingen sie zu Hause an, aber wir trafen uns nicht. Wir redeten so oft, wie die Arbeit, das Training und die Presse es uns gestatteten. Der Mediendruck war verrückt. Bis jetzt hatte ich es geschafft, außerhalb des Scheinwerferlichts zu bleiben, und das war in Ordnung. Ich hatte meinen Namen nur einmal in Verbindung mit ihm in einem kleinen Sportblog gesehen, den DK mir gezeigt hatte.

Ich hatte kein Problem damit, an seiner Seite gesehen zu werden. Ich war schon seit langer Zeit geoutet. Ich war verheiratet gewesen und hatte Crossroads ganz offen mit Liam zusammen geleitet. Darum war der Gedanke an Kameras in meinem Gesicht nichts, das mir Sorgen bereitete. Es war nur die Intensität der Medien und der Fans, während die Teams um den Einzug ins Finale kämpften. Einige der Dinge, die ich online gelesen hatte und die auf die Spieler abzielten, entsetzten mich. Und der abscheuliche Hass, der Tennant Rowe entgegengebracht wurde, weil er einen Mann liebte, machte mich zutiefst traurig. Ich würde niemals verstehen, wie jene, die behaupteten, Jesu Kinder zu sein, die Worte eines Mannes, der die Liebe gepredigt hatte, zu krankem Hass verdrehen konnten.

Das Tierheim war mit Neuankömmlingen überlaufen. Wir hatten jetzt so viele Kätzchen, dass es schwierig wurde, Platz für sie alle zu finden. Vier Hunde waren gerettet worden, einer in so schlechtem Zustand, dass man das arme verhungernde Ding auf gar keinen Fall vor dem Tod bewahren konnte und unser Tierarzt hatte ihn eingeschläfert. Wir hatten einen kleinen Pudelmischling, der so schmutzig und verfilzt gewesen war, dass wir sie komplett hatten scheren müssen. Ohne ihre hübschen braunen Locken würde sie schwer zu vermitteln sein, was bedeutete, dass sie eine ganze Weile hier sein würde. Ich verbrachte nach den Öffnungszeiten noch eine Stunde mit dem Versuch, das Geld so einzuteilen, dass es reichte, aber es ging einfach nicht.

„Verdammt." Ich seufzte, stieß mich von meinem Schreibtisch ab. Meine Augen juckten, mein Nacken war steif und mein Herz schwer. Wir würden eine weitere große Spendenaktion machen müssen, um die Kosten für den nächsten Monat zu decken. Da wir so wenig Geld auf dem Konto hatten, würde ich meine Ersparnisse angreifen müssen, um einige der Notwendigkeiten zu bezahlen, wie zum Beispiel Werbung. Bucky kam schwanzwedelnd zu mir, seine blauen Augen schauten fragend drein. „Ich wünschte, ich wäre reich geboren anstatt so gut aussehend."

Sein Schwanz wedelte freudig bei diesem Witz.

„Lass uns nach Cocoa schauen, dann gehen wir nach Hause."

Bucky raste zur Bürotür, rannte dann zu den Zwingern. Ich ließ ihn trotz seiner traurigen Blicke draußen. Neuzugänge wurden aus gutem Grund von anderen Hunden ferngehalten.

Cocoa—die ohne ihr Fell nicht sonderlich kakaofarben war—huschte über die Fliesen, ihr winziger Hintern wackelte und ihr nackter Schwanz wedelte. Sie schien sich ganz wohlzufühlen. Zum Glück war es spät im Frühling und nicht Winter. Das arme Ding würde ansonsten frieren.

Sie hüpfte hinter dem Leckerli her, das ich in ihren Zwinger warf, fraß es und rollte sich wieder auf ihrem Kissen zusammen. Bucky starrte mich finster an, als ich wieder herauskam.

„Tut mir leid, du wirst sie schon bald besuchen können." Ich legte ihm die Leine an und führte ihn nach draußen, verschloss die Tür und aktivierte das Sicherheitssystem.

Bucky saß neben mir, seine Zunge hing heraus, die Schnauze hatte er aus dem Fenster gestreckt, genoss den Wind in seinem Gesicht. Wenn das Leben für Menschen nur auch so einfach wäre. Ich vermisste es wirklich, dass jemand zu Hause auf mich wartete. Ich vermisste es, mich zu einer Mahlzeit mit einem Mann hinzusetzen, der mich fragte, wie es lief. Diese kleinen Dinge waren riesig, wenn sie aus dem Leben verschwanden. Eine sanfte Erinnerung, die Wasserrechnung zu bezahlen, Milch zu kaufen.

„Brauchen wir Milch?"

Bucky nieste, reicherte die hereinströmende Luft mit Hunderotz an.

„Ich nehme das als ein nein."

Als ich vor unserer Reihe Ziegelhäuser parkte, sah ich, dass die Lichter bei meinen Tanten aus waren. An diesem Abend fand eine Sitzung der Schulverwaltung statt. Sie hatten DK wahrscheinlich mitgeschleppt. Es gefiel ihnen, wenn er sie herumchauffierte. Um ehrlich zu sein, beruhigte es mich ein wenig, dass DK fuhr. Meine beiden Tanten hatten im letzten Jahr mehrere Autos angefahren. Und ich hoffte irgendwie, dass er mit ihnen unterwegs war, weil ich den Jungen zwar liebte, meine Stimmung aber im Keller war, mein Rücken gebeugt vor Sorge über die Arbeit und dem Wunsch nach mehr in meinem Privatleben. Ein warmes Essen, ein kaltes Bier und eine lange Dusche könnten vielleicht helfen, den Blues loszuwerden. Ich sah meine Laufschuhe im Wandschrank, als ich Buckys Leine aufhängte. Ein Lauf. Ja, das könnte helfen. Bucky und ich konnten nach Wildwood Lake gehen, uns ordentlich austoben und vielleicht eine Pause auf derselben Bank machen, auf der Max und ich irgendwie ein Date gehabt hatten.

Mir gefiel diese Idee sehr gut. Nachdem ich mir schnell eine kurze Laufhose angezogen hatte, sowie ein Railers-T-Shirt—meine Freunde in D. C. würden mir niemals vergeben—und einen Zettel unter der Tür meiner Tanten durchgeschoben hatte, auf dem stand, wo ich war und wann ich ungefähr zurückkommen würde, lud ich Bucky wieder ein und los ging es.

Sobald ich das Knirschen der Kiesel unter meinen Schuhen spürte und das Zucken der Oberschenkelmuskeln, die reagierten, wusste ich, dass dies eine gute Idee gewesen war. Klar, es war heiß und ich schwitzte bereits, aber Schweiß war gut. Schweiß war Sorgen, die aus meinen Poren herauskamen. Bucky joggte neben mir, war glücklich damit, aktiv zu sein. Hunde wie er waren nicht dafür gemacht, den ganzen Tag in Büros herumzuliegen. Ich war ein schlechter Hundevater und auch ein schäbiger fester Freund. Wenn ich überhaupt ein fester Freund war, was ich nicht glaubte. Max schien keine Eile damit zu haben, etwas Festes aus uns zu machen. Sollte ich ihm einen Hinweis geben? Vielleicht sollte ich ihn auf ein Date einladen. Ein echtes Date. Kein Sex-Date. Etwas Romantisches. Schweiß lief mir in die Augen, während wir an dem Wassergebiet vorbeirannten, das Lied winziger Frösche, die sich für das abendliche Konzert aufwärmten, erfüllte die feuchte Luft.

Meine Beine brannten und mein unterer Rücken war zu, aber ich begann, mich besser zu fühlen. Ich würde Max einladen. Auf ein Date mit Abendessen. In einem Restaurant. Mit anderen Leuten. Und ich würde seine Hand halten und ihm sagen, dass ich sein Gesicht nicht nur mochte, sondern es irgendwie liebte. Dann konnten wir nach Hause gehen und Sex haben. Ja. Lächelnd, obwohl meine Sitzbeinmuskeln sich mit einem Ziehen beschwerten, kam ich um eine Ecke und dort stand Rolf, lehnte an einer großen Eiche.

War er mir in den Park gefolgt? Was für einen Grund konnte er haben, zur selben Zeit wie ich in einem beliebigen Park zu sein?

Ich kam rutschend zum Stehen, Bucky eng an meiner Seite. Rolf dort zu sehen, wie die Schatten der untergehenden Sonne auf ihn fielen, dachte ich, er wäre ein Geist. Liam und er waren sich so ähnlich gewesen, dass sie ein paar Mal für Zwillinge gehalten worden waren. Wut und Furcht stiegen in mir auf. Ich verstärkte meinen Griff an Buckys Leine. Der Hund fing an zu winseln, unsicher und aufgewühlt wegen der dunklen Gefühle, die aus mir herausströmten.

„Folgst du mir?", keuchte ich. Er rollte seine Lippe auf. Wie irgendjemand ihn mit seinem freundlichen, liebevollen, fürsorglichen jüngeren Bruder verwechseln konnte, war mir schleierhaft. Man konnte den Hass in seinen hellblauen Augen sehen. „DK kommt nicht zu dir zurück."

„Als ob ich diesen Bastard wieder unter meinem Dach haben wollte. Du hast ihn wahrscheinlich bereits umgedreht, genau wie du es mit Liam gemacht hast." Er bewegte sich nicht, stand einfach da, lehnte lässig an dem verdammten Baum, sah so aus, als wäre er nur ein Typ, der mit einem anderen Typen plauderte, sollte irgendjemand vorbeikommen.

„Was willst du?"

„Ich will, was mir gehört. Was Liam mir hinterlassen hätte, bevor du deinen Schwuchtelarsch in sein Hirn gebohrt und ihn verdreht hast."

Ich wünschte mir inständig, ich könnte meine Gefühle genauso unter Kontrolle halten, wie Rolf es tat.

Abgesehen von dem brennenden Abscheu in seinem Blick, war er so kalt wie die sprichwörtliche Hundeschnauze. Gut aussehend, ja, und unauffällig im Verhalten.

„Was für einen Scheiß erzählst du da?"

Bucky knurrte tief aus dem Brustkorb heraus. Ich sagte ihm nicht, dass er aufhören sollte.

„Ich möchte die Hälfte von Liams Besitz. Genau wie ich ihn bekommen hätte, wenn du ihn nicht umgedreht hättest."

Mein Mund klappte ein wenig auf. Welcher Besitz? Das einzige, was er gehabt hatte, war seine Hälfte der Investition in das Tierheim und die war auf mich übergegangen, als er gestorben war.

„Du bist irre."

Eine junge Frau rannte vorbei. Rolf lächelte sie warm an. Sie nickte zurück.

„Hübsch, huh? Ach so, stimmt. Deine Art mag keine Titten und Muschis."

„Ich bin mit dir fertig. Wenn du Geld willst, besorg dir einen Kredit bei der Bank. Du bekommst von mir gar nichts. Liam und ich waren verheiratet. Legal. Alles, was ihm gehört hat, ist in meinen Besitz übergegangen. Und was mein war, wäre an ihn gegangen, wäre ich gestorben."

„Du tot. Ja, das kann arrangiert werden." Er warf meinem knurrenden Hund einen mörderischen Blick zu, schlenderte dann davon, die sinkende Sonne machte seinen Schatten lang und verzerrt.

Der Schweiß, der sich an meinem Hals gebildet hatte, glitt an meinem Rückgrat nach unten, kühlte mich. Hatte er mir gerade gedroht? Ich stand eine lange Zeit da, starrte auf die Stelle, wo Rolf gewesen war, schauderte, obwohl es beinahe siebenundzwanzig Grad hatte. Der Bastard hatte mir gerade gedroht.

„Heilige Scheiße", murmelte ich. Furcht packte mich fest an der Kehle. Ich griff in die Tasche meiner Laufhose und rief die Person an, mit der ich am dringendsten reden wollte. Max.

ZEHN

Max

———

Wir hatten ausgemacht, uns an diesem Abend nicht zu treffen. Übermorgen fand unser erstes Spiel gegen Florida statt und Tampa Bay kam von einem vollen sieben Spiele Kampf in diese Runde gegen uns. Ich hatte die sehr erwachsene Entscheidung getroffen, diese Nacht auszuruhen, und vermisste darum natürlich Ben. Ich hatte mir irgendeinen schlechten Film auf Netflix angesehen, war zu angespannt, um etwas Gutes zu schauen, zu abgelenkt, um aufzustehen und die Fernbedienung zu holen, die von der Seite des Sofas gefallen war und sich außerhalb meiner Reichweite befand. Ben hatte mit mir gewettet, dass ich keine Nacht ohne Sex aushalten würde. Es standen zehn Dollar auf dem Spiel. Ich würde nicht verlieren.

Im Training heute hatten wir Odd-Man Rushes geübt. Darin waren wir verdammt gut und Stan hatte dennoch keinen Puck durchgelassen. Als Team waren wir positiv gestimmt und es lag vorsichtige Aufregung im

Raum. Ich konnte mich auf Hockey konzentrieren, an Hockey denken, alles, um nicht an Ben und Sex zu denken.

Dennoch wünschte ich, dass Ben hier wäre oder dass ich in Bens Haus wäre, weil er diese Art hatte, mich zu beruhigen und zu erden. Mir einen Grund außerhalb des Hockeys zu geben, bei dem es nicht um Sex ging.

Ich hoffte, dass er mich irgendwann anrufen würde, wie ein liebeskranker Teenager, aber bis jetzt hatte er das nicht getan. Abgesehen von einer Nachricht, dass er in der Schlange bei Walmart stand, hatte er geschwiegen. Er nahm wirklich ernst, dass ich gesagt hatte, ich müsste schlafen und mich auf das nächste Spiel konzentrieren, wo wir den Vorteil des Heimstadions hatten. Das Barbecue am Vortag hatte mir die Augen geöffnet. Der Großteil des Teams war dabei gewesen, auch wenn niemand irgendetwas gegessen hatte, das irgendwie eine Lebensmittelvergiftung auslösen konnte, nur für den Fall.

Als das Handy klingelte, stürzte ich mich darauf, nahm an, bevor ich es am Ohr hatte.

„Ich wusste, dass du anrufen würdest", verkündete ich triumphierend. „Du schuldest mir zehn Kröten."

„Max."

Der Ton ließ mich verstummen, zerschnitt meine gute Laune zu nichts und ich setzte mich aufrecht hin.

„Ben? Was ist los?"

„Ich hätte nicht anrufen sollen", sagte er nach kurzem Schweigen.

Zur Hölle damit. Ich stand bereits, zog eine Jacke an, nahm das Handy von einer Hand in die andere, behielt es ständig am Ohr.

„Was ist los?", fragte ich erneut und schob meine Füße in meine Sneaker, rutschte herum, bis sie richtig saßen. Mein Brustkorb verengte sich. „Geht es um das Tierheim? Ist wieder jemand eingebrochen?"

Ich hatte mit der Sicherheitsfirma gesprochen und sie hatten mir versichert, dass sie ihre Systeme aufgerüstet und noch jemanden eingeteilt hatten, der regelmäßig vorbeifuhr. Ich wurde das Gefühl nicht los, dass nicht nur das Tierheim im Visier war und das gefiel mir überhaupt nicht.

„Nein."

Seine Stimme war kleinlaut und ich schnappte mir meine Schlüssel, noch während ich auf das hörte, was er nicht sagte. In seinem Tonfall lag Furcht und ich war nicht bereit, einfach dazusitzen und mir das anzuhören. Ich war durch die Tür und stand innerhalb einer Minute vor Westys Apartment. Er hatte eine Wohnung im selben Gebäude wie ich, gemietet, weil wir beide uns nicht sicher waren, ob unser Platz im Team garantiert war. Natürlich würde Westy genommen werden—er war verdammt gut. Aber ich war fertig. Ich musste fertig sein.

Ich klopfte an seiner Tür, noch während ich mit Ben redete.

„Wo bist du?"

„Ich bin nach Hause gefahren", sagte er.

„Ich bin in zehn Minuten da."

Ein verschlafen aussehender Westy öffnete die Tür

und zunächst sah es so aus, als würde er mich verfluchen, weil ich ihn aufgeweckt hatte, doch sein Gesichtsausdruck veränderte sich, als er mich genauer ansah.

„Was ist los?", fragte er, schaute an mir vorbei, erwartete wahrscheinlich irgendein Desaster, wo er es sehen konnte.

„Du musst mich wo hinfahren."

Er widersprach nicht. Ich benahm mich wie ein Irrer, aber er holte dennoch seine Schlüssel und wir nahmen die Treppe zum Parkplatz.

Ich wollte den Anruf nicht beenden. „Rede mit mir, Ben", bat ich.

Westy sah mich von der Seite an, als wir den Parkplatz verließen, aber ich würde es ihm nicht erklären.

„Ich warte auf dich", sagte Ben, klang bedauernd, legte dann auf.

„Ben? Ben!"

Das war nicht richtig. Das war weit von richtig entfernt.

„Wo fahre ich hin?", fragte Westy bei der Ausfahrt vor unserem Gebäude. Ich musste mich konzentrieren, welche Richtung wir brauchten.

„Bens Haus. Du erinnerst dich, wo es ist?" Westy war bei dem Barbecue gewesen, aber würde er sich an die komplizierten Richtungsanweisungen erinnern, um wieder dorthin zu kommen? Er streckte die Hand aus und wählte das letzte Ziel in seinem Navigationssystem und ich musste ihm überhaupt nichts sagen.

Westy stellte mir keine einzige Frage. Zum Glück

waren die Straßen zu Bens Haus größtenteils leer, bis wir seine Gegend erreichten und dann praktisch schlichen, bis wir bei ihm parkten. Ich konnte das Auto seiner Tanten nirgendwo sehen und hoffte inständig, dass keine von ihnen sich verletzt hatte oder gestorben war. Westy folgte mir aus dem Auto. Ich hielt ihn nicht auf. Hölle, ich war mir nicht sicher, was ich vorfinden würde.

Ben öffnete die Tür, als wir sie erreichten und verdammt, er sah zutiefst erschüttert aus.

Wir traten ein, Westy schloss die Tür hinter uns und ich schaffte es im selben, seltsam koordinierten Bewegungsablauf, Ben in meine Arme zu nehmen.

„Was ist passiert?", fragte ich erneut und Ben packte mein Oberteil fester und vergrub sein Gesicht in meinem Hals. Westy glitt an uns vorbei und verschwand in der kleinen Küche, kam mit einer Flasche Whiskey und einem Glas zurück. Er deutete in Richtung Wohnzimmer und ich führte Ben vorsichtig, langsam, in diesen Raum und setzte ihn dort auf das Sofa. Er zog mich mit sich und Westy setzte sich auf den Kaffeetisch vor uns.

Ich war mir nicht sicher, ob ich wollte, dass Westy Ben so sah. Sollte ich Ben nicht davor beschützen, dass jemand ihn so verletzlich erlebte?

„Was ist passiert?", fragte Westy, sein Tonfall fester, als ich es gekonnt hätte, weil meine Sorge in Furcht verpackt war.

„Ich glaube …" Ben sah zu mir auf und packte meine Hände. „Rolf."

In Ordnung, es ging nicht um das Tierheim, es ging um dieses Arschloch Rolf, DKs Vater, der seinen eigenen Sohn geschlagen hatte. Zur Hölle, Moment, ging es hier um DK? Ich sah mich um, als erwartete ich, dass DK aus dem Nichts auftauchte, nur um mir zu versichern, dass es ihm gut ging.

Nichts.

„Geht es um DK? Ist er verletzt?"

Ben schüttelte den Kopf. „Er ist mit meinen Tanten unterwegs und übernachtet dann bei Skipper", murmelte er. „Rolf weiß nicht, wo das ist."

„Was hat Rolf dann gemacht?"

„Ich glaube … Ich bin dumm … Er kann nicht …"

Ben stoppte und starrte Westy an, beinahe so, als würde er zum ersten Mal begreifen, dass sich nicht nur er und ich im Raum befanden und er spannte sich an. Westy begegnete seinem Blick.

„Ist das eine polizeiliche Angelegenheit?", fragte er.

Ben nickte und Westy wählte schon 9-1-1, bevor ich mein Handy herausholen konnte.

„Polizei", sagte Westy in das Mikrofon. Dann hob er den Blick, erkannte mit einem Mal, dass er nicht wusste, worum zur Hölle es ging.

„Rolf hat mich bedroht", murmelte Ben.

Etwas in mir brüllte auf und in diesem Moment wollte ich Rolf jagen und töten. Ihn in Stücke reißen und die Teile den Hunden überlassen. Ich hatte noch nie zuvor eine so mörderische Wut verspürt und ich fühlte mich schwindlig von der Wucht. Ich konnte nicht hören, was Westy erklärte, so gewaltig war das Rauschen in meinem Kopf. Ich schob Ben ein wenig weg und wandte mich ihm zu.

„Erzähl mir alles", schnappte ich.

Seine Augen weiteten sich und wenn ich nicht so aufgebracht gewesen wäre und Furcht nicht meine rationale Seite gestohlen hätte, dann hätte ich vielleicht erkannt, dass ich die Kontrolle verlor.

Er wich vor mir zurück, aber ich packte seinen Arm. „Ich werde ihn umbringen."

Er versuchte, sich von mir zu lösen, aber ich wusste nur, dass ich ihn nicht loslassen konnte, dass ich diese Verbindung brauchte.

„Max", sagte er und schüttelte seinen Arm erneut. „Du machst mir Angst."

Ich ließ ihn sofort los und rutschte ein wenig von ihm weg. Scheiße, ich war nicht besser als das Arschloch, das ihn bedroht hatte.

„Es tut mir leid", sagte ich und hielt meine Hände in die Höhe. Westy reichte Ben den Whiskey und ich starrte ihn an, während er zunächst daran nippte und dann alles in einem schluckte. Himmel. „Wirst du mir erzählen …?"

„Er sagt, er möchte …" Ben warf einen Blick auf Westy, der verstehend nickte.

„Ich mache Kaffee", verkündete er und verschwand in der Küche.

Ben deutete auf die sich zurückziehende Gestalt. „Warst du bei ihm?"

„Bei Westy? Nein, ich habe an seiner Tür geklopft und ihn gebeten, mich herzufahren."

„Oh."

Wieder Stille.

„Sag mir, was Rolf getan hat."

Ben massierte seine Schläfen und schloss seine Augen. „Ich kann mich nicht einmal an die Hälfte erinnern, aber er hat gesagt—zumindest denke ich, dass er gesagt hat—dass mich zu töten eine Option ist, um zu bekommen, was er will."

Der Drache in mir brüllte erneut laut und ich musste mich mit aller Macht zwingen, zu bleiben, wo ich war. Die Polizei war der richtige Ansprechpartner. Sie würden hierherkommen, in all dem einen Sinn finden, Rolf verhaften und alles in Ordnung bringen.

„Was meinst du damit, dass du glaubst, du weißt, was er gesagt hat?", fragte ich nach einer Weile.

„Es war nicht so sehr das, was er gesagt hat, sondern wie er es gesagt hat und er hat diese Frau angelächelt, die vorbeigejoggt ist und jeder, der uns gesehen hat, musste denken, dass wir nur zwei Typen sind, die reden, aber Bucky hat es nicht gefallen."

Nichts davon ergab Sinn, abgesehen von dem Teil mit Bucky. Ich entdeckte ihn in seinem Körbchen in der Ecke, zu einem Ball zusammengerollt, sein Blick fest auf mich und Ben gerichtet.

„Er wusste, dass ich aufgewühlt bin, darum dachte ich, dass ich ihn in sein Bett schicke", erklärte Ben, kam dann näher zu mir. Ich zog ihn in eine seitliche Umarmung und wir warteten darauf, dass die Polizei kam.

Sie trafen ein, als der Kaffee fertig wurde und dann musste ich mir die Geschichte anhören, wie dieses Arschloch Rolf Ben wahrscheinlich in den Park gefolgt war, ihn eingeschüchtert hatte, impliziert hatte, dass er das, von dem er dachte, es würde ihm geschuldet, über Bens Leiche bekommen würde. Ich versuchte, ruhig zu bleiben, hielt ihn, während er redete und dann, als alles zu viel wurde und ich irgendetwas schlagen wollte, entfernte ich mich ein wenig.

Während ich neben Westy stand, zusah, wie Ben alles erklärte, wollte ich *wirklich* etwas schlagen. Jemanden. Irgendjemanden.

Die Polizisten waren gründlich. Sie dokumentierten alles, nahmen auf, was Ben sagte. Sie konnten nicht viel unternehmen in Bezug auf das, was Ben *dachte*, dass Rolf gemeint hatte, aber sie brachten ihre Unterlagen auf den neuesten Stand. Als sie gingen, war ich es, der ihnen die Hände schüttelte und die Kaffeetassen aufräumte. Westy fuhr kurz darauf, fragte nicht einmal, ob ich nach Hause gebracht werden wollte. Er wusste genauso gut wie ich, was auf dem Spiel stand.

Ich brachte Ben ins Bett, zog ihn vorsichtig aus, legte ihn sanft hin und hielt ihn fest.

Ich schlief nicht ein, bevor ich seinen gleichmäßigen Atem hörte und ich verbrachte den Großteil der Zeit damit, das Bild von Ben und seinem Ehemann Liam anzustarren, das nicht länger umgekippt war.

Wenn Liam jetzt auf ihn herabschaute und sah, was für ein Arschloch sein Bruder war, wettete ich, wollte er als Racheengel oder so ein Scheiß zurückkommen. Ich hätte die Hand ausstrecken und den Rahmen umlegen können, aber es machte mir keine Angst, Ben so glücklich mit seinem Ehemann zu sehen. Wenn überhaupt, war es tröstlich zu denken, dass ich mich hier um Ben kümmern konnte und vielleicht konnte Liam von *da oben* ein Auge auf ihn haben.

Als ich aufwachte, war er weg, aber ich hörte Geräusche in der Küche, roch den Kaffee und er kam mir ruhiger vor als in der Nacht zuvor.

„Ich habe vielleicht überreagiert", meinte er.

„Die Dinge sehen ihm Tageslicht immer besser aus", sagte ich. „Heißt nicht, dass sie im Dunkeln nicht furchtbar waren."

Ich war mir nicht sicher, ob es das Richtige war, aber er umarmte mich, wir küssten uns und er versprach, an diesem Tag im Tierheim vorsichtig zu sein.

DAS TRAINING WAR GRAUENVOLL. Es half nicht, dass ich zu wenig geschlafen hatte und gegen Ten verteidigen musste, aber ich war so nutzlos wie ein Fünfjähriger auf dem Eis. So sehr, dass Jared mich darauf anredete und vom Eis nahm.

„Was zur Hölle?", fragte er, als wir in Richtung Umkleide gingen.

„Habe nicht so gut geschlafen."

Etwas in meinem Tonfall musste ihm eine Art Geschichte erzählt haben. Er hielt mir keinen Vortrag darüber, dass ich Ten beschützen oder meine Fäuste oben halten oder den Gegner nicht schlagen und dämliche Penaltys kassieren sollte. Er befahl mir, mich zu duschen und nach Hause zu gehen.

Ich versprach, dass ich das tun würde.

Ich log.

Im Tierheim war es ruhig und ich fand Ben bei den

Welpen. Mein Mann saß auf dem Boden, umarmte jeden Welpen, der das wollte. Er hob den Blick, als ich hereinkam und grinste mich an.

Wie es schien, gab es auf der Welt nichts, das so schlimm war, dass ein Welpe es nicht in Ordnung bringen konnte.

Ich setzte mich zu ihm auf den Boden und wir plauderten über Hockey, den Cup, das Tierheim, Welpen und dieses eine Mal, als ich zwei Zähne an einen Puck verloren hatte, der mit hundertsechzig Stundenkilometern gegen meinen Kiefer gedonnert war.

Nicht einmal redeten wir über Rolf oder seine Drohungen, aber ich erwähnte all das gegenüber der Sicherheitsfirma und vielleicht hatte ich auch jemanden angestellt, der das Gelände bewachte und Ben im Auge behielt. Nur für den Fall.

Das musste er aber nicht wissen.

ZWEITES DRITTEL des ersten Spiels gegen Florida und ich wünschte mir wirklich, sie hätten mich auf die Bank gesetzt. Ich hatte bereits Zeit in der Penaltybox verbracht, zwei Mal, für Vergehen, die Unfälle gewesen waren und überhaupt keine Absicht. Ich war ganz durcheinander und ich musste zurück ins Spiel finden, weil ich nicht derjenige sein würde, der verantwortlich dafür war, dass die Railers es nicht ins Finale schafften. Sieben Spiele in dieser Runde und alles, was wir zu tun hatten, war, vier davon zu gewinnen. Der Stanley Cup war in greifbarer Nähe.

Ich fühlte das Tippen auf meiner Schulter, musste

nicht einmal aufsehen, um zu wissen, dass es Jared war. Mads wurde seinem Namen gerecht. Ich konnte die Anspannung um seinen Mund und die Verwirrung in seinen Augen sehen.

Ich nickte ihm zu. Ich wusste, was er sagen würde. Das hier war ein unentschiedenes Spiel, jede Mannschaft hatte zwei Tore und wir waren so ausgeglichen, dass es schmerzlich anzusehen war. Wir hatten mehr Chancen, aber ihr Goalie war in Hochform und nichts kam an ihm vorbei.

Er nickte nur zurück und als ich für meine nächste Schicht über die Bande sprang, war ich auf Hockey konzentriert und nicht auf Ben.

Das Spiel zog sich hin. Kein Team schien überlegen zu sein und die Schüsse, die ins Netz gegangen waren, waren beliebig gewesen. Glückliche Abpraller, Treffer auf die Goalies, das Netz, das sich zwei Mal von den Haken löste, die es hielten. Die Stimmung war verwirrt und verrückt und es dauerte nicht allzu lange, bis die ständigen Attacken auf unsere Stürmer sich für das andere Team auszahlten.

Als ich sah, wie ihr Verteidiger Ten gegen die Bande stieß, war ich erleichtert. Nicht, dass Ten verletzt war— was nicht der Fall war, weil er schnell wieder auf die Beine kam—sondern weil ich einen legitimen Grund hatte, jemanden anzugehen.

Als ich für zwei Minuten wegen Roughing in die Box geschickt wurde, hatte ich zumindest das Gefühl, dass ich einen Teil der Anspannung in mir losgeworden war. Tatsächlich grinste und verspottete ich den Verteidiger von Tampa, der mir Obszönitäten zurief.

Bis die Menge brüllte und ich zurück zum Spiel schaute. Ten, der lossprintete, Ten, der die Menge verzauberte. Ich konnte das Tor spüren und ich stand auf, sah zu. Aber ich konnte auch den Kapitän von Tampa sehen, der direkt auf Ten zukam, genauso schnell, aber die Richtung war falsch. Ich schrie Westy an, zwischen sie zu gehen, aber er war nicht dort, wo ich gewesen wäre. Ten war offen, verletzlich und die Zeit verlangsamte sich für mich. Mit der schrecklichen Gewissheit, dass sie zusammenprallen würden, konnte ich den Fluch absoluten Entsetzens, der meinen Mund verließ, nicht unterdrücken. Ten musste es im letzten Moment bemerkt haben—zumindest sein Kopf war oben—aber der Aufprall der beiden Männer, die ineinander krachten, dann in die Bande glitten, reichte aus, das Stadion zum Verstummen zu bringen. Ein Durcheinander aus Armen und Beinen, die beiden Männer waren für einen Moment vollkommen bewegungslos und dann lief alles wieder in Normalzeit, die Teams eilten zu den beiden, halfen ihnen aufzustehen.

Verdammt. War Ten verletzt, weil ich es so verdammt nötig gefunden hatte, jemanden zu verprügeln? War ich so ein Neandertaler, dass die einzige Weise, auf die ich meinen eigenen Schmerz verarbeiten konnte, darin bestand, anderen Schmerz zuzufügen? Ich hielt den Atem an. Ich glaube, das ganze Stadion hielt den Atem an.

Und dann stand Ten auf, schubste den Kapitän von Tampa und schrie ihn an. Das sah ich bei Ten nicht oft —normalerweise war er zu schnell, um erwischt zu werden—aber zu sehen, wie er Nase an Nase mit dem Typen stand, der ihn von den Kufen gerissen hatte, ließ mich wie einen Idioten grinsen. Ich schaute zur Bank, sah, wie Mads dastand, die Arme vor dem Brustkorb verschränkt. Ich wollte, dass er in meine Richtung schaute, sich mit mir verband über die Tatsache, dass Ten in Ordnung war. Er schaute nicht einmal in meine Richtung, drückte aber meine Schulter, als ich wieder auf der Bank war. Er wusste, wie es war, in der Box zu sitzen und zuzusehen, wie die Jungs, die man beschützte, Angriffen ausgesetzt waren.

Was meine Gedanken zurück zu Ben brachte.

Wir gewannen das Spiel, aber es war nur ein Puck, der vom Blocker ihres Goalies abprallte, der uns zum Sieg führte. An dem Spiel an diesem Abend war nichts clever gewesen, keine Finesse.

Sobald ich konnte, schaute ich auf mein Handy. Ben hatte nicht zum Spiel kommen können—er hatte eine Schicht im Tierheim übernehmen müssen—aber DK war bei ihm und die Sicherheitsfirma versicherte mir, dass alles ruhig war.

Es gab eine Nachricht von Ben, einen Glückwunsch mit einem Kuss. Und seltsamerweise eine von meiner Mom, die vorschlug, dass wir Tampa schnell besiegen sollten, beinahe so, als wüsste sie, worüber sie redete. Ich schickte ihr das Versprechen zurück, dass wir das tun würden, richtete meine Aufmerksamkeit dann auf Bens Nachricht. Ich dachte darüber nach, was ich schreiben könnte, aber mir fiel absolut nichts ein.

Also tat ich, was jeder Liebhaber tat, wenn er mit seinem Partner reden wollte.

Ich schnappte mir ein Taxi und fuhr zum Tierheim. Kein Spiel morgen, kein Training, nur ein optionaler Lauf.

Und heute Nacht wollte ich wirklich Zeit mit Ben verbringen.

ELF

Ben
___

Ich wartete darauf, dass Max kam. Ich wusste, dass er kommen würde. Man mochte es eine Ahnung nennen oder die Macht oder gut geraten, aber ich konnte spüren, wie er näherkam. Man stelle sich seinen Schock vor, als er vor den verschlossenen Toren des Tierheims auftauchte und ich mit laufendem Motor auf ihn wartete, bereit, ihn auf ein echtes Date auszuführen.

„Hey", sagte er vorsichtig, während er den Fahrer seines Taxis bezahlte und ihm ein Trinkgeld gab.

„Selber hey", gab ich zurück. Mein Hintern lehnte an der Stoßstange meines Autos, die Arme hatte ich verschränkt, das ultimative Bild von Mr. Cool. Wenn nur mein Inneres so entspannt gewesen wäre wie mein Äußeres. Mein Magen war ein Durcheinander aus Nervosität, mein Herz setzte gefühlt immer wieder einen Schlag aus und mein Schwanz füllte sich allein beim Anblick des Mannes in seinem Anzug und seiner Krawatte.

Max schaute durch die Tore des Tierheims. Grillen

zirpten und ein Hund bellte. Die Luft war schwer vor Feuchtigkeit. Das gleichmäßige Summen des Stadtverkehrs umgab uns.

„Was ist los?". Er zog seine blaue Krawatte aus dem Kragen seines Hemdes und schob sie in seine vordere Tasche. Dann wurde das Jackett ausgezogen, zeigte seine kräftigen Arme, die in weiche Baumwolle gehüllt waren.

„Wir haben ein Date."

Er warf mir einen Blick zu, eine Braue kletterte nach oben.

„Haben wir?"

„Ja. Haben wir." Ich öffnete die Beifahrerseite für ihn. „Wir müssen uns aber beeilen. Es schließt um zehn."

„Oh, dann haben wir nur ungefähr vierzig Minuten." Max zeigte mir die schwere Uhr an seinem linken Handgelenk.

„Darum sage ich dir ja, dass wir uns beeilen müssen." Ich deutete auf das Innere meines Autos.

„Moment." Max sah sich um. „Ich dachte, DK wäre bei dir?"

„Das war er. Jetzt nicht mehr." Eine weitere ruckartige Bewegung in Richtung der offenen Tür.

Er kam her und stieg ein. Ich schloss die Tür wie ein echter Gentleman, raste dann um die Vorderseite des Jeeps herum und glitt hinter das Steuer.

„Es ist gut, dass das Spiel nicht in die Verlängerung ging", bemerkte ich, fuhr mit meinem verwirrten Date zu meiner Rechten los. Ich drehte das Radio auf und Teddy Pendergrass drang aus den Lautsprechern.

„Gute Sache." Max schnallte sich an, warf mir dann einen ernsten Blick zu. „Worum geht es hier?"

„Es geht darum, dass wir noch nie ein Date hatten." Ich schaute kurz zu ihm, dann wieder auf die Straße. Teddy gurrte, dass man die Lichter ausschalten sollte. Mm-mm-mm, das klang gut. Ich, Max, ein Bett und ein dunkles Zimmer. Oder ein Zimmer mit Lichtern. Mir gefielen beide Szenarien.

Nein, verdammt! Nein. Das ist ein Date ohne Sex. Sei stark, Benton!

„Ich wusste nicht, dass wir die ganze Sache mit dem Daten machen."

Sorge keimte auf. Ich konzentrierte mich auf den Verkehr, der aus der Stadt führte.

„Das dachte ich am Anfang auch nicht." Ich entschied mich, dem Mann gegenüber ehrlich zu sein. Er war immer zu hundert Prozent ehrlich mit mir gewesen. Keine falschen Versprechen oder honigsüßen Worte, um mich ins Bett zu bekommen. Nicht, dass er sie brauchte, aber trotzdem …

„Und jetzt denkst du, dass du das mit dem Daten willst."

„Wenn du es willst." *Argh. Nein, das war Zurückrudern. Sei stark, Benton!* „Ich meine damit, ja. Ich will mit dir ausgehen."

Ich hob mein Kinn ein wenig an, während ich fuhr, meine Geschwindigkeit war vielleicht ein wenig höher als legal erlaubt.

„Huh."

Ich warf ihm einen Blick zu, aber er schien wirklich und wahrhaftig darüber nachzudenken, darum ließ ich dieses Geständnis im Inneren meines Jeeps herumhüpfen, während wir nach Hershey rasten.

Als wir am Park hielten, hoben Max' buschige Augenbrauen sich. „Wir haben also die Geschwindigkeitsbegrenzung überschritten, um in einen Freizeitpark zu gehen?"

„Nun … ja." Ich stieß die Tür auf und stieg aus. Er tat es mir nach. Ich schaute auf meine Uhr. Ich hatte die fünfundzwanzig Minuten Fahrt in weniger als zwanzig geschafft, was bedeutete, dass wir ungefähr fünfzehn Minuten hatten, bevor der Park schloss. „Es gibt etwas Wichtiges, das ich dir an einem besonderen Ort sagen wollte. Komm."

Max murmelte etwas vor sich hin. Was es war, wusste ich nicht, aber wir rannten zum Tor, bezahlten, um eingelassen zu werden, und eilten an Achterbahnen und Wasserfahrten vorbei, erreichten atemlos den Kissing Tower zehn Minuten vor Schluss.

„Ich werde ohnmächtig", keuchte Max, als der schlecht gelaunte Parkmitarbeiter uns in die sich drehende Kabine scheuchte. Wir waren die einzigen bei dieser Fahrt, was gut war. Ich hatte auf ein wenig Privatsphäre bei meinem großen Geständnis gehofft. Außerdem, wenn Max mich fallenließ, würde niemand da sein, der mich weinen sah.

„Warte noch mit dem ohnmächtig werden." Ich nahm seine Hände und führte ihn zu einem der wie ein Bonbon geformten Fenster. Die Fahrt fing schnell an, wahrscheinlich, weil die Angestellten nach Hause wollten. Die Kabine hob ab, sechsundsiebzig Meter in die Luft, während sie sich langsam drehte. Wir setzten uns und schauten aus den bonbonförmigen Fenstern, arbeiteten daran, wieder zu Atem zu kommen.

„Das ist wirklich toll", bemerkte Max, als die Kabine sich langsam drehte, uns Insassen einen Panoramablick über den erleuchteten Park und die Lichter der Innenstadt von Hershey zeigte. Mein Blick war auf ihn gerichtet.

„Ja, das ist es."

Er drehte sich auf der gepolsterten Bank und richtete seine wunderschönen, braun-goldenen Augen auf mich.

Ich beugte mich vor und küsste ihn. Wir befanden uns schließlich im Kissing Tower. Er reagierte mit brodelnder Hitze, die offensichtlich war und unter der Oberfläche blubberte.

Ich umfasste sein Gesicht, das raue Kratzen seines Bartes auf meinen Handflächen war schrecklich angenehm.

„Ich mag dich sehr und ich will mit dir ausgehen. In der Öffentlichkeit. Mit sich an den Händen halten und bei einem Dinner bei Kerzenschein miteinander flüstern."

Er schien diese Neuigkeit langsam zu verdauen. Die Kabine drehte sich weiter. Mein Magen fühlte sich ein wenig unwohl an und nicht von der zahmen Fahrt, die wir gerade machten.

„In Ordnung, das hätte ich auch gerne."

Er riss mich an sich, legte seinen Mund über meinen. Irgendwie war ich, als die Kabine wieder am Boden ankam, auf seinem Schoß, das Gesicht ihm zugewandt und ein ausgehungerter Hockeyspieler labte sich an meinem Hals.

Die sich öffnenden Türen und der Aufschrei des schlecht gelaunten Angestellten unterbrachen den sinnlichen Moment. Ich sprang auf, wir beide schoben unsere Erektionen zurecht und wir verließen die Kabine ziemlich kleinlaut. Max nahm meine Hand. Dadurch fühlte ich mich leichter, als ich es getan hatte, seit Rolf mich bedroht hatte.

„Also, du hast diesen verliebten Blick verloren. Was ist los?"

„Ich habe nur gerade an Rolf gedacht."

„Hast du wieder etwas von ihm gehört?"

„Nein, nein, so dumm ist er nicht." Wir verließen den Park und gingen zu meinem Jeep, die Finger miteinander verflochten, was mir eine Stärke schenkte, die ich gerne in mich aufsog. „Lass uns nicht über diesen hasserfüllten Bastard reden. An diesem Abend soll es um uns gehen. DK und meine Tanten sind in D. C., darum muss ich mir um sie keine Sorgen machen."

„Was machen sie da?"

Er führte mich zum Auto, lehnte mich an die Fahrertür, trat nahe an mich heran und presste seinen Brustkorb an meinen.

„Sie wollten ihn zu seinem ersten Sit-in mitnehmen. Es geht um die Rechte für Frauen." Er stupste meinen Kiefer mit seiner Nase an, wollte wieder meinen Hals kosten. Ich ließ ihn knabbern. Es waren nur er und ich und eintausend Motten, die in dem Licht über uns herumflatterten. „Mmm, das ist so schön. Sollen wir irgendwo essen und dann zurück zu mir?"

Sein Kopf hob sich schnell. „Ich glaube, Stan wohnt hier irgendwo." Er sah sich auf dem Parkplatz um. „Natürlich nicht hier, sondern in Hershey. Wir könnten vielleicht vorbeischauen und etwas trinken. Es könnte nett sein, Zeit mit einem anderen Paar zu verbringen."

„Ja, das wäre nett. Wo wohnt er?"

„Irgendwo in Hershey. Große Tore, laut Lockhart. Wir können einfach herumfahren, bis wir es finden." Er vergrub sein Gesicht wieder an meinem Hals. Ich schüttelte meinen Kopf. Er seufzte und lehnte sich zurück, um mich anzusehen. „Nein, du willst Stan nicht besuchen?"

„Oh, das will ich schon, du musst nur darüber nachdenken, was du gerade vorgeschlagen hast. Du hast gesagt, dass *ich* in einer vornehmen Gegend herumfahren soll, im Dunkeln, um die Häuser von reichen Leuten anzuschauen."

Er dachte ungefähr fünf Sekunden darüber nach, dann glätteten seine Brauen sich.

„Oh", murmelte er.

„Ja."

„Das ist wirklich blöd."

„Das musst du mir nicht erzählen. Wie wäre es also, wenn wir dieses wahrscheinlich unangenehme Szenario auslassen und einfach ein ruhiges Restaurant suchen und dann nach Hause fahren."

„Italienisch. Ich habe Hunger auf Italienisch. Und dich."

Ich hatte auch Hunger auf ihn, aber Fettuccine klangen gut. „Wir können es zum Mitnehmen bestellen."

„Was ist mit dem richtigen Date?"

„Wir sind mit einem Fahrgeschäft gefahren. Das zählt als echtes Date."

Du bist ein schwacher, schwacher Mann, Benton.

Sein Lachen war amüsiert. „Das sind wir. Also Essen zum Mitnehmen."

WIR NAHMEN das Essen mit in mein Bett. Wir lagen zwischen Aluminiumbehältern, die mit Fettuccine Alfredo gefüllt waren, mit Lasagne und Spaghetti mit Fleischbällchen, nackt, fütterten einander zwischen langen, trägen Küssen. Pasta begann, von unseren Gabeln zu rutschen, lange Stränge glitschten an meiner Seite der Laken nach unten, fette, runde Fleischbällchen rollten zu Max' Hüfte und ruhten neben seinem harten Schwanz. Ich saugte ein Paar fleischiger Bälle—bedeckt mit roter Soße mit Knoblauch. Max schnaubte und kicherte die ganze Zeit über, seine Haare und sein Bart waren mit Soße verschmiert, mein Brustkorb und Schwanz voller reichhaltiger, käsiger Alfredo-Soße.

Die Bettdecke war schmutzig, die Laken voller Flecken und ruiniert, aber wir rollten dennoch in den gewürzten Soßen herum, das Spiel wich der Leidenschaft, als ein Hunger in den anderen überging.

Seinen Hintern mit Gleitgel einzureiben war feuchter Spaß. Ich stieß meine Finger tief in ihn, während ich an seiner fetten Eichel saugte. Max zog und zerrte, bis ich rittlings auf ihm saß, meine Knie zu beiden Seiten seines Kopfes. Er nahm mich gierig in den Mund. Zwei fette Finger, bedeckt mit Gleitgel und wahrscheinlich Alfredo-Soße, fanden meinen Hintern. Ich wand mich auf diesen begierigen Fingern, keuchte um seinen Schwanz, als er sie perfekt abwinkelte und meinen süßen Punkt streichelte. Ich verlor mich in Max und das war genau das, was ich brauchte. Den Mann zu lieben, wischte mir die Sorgen aus dem Verstand. Es gab keinen Rolf, keine alten Tanten, keinen Teenagerjungen, der allein und von seiner Familie nicht gewollt war und kein Tierheim, das kurz vor der Zwangsschließung stand. Für diese wunderbare, kurze Zeitspanne waren es nur ich und Max.

Er kam zuerst, bedeckte meine Zunge und meine Kehle. Ich schauderte herrlich, sein zu Kopf steigender Geschmack in Kombination mit dem Kratzen seiner Finger über meine Prostata stieß mich über den Rand. Max summte und nuckelte, löste seinen Mund nicht, würgte auch nicht, nahm meine zuckenden Stöße auf, während er wie wild meinen Hintern bearbeitete.

„Hölle … oh Hölle." Er hielt mich fest, eine Hand auf meinem Hintern, hielt mich so davon ab, mich wegzubewegen, ehe er fertig war. Jedes Ziehen seiner Lippen über meinem Schwanz brachte ihm ein weiteres Schaudern ein. Endlich ließ er mich los und ich fiel neben ihm auf das Bett. Ein Aluminiumbehälter kippte und bedeckte meinen Rücken mit kalten, nassen Nudeln.

„Ah, Mann", hustete ich, rollte mich zu einem kleinen Ball, während die letzten Schauder mich durchliefen.

„Meine Spaghetti", stöhnte Max. Er rollte mich auf

meinen Bauch und aß sein Abendessen von meinem unteren Rücken, während ich kicherte und gackerte.

„Du bist der leckerste Teller, der je erfunden wurde", schnurrte er, als er mich mit seinem massigen Körper bedeckte, sein Brustkorb mich in das mit Soße getränkte Laken drückte.

Ich hob geschlagen eine Hand und wurde auf den Rücken gedreht, der Behälter gab nach, als mein Hintern ihn zerdrückte.

Sein lachender Blick fand meinen.

„Du bist mir sehr wichtig", flüsterte ich, schnippte dann ein kleines Stück Fleischbällchen aus seinem Bart.

„Du bist mir auch sehr wichtig", antwortete er, neigte seinen Kopf, um eine lange Kostprobe von meinem Mund zu nehmen, die uns schließlich ins Bad brachte, was zu einer weiteren Runde Sex in der kleinen Dusche führte.

Danach waren wir bereit zu schlafen. In einem Bett, das nicht mit den Tagesempfehlungen von Lou's Ristorante in der Locust Street bedeckt war. Wir legten uns ins Gästezimmer, warfen die Limonadendosen von DKs Bett auf den Boden und schliefen ein, sobald wir uns, mit den Köpfen auf den Kissen, aneinander gekuschelt hatten.

Insgesamt war ich mit dem Ergebnis dieses ersten Dates sehr zufrieden, auch wenn ich bei der Sache ohne Sex schwach geworden war.

DIE ALTEN MÄDCHEN und DK hatten sich entschieden, ein paar Tage in D. C. zu bleiben. Zum

Glück war der Protest friedlich gewesen. Ich hatte mit meinem Vater gescherzt, dass wenn sie ins Gefängnis kamen, er sie herausholen musste. Er hatte gelacht, aber nicht aus vollem Herzen. Er wusste, wie die beiden waren.

Darum war ich beim nächsten Railers-Spiel allein. Ich kam zu spät, wegen einiger Neuankömmlinge und einem Problem mit einer kranken Katze in Kombination mit einem Anruf von der Abteilung für Landwirtschaft, den ich wegen der Sache mit der kranken Katze verpasste. Ich würde morgen während der Öffnungszeiten zurückrufen, was in Ordnung war. Jedes Mal, wenn die Abteilung anrief, bekam ich Sorgenfalten. Sie waren die staatliche Einrichtung, die für Tierheime zuständig war und sie kontrollierte. Ich hatte noch nie ein Problem damit gehabt, eine dieser Überraschungsinspektionen zu bestehen. Die Tatsache, dass sie mich anriefen, war es, warum ich nervös auf der Innenseite meiner Unterlippe kaute. Sie sagten, dass sie mir eine E-Mail geschrieben hatten und als ich nachsah, handelte es sich lediglich um eine Umfrage. Dennoch raste mein Herz noch.

„Hey Mann, alles in Ordnung? Hattest du schlechte Nachos oder so?"

Der Klang von achtzehntausend Fans sickerte wieder in mein Bewusstsein. Ich schüttelte die Sorgen ab und wandte mich Mr. Berg zu—von dem ich wusste, dass er einen richtigen Namen hatte, Kenny—und lächelte zu dem riesigen Besitzer eines Saison-Tickets auf. Wie es schien, hatte Max für den Rest der Play-offs für diese Plätze bezahlt. Ich war überrascht.

Der Mann steckte voller wunderbarer kleiner Geheimnisse.

„Nein, keine schlechten Nachos. Ich habe nur an die Arbeit gedacht."

„Mann, kennst du nicht die Regel?" Kenny warf seinem Ehemann, Jeff, einen Blick zu. Jeff schaute um den nackten Oberkörper seines Mannes herum. „Baby, er kennt die Regel nicht."

„Entschuldigung? Was für eine Regel ist das?", fragte ich.

Jemand auf dem Eis schlug jemand anderen auf dem Eis und die Fans schrien Beleidigungen. Verdammt. Ich musste auf das Spiel achten. Das hätte Max sein können, der gegen die Bande gestoßen wurde, nicht Adler. Nicht, dass ich wollte, dass Adler eins auf die Mütze bekam, aber …

„Die Regel, die besagt, dass bei einem Hockeyspiel die Arbeit auf dem Parkplatz bleibt."

„Oh, stimmt, diese Regel. Das habe ich vergessen."

Kenny tätschelte meinen Kopf, fuhr dann damit fort, Tampa Bay für irgendeinen Verstoß anzubrüllen. Das zweite Spiel war bis jetzt wirklich brutal gewesen. Wir befanden uns beinahe am Ende des zweiten Drittels und es stand unentschieden. Es hatte keine Tore gegeben, weil die beiden Teams zu sehr damit beschäftigt waren, sich gegenseitig aufzumischen. Wegen all der legalen und illegalen Checks hatte die Penaltybox eine Drehtür gebraucht. Ich hatte den Verdacht, dass die Railers sich eine ziemliche Strafpredigt anhören würden, sobald sie in der Umkleide waren.

Meine Aufmerksamkeit schien die meiste Zeit über

bei Max zu sein, aber ich kam dazu, ein kurzes Aufflammen von Aktivität um das Netz von Florida herum zu erleben, gerade als die Sirene das Ende des zweiten Drittels verkündete. Das war das Höchstmaß an Offensive, was die Railers in vierzig Minuten Spielzeit geschafft hatten. Hoffentlich würden sie das aufrechterhalten können, wenn sie wieder zurück aufs Eis kamen.

„Ich gehe auf die Toilette und hole ein Bier. Kenny, Jeff, wollt ihr etwas?"

„Nein, wir haben alles. Aber danke." Kenny strahlte mich an, sein Arm lag um den Hals seines Ehemannes. Jeff lächelte sanft. Sie waren ein seltsames Paar, schienen aber glücklich zu sein.

Ich schloss mich dem Massenexodus von Fans an, die sich aufmachten, um Essen und Trinken zu holen, und aufs Klo zu gehen.

Es ging langsam voran, ein Schritt nach dem anderen, was mir viel Zeit gab, mich umzusehen.

Leute aller Größe und Form und Farbe waren hier. Auch viele Kinder und Frauen. Ich war froh, das zu sehen. In meiner Freundesgruppe zu Hause war ich der einzige Hockey-Fan. Die meisten standen auf Basketball oder Football. Ich mochte diese Sportarten auch, aber an Hockey war immer etwas gewesen, das ich liebte. Die Geschwindigkeit und die Körperlichkeit und die Anmut der großen Männer auf diesen winzigen Kufen. Vielleicht würde ich Max irgendwann einmal überreden, mir ein paar Eislaufstunden zu geben.

Ein großer Mann vor mir verließ die Schlange. Ich trat vor und warf einen Blick zur Seite und sah Rolf, der an dem dicken Geländer lehnte. Mein Fuß verpasste die nächste Stufe und ich taumelte gegen eine Frau.

„Entschuldigung", murmelte ich angesichts ihres bösen Blickes. Mein Blick wandte sich wieder der nächsten Sektion zu und er war immer noch da, schaute mich unverändert an. Mit klopfendem Herzen suchte ich in meiner Gesäßtasche nach meinem Handy. Zittrig wählte ich die 9-1-1, fühlte mich mit jedem Klingeln weniger verängstigt. Als die Zentrale den Anruf annahm, warf ich einen Blick auf die Stelle, von der aus Rolf mich finster angestarrt hatte und sah nur das Geländer. Nein. Scheiße. Wo war er hin?

„Hallo? Was ist Ihr Notfall?", fragte die Person von der Zentrale.

„Ich … Er war hier. Mein Schwager. Ex. Er war— Scheiße, wo ist er hin?!"

„Sir, Sie müssen sich beruhigen und mir sagen, was los ist."

„Rolf. Er war hier. Ich …" Ich rieb mir meine verschwitzte Braue. „Er war genau hier." Ich deutete auf das Geländer, das über den Sitzreihen darunter thronte, als ob die Frau am anderen Ende der Leitung sehen könnte, wohin ich deutete. „Ich meine … er sah genauso aus wie er."

„Sir, können Sie mir bitte sagen, was genau los ist?"

„Ich, ah … Es tut mir leid. Ich glaube, dass ich überreagiert habe. Es tut mir leid, dass ich angerufen habe. Es tut mir leid." Ich legte auf, mein Herz hämmerte gegen meine Rippen. Er war es gewesen. Oder? Dieselben blonden Haare, dieselben eisig blauen

Augen, derselbe hasserfüllte Gesichtsausdruck. Er musste es gewesen sein. Hatte ich es mir eingebildet?

„Verdammt", stöhnte ich. Ich drehte um und ging zurück zu meinem Sitzplatz.

„Ich dachte, du würdest pissen und ein Bier holen", bemerkte Kenny, als ich mich neben ihm auf den Sitz fallen ließ.

„Zu viele Leute", gab ich zurück. Mein Blick verharrte jetzt bei jedem goldenen Kopf in den Reihen. War Rolf mir hierher gefolgt? War er um das Tierheim herumgeschlichen? Mein Haus? Oder drehte ich durch?

Furchtbar durcheinander, blieb ich direkt neben Kenny, dem Berg, bis die Railers es schafften, durch ein hinterlistiges, um das Netz herumgespielte Tor zu verlieren. Ich verließ das Stadion mit Kenny und Jeff, überredete sie dann, mit mir zu warten, indem ich ihnen die Möglichkeit anbot, Max draußen zu treffen. Dafür waren sie leicht zu begeistern, darum versteckte ich mich hinter meinen neuen Freunden und wartete draußen in der Dunkelheit, dass Max herauskam und mir die Umarmung gab, die ich so sehr brauchte. Vielleicht konnte er mir auch eine runterhauen, weil ich so ein verdammter, dämlicher Narr war.

ZWÖLF

Max

Etwas hatte sich verändert. Ich wusste nicht, was genau es war, aber als ich Ben das nächste Mal sah, wollte er mir nicht in die Augen schauen.

Ich hatte das schon bei Typen erlebt, mit denen ich eine Freundschaft mit Vorzügen geführt hatte. Wir waren Männer und wir würden uns nicht hinsetzen und uns über unsere verdammten Gefühle austauschen. Darum fängt man an, den anderen Kerl zu meiden, man tut so, als ob er nicht existiert und dann kapiert er es endlich und sieht sich anderweitig um, ohne böse zu sein.

Genau das, was Ben machte.

Er war abgelenkt, wollte mir nicht in die Augen sehen, wie schon gesagt und als wir in der Nacht zuvor zusammen gewesen waren, war er mit der Entschuldigung, Kopfschmerzen zu haben, ins Bett gegangen, hatte mich im Wohnzimmer zurückgelassen, wo ich auf den Fernseher starrte, der eine Wiederholung von *Friends* zeigte.

Vielleicht sollte ich den Hinweis endlich kapieren. Ben zog eindeutig diese Kerl-Sache durch und ich sollte es gut sein lassen und mich auf das konzentrieren, was wichtig war—Hockey.

Nur, dass ich das nicht wollte und es gab einen guten Grund, warum die Leute mich als stures Arschloch bezeichneten. Nach zehn Minuten der Angst wegen der Botschaft, die ich erhalten hatte, entschied ich, dass ich bereit war, meine eigene Nachricht zu verkünden. Er war nichts weiter als ein Klumpen unter der Decke, kein Körperteil sichtbar und ich stand eine Weile in der Schlafzimmertür und starrte seine Gestalt an. Ich wollte nur absolut sicher sein, dass ich genau das Richtige sagte. Etwas wie „Geh nicht" oder „Verlass mich nicht". Er bewegte sich unter der Decke und ich versteifte mich. Ich war noch nicht bereit, mit ihm zu reden, weil ich nicht die richtigen Worte hatte.

Ich war immer noch in dieser Endlosschleife gefangen, wie viel von mir selbst ich preisgeben musste. Der Arzt wollte mich sehen, sagte, dass ich die Sache nicht so anging, wie er es von mir erwartete. Nun, zur Hölle mit ihm, ich ging alles hervorragend an. Wenn man irgendeinen Mann mit einer tickenden Zeitbombe in seinem Hirn fragt, wie es ihm geht, werden alle dasselbe sagen.

Einen Tag nach dem anderen. Jeder Tag ist ein Gewinn.

Ich wich von der Tür zurück und ging in Bens kleine Küche, setzte mich auf einen Stuhl und starrte mein Handy an. Die letzten drei nicht-Ben-Anrufe waren an Doktor Warner gegangen. Er war mittlerweile wahrscheinlich daran gewöhnt, dass ich ihn wegen meiner dämlichen Sorgen anrief. Der letzte Anruf war mit einem uncharakteristischen „Du musst dich beruhigen" vom Doc beendet worden, aber andererseits hatte ich ihn um vier Uhr morgens zu seiner Zeit angerufen und er war eigentlich nicht der Typ, der vierundzwanzig Stunden erreichbar war. Er war ein bekannter Neurochirurg.

Wenn wir es schafften, eines der beiden Teams im Finale des Stanley Cups zu werden, dann waren es höchstens sieben Spiele, die noch zwischen uns und dem Cup standen. Das würde mich bis in den nächsten Monat tragen, der in drei Wochen begann.

Wie hoch standen die Chancen, dass dieses Ding in meinem Kopf mich in dieser Zeit erwischte?

Ich sollte mir keine Sorgen machen.

Ja, genau, wen will ich damit verarschen? Sorgen passieren, ohne dass ich darüber Kontrolle habe.

Genau hier, in dieser Küche, im sanften Glühen einer kleinen Lampe, war ich die Definition von jemandem, der sich vor dem nächsten Tag fürchtete.

Was, wenn es zum Schlimmsten kam? Was, wenn ich zusammenbrach und niemand wusste warum? Was, wenn ich in einen Kampf geriet und eine Faust genau im richtigen Winkel auf meinen Kopf traf, um eine Blutung auszulösen? Zur Hölle, was, wenn ich ins Bett ging und nicht mehr aufwachte?

Ich fühlte mich vollkommen allein und verletzlich und das alles wegen eines Mannes und seiner Unfähigkeit, mir in die Augen zu sehen.

„Was ist los?", fragte Ben hinter mir. Er klang verschlafen.

Ich zuckte mit den Schultern. Ich würde mich nicht umdrehen und ihn ansehen, weil ich wusste, dass ich nicht in der Lage sein würde, mich seinem Gesichtsausdruck zu stellen und zu wissen, dass er wollte, dass ich ging. Er umarmte mich von hinten und ich starrte auf seine Hände auf meinem Oberteil. Ungewollt bedeckten meine Hände seine. Wenn das bedeutete, dass alles vorbei war, wollte ich eine letzte Berührung.

Weichling.

„Es tut mir leid, dass ich so abgelenkt war", murmelte er an meiner Haut und ich konnte nichts gegen das Hüpfen meines Herzens bei diesen Worten tun. „Ich hatte nur eine Menge um die Ohren."

Ich drehte mich auf dem Stuhl zu ihm und er umfasste mein Gesicht mit seinen Händen, drückte einen sanften Kuss auf meine Lippen.

„Manchmal …", fing er leise an und hielt inne.

„Manchmal was?", hakte ich nach, weil er so ernst aussah.

Er seufzte und ich nahm an, das bedeutete, dass er nichts weiter sagen wollte, aber ich hatte mich geirrt.

„Ich glaube, mein Verstand spielt mir Streiche. Ich dachte, ich hätte Rolf beim letzten Spiel gesehen und gestern hätte ich schwören können, dass er vor dem Haus gewesen ist, aber als ich nach draußen ging, war er es nicht." Er schnaubte leise. „Ich glaube, ich muss meinen Kopf untersuchen lassen."

In diesem Moment hätte ich etwas sagen können. Das war das perfekte Stichwort für mich und meine Probleme. Ich hätte einfach nur sagen können, hey, Ben, ich habe dieses Ding in meinem Kopf, das einen Namen hat, der zu lang und kompliziert ist, um ihn auszusprechen, aber Mann, das ist in Ordnung, der Doc sagt, es ist nicht sehr wahrscheinlich, dass es wieder passiert, aber man weiß ja nie, weil eine zehnprozentige Chance besteht, dass es doch sein könnte. Ich könnte beim nächsten Mal sterben. Ist das für dich in Ordnung?

Ich sagte kein einziges Wort.

Feigling.

Stattdessen richtete ich mit meiner Sucht, mir Sorgen um ihn zu machen, alles auf ihn aus.

„Was, wenn er es war?"

Er schüttelte seinen Kopf und küsste mich erneut, versuchte zweifellos, mich abzulenken. „Ja, er hat nur zufällig eine Karte für ein Railers-Spiel bekommen, das ausverkauft war, obwohl er Hockey gar nicht mag. Glaub mir, ich weiß, dass ich durchdrehe. Die Polizei hat ihn gewarnt—was können wir sonst noch tun? Es ist DK, um den ich mir Sorgen mache. Armer Junge."

Ich stand auf und umarmte ihn fest. „Ich mache mir Sorgen um dich", gab ich zu.

Jetzt. Erzähl ihm jetzt von deinen eigenen Ängsten, im Halbdunkel, wo es sicher ist.

Ich öffnete meinen Mund, um zu reden, und er küsste die Worte fort.

„Komm ins Bett", murmelte er.

Ich schaltete die Lampe aus und folgte ihm ins Schlafzimmer. Als ich dort ankam, war er bereits unter der Decke, hielt sie bis an sein Kinn und lächelte mich an. Ich verspürte nicht das Bedürfnis, mich auf ihn zu stürzen—ich wollte sein wunderschönes Gesicht anstarren, ihn festhalten und ihn einfach nur so sehr lieben, wie ich konnte.

Ja.

Ich denke, ich könnte Ben lieben.

ALS ICH AUFWACHTE, war es der hellste und wärmste der Frühsommertage. DK sperrte an diesem Morgen das Tierheim auf, übernahm mehr Verantwortung, was Ben unterstützte. Das bedeutete einen faulen Morgen für meinen Mann, wenn faul bedeutete, dass wir vor acht nicht aufstanden und zusammen frühstückten. Er würde dennoch um neun zur Arbeit gehen, aber wir schafften es, eine ganze Menge Küsse und Lächeln unterzubringen, bevor wir das Haus verließen.

Mein Uber wartete auf mich und Ben schüttelte den Kopf.

„So knausrig", zog er mich auf. „Besorg dir dein eigenes Auto, Mr. Millionär."

„Ich fahre nicht", sagte ich, wahrscheinlich deutlich defensiver, als ich es an diesem Punkt sein musste. Er warf mir wegen meines Tonfalls einen verwirrten Blick zu, aber ich küsste sein Stirnrunzeln fort.

Wir trennten uns nach diesem Kuss und einer Umarmung und machten uns in entgegengesetzte Richtungen auf. Ich war früh dran fürs Training, aber ich musste an meiner Kondition arbeiten und mit dem Physiotherapeuten über den nagenden Schmerz in meinem Knie sprechen. Das verdammte Ding hatte die

Angewohnheit, immer im falschen Moment zu krampfen.

Als ich angezogen und für das Training auf dem Eis war, war ich durchgeknetet und geeist worden und befand mich an meinem Glücksort. Beim Training selbst ging es mehr darum, die Muskeln zu lösen als um Strategie. Wir waren so weit gekommen, nur ein Spiel davon entfernt, das Halbfinale zu gewinnen und in den Kampf um den Cup einzusteigen, und wir waren gleichzeitig erschöpft und voller Energie.

Die Stimmung war gut. Wir hatten die Nummer des Teams, gegen das wir antraten und morgen Abend, genau hier auf unserem Eis, würden wir es eintüten.

Jared bedeutete mir, zu ihm zu kommen und zusammen mit dem Rest der Verteidiger bildeten wir einen Kreis um ihn, während er über Strategien redete. Wir waren ein großartiger Anblick. Ich überragte alle anderen, einige von uns waren Two Way Verteidiger, in der Lage, den Kampf ans Netz zu tragen, andere, wie ich, konnten die Richtung eines Spiels mit einem einzigen Kampf ändern. Zusammen bildeten wir eine Mauer und als Stan herkam, um sich zu uns zu stellen, konnte ich mich nicht beherrschen. Ich zog seinen Kopf nach unten und küsste seinen Helm.

Er murmelte etwas auf Russisch, das ich unter gar keinen Umständen verstehen konnte, aber es klang nicht wie ein Fluch, eher wie ein sanfter Laut der Zuneigung.

Das war mein Team.

Und morgen würden wir gewinnen und wir würden ins Finale einziehen. Ich konnte es in meinen Knochen spüren.

Zu gewinnen war aber nicht leicht. Nach drei Dritteln stand es unentschieden, wir kämpften mit allem, was wir hatten und als wir das abschließende Tor machten, Ten und seine Magie sich vom Gegner lösten und bei einem wunderschönen Tor von Dieter assistierten, hatte ich so etwas noch nie empfunden.

Ekstase, Erschöpfung, Liebe, Leidenschaft, Furcht … Hölle, es war eine vollkommene Verschmelzung all meiner Emotionen. Ich suchte nach Ben in den Rängen, sah ihn dastehen und klatschen und jubeln und ich warf ihm einen Kuss zu. Er fing ihn mit großem Aplomb und hielt ihn an sein Herz. Toly umarmte mich, zog mich herum und in einen Haufen Männer, die Stan auf dem Eis begruben. Ten jubelte in mein Ohr und ich grinste wie ein Honigkuchenpferd. Ich wusste es.

„Wir sind im Stanley Cup Finale!", brüllte jemand. Oder zumindest hörte ich die Worte „Stanley Cup" und „sind". Abgesehen davon war die Kakofonie von Lärm zu unerträglich.

Connor kam als Kapitän gefahren, Troy Larsen und Toly als seine Stellvertreter an seiner Seite, keiner von ihnen berührte den Cup, den wir als Beste der Eastern Conference gewonnen hatten. Spieler und ihr Aberglaube bedeuteten, dass kein Team diesen Cup berührte. Es sei denn, es war ein Team, das Glück gehabt hatte, nachdem es ihn berührt hatte. Das hatte ich auch schon gesehen. Hölle, ich kann nicht erklären, was für manche Menschen Glück zu haben bedeutet. Ich wusste nur, dass mein Glück in der Menge stand und für unser Team jubelte und für mich.

Die Stimmung in der Umkleide war euphorisch und

in allen Gesprächen ging es um das Team von der Westküste, gegen das wir um den Stanley Cup spielen würden. Die Raptors würden ihre Spiele an der West Coast gewinnen. Sie waren in den ersten drei Runden höher bewertet worden und hatten mehr Punkte als wir. Das bedeutete, unsere ersten Finalspiele um den Cup würden auf ihrem Eis stattfinden, aber im Moment kümmerte sich keiner von uns um den Heimvorteil, den sie haben würden.

Die Railers waren Team-Killer.

Wir konnten *jeden* besiegen.

Meine Energie verließ mich nach ein paar Minuten Umarmungen und Schulterschlägen und ich sank auf meinen kleinen Teil der Bank, grinste immer noch, war aber nicht in der Lage, die Erschöpfung von dem Spiel zu unterdrücken.

Toly sank neben mich und wir stießen die Schultern aneinander.

„Das war es definitiv wert", sagte ich.

Toly schnaubte lachend. „Definitiv."

DAS HIGH ÜBERDAUERTE die Interviews nach dem Spiel, das Duschen, sich anzuziehen und bis ich Ben sah, der auf mich wartete, DK an seiner Seite. Ich umarmte Ben fest und bezweifelte, dass er atmen konnte, bis er mich lachend von sich schob.

„Nehmt euch ein Zimmer." DK grinste und ich umarmte ihn, gab ihm eine Kopfnuss und hielt ihn fest, obwohl er sich wehrte.

Ich fühlte mich stark genug, es mit der ganzen verdammten Welt aufzunehmen.

Wir fuhren zu Ben, ohne darüber zu diskutieren, wohin wir gehen würden. Ich liebte sein Haus. Klein, aber warm, war es das genaue Gegenteil meiner vorläufigen Bleibe in dem Apartmentgebäude. Sein Haus war Heim und Familie, alles garniert mit gemütlichen Möbeln und seinem großen Fernseher. Wir lieferten DK unterwegs ab und dann waren es nur wir beide bei ihm, wir tranken einander und liebten uns so sehr.

Als ich danach in seine Arme geschmiegt war, wusste ich, dass ich ihm von den Sorgen erzählen musste, die ich in mir trug. Ohne diesen letzten Teil von mir zu teilen, konnte ich nicht mehr länger mit mir selbst leben.

„Ich muss dir etwas sagen", fing ich an, und löste mich aus seinem Griff, setzte mich auf dem Bett auf und zog den Quilt um mich. Er rutschte neben mich und packte meine Hand.

„Ich auch", sagte er.

Wir hätten die ganze „du zuerst" Sache machen können, aber Hölle, ich musste meine Geheimnisse loswerden.

„Ich fange an", verkündete ich und er lächelte mich an, als ob er erwartete, dass ich ihm die wunderbarste Sache auf Erden erzählen würde.

„Dann mach", ermutigte er mich, als ich nicht sofort anfing.

„Direkt nachdem ich verkauft worden war, hatte ich ein medizinisches Problem."

Er stupste mich an, meinte dann: „Ich kann längere Wörter als ‚Ding' verstehen."

Er klang nicht wütend oder besorgt, aber andererseits hatte ich ihm auch nicht alles gesagt.

„Es war eine arteriovenöse Fehlbildung, eine AF." Ich wartete darauf, dass er so etwas wie Verständnis zeigte, hoffte innerlich, dass ich es nicht erklären müsste, aber er sah ahnungslos aus.

„Was ist das?"

„Eine Art Blockade, die Blutungen im Gehirn verursacht, zu Schlaganfällen führen kann, solche Sachen. Ich hatte eine Operation, um die Fehlbildung zu entfernen, vollkommen erfolgreich." Ich fügte den letzten Teil auf sorglose Weise an, als ob es nicht absolut notwendig wäre, dass er diese Worte als die wichtigsten begriff.

„Scheiße." Jetzt war er besorgt, unsicher, hielt meine Hand und sah mich mit diesen sexy Augen, die wie flüssige Schokolade aussahen, an. „Es tut mir leid. Das muss so furchteinflößend gewesen sein."

„Das ist es."

Zuerst war mir nicht klar, was ich gesagt hatte. Ich war weich und gesättigt von unseren Liebesspielen und Ben hielt meine Hand. Ich konnte mir nicht vorstellen, dass diese drei kleinen Worte den Anfang vom Ende markieren würden.

„Was meinst du damit, ‚das ist es'?" Ben löste seine Finger aus meinen. „Du meinst, es war furchteinflößend. Richtig? Es ist jetzt erledigt?"

Es war nicht so, dass ich die Sorgen, die ich jetzt hatte, zurückhalten würde, aber so wie er das Wort betonte, überlegte ich mir, wie ehrlich ich sein würde. Ich würde meine Ängste nicht mit ihm teilen, nur die kalten, medizinischen Fakten.

„Nun, ich gehe immer noch zu einem Spezialisten, für den Fall, dass es zurückkommt."

„Zurück."

Würde Ben alles wiederholen, was ich sagte?

„Nun, ja, es besteht die Chance, dass es irgendwann eine weitere Blockade geben wird, aber ich bin mittlerweile daran gewöhnt, damit zu leben." Es machte keinen Sinn, ihm die Statistiken zu geben, die mich verfolgten.

Ich sah, wie er sich bewegte. Nur ein wenig. Ein paar Zentimeter von mir fort. Sein Gesichtsausdruck wechselte von mitfühlend zu diesem ausdruckslosen Nichts, das ich überhaupt nicht einordnen konnte. Ich griff nach seiner Hand, aber er mied meine Berührung.

„Ben?"

Er starrte mich an und dann, mit einer geschmeidigen Bewegung, glitt er aus dem Bett und zog seine Jeans und sein T-Shirt an.

„Du stirbst?", fragte er dumpf.

„Nein, nicht, wenn ich etwas zu sagen habe."

„Du könntest sterben und du hast es mir nicht gesagt."

„Ben—"

„Ich kann das nicht noch einmal machen. Du musst gehen", sagte er. Sein Ton war tot.

„Sei nicht albern, Ben. Lass uns darüber reden", sagte ich lächelnd. Er ließ mich nichts mehr sagen, darum kam ich nicht dazu, etwas darüber zu erzählen, wie ich damit lebte und dass er das auch tun sollte, wenn ich ihm wirklich wichtig war.

„Es ist mir egal—verschwinde aus meinem Haus."

Ich beeilte mich, aufzustehen, fühlte mich im Nachteil, weil ich nackt war, zog meine Unterwäsche und meinen Anzug an, wollte unbedingt die Worte finden, damit er sich endlich beruhigte.

„Ben, komm schon."

Er marschierte aus dem Schlafzimmer und ich folgte ihm. Er hatte meine Schuhe in der Hand und er öffnete die Haustür und warf sie auf die Treppe.

„Verschwinde!", schrie er.

„Du benimmst dich dumm."

Ich schaute auf meine Schuhe, die draußen lagen, wusste nur, dass dies eine Überreaktion war. Was für ein Recht hatte er, alles über mich zu wissen? Ich behielt Dinge für mich. Es war mein Leben. Nicht seins.

„Fick dich", schnappte er und ich blinzelte ihn an. „Du hast mich angelogen."

Wut keimte in mir auf und ich zog mein Jackett an. „Ich habe nicht gelogen. Das ist nicht etwas, das ich jedem erzähle—"

„Ich bin nicht einfach jeder!"

„Ich wusste nicht, ob ich dir vertrauen konnte, es dem Team nicht zu erzählen—"

„Willst du wissen, was ich dir heute Nacht sagen wollte?", unterbrach Ben mich und wich dabei von der Tür zurück, damit ich hindurchgehen konnte. „Ich wollte dir sagen, dass ich dich liebe."

„Himmel, Ben—"

Seine Lippen verzogen sich in der Parodie eines

Lächelns. „Gut, dass du mit deinen Geheimnissen angefangen hast."

„Ben, du ergibst überhaupt keinen Sinn."

„Verschwinde." Dieses Mal war da keine Wut, eher Bedauern und eine Endgültigkeit, die mich biss.

Ich liebe dich auch.

Ich trat nach draußen und nahm meine Schuhe, drehte mich zu ihm, um ihn dazu zu bringen, sich zu beruhigen, aber er schlug mir die Tür vor der Nase zu.

„Du bist der Einzige, dem ich es je erzählt habe", sagte ich zur Tür. Er war jetzt ein Arschloch, schmiss einen Mann mitten in der Nacht hinaus. Einen Mann, der kein Auto hatte.

Die Tür öffnete sich und Hoffnung erblühte in meinem Brustkorb, aber Ben warf mir lediglich mein Handy zu, das ich fangen konnte. Die Tür schloss sich wieder, ehe ich etwas sagen konnte.

Ich wollte all die Worte zurücknehmen. Warum hatte ich gedacht, meine Ängste zu teilen wäre etwas Gutes?

Niemand kümmerte sich um mich oder meine Sorgen. Ich war so ziemlich allein auf der Welt und so mochte ich es auch.

Als ich den Gehweg erreichte und mich nach rechts wandte, um eine Stelle zu finden, von wo aus ich ein Taxi rufen konnte, die nicht direkt vor Bens Haus war, war ich über Ben und seine Überreaktion hinweg.

Der beste Sex, den ich je gehabt hatte, reichte für mich nicht aus, um mit jemandem wie ihm zusammen zu sein.

Zur Hölle mit ihm.

DREIZEHN

Ben

_____

„Benton Isaiah Worthington!"

Ich zuckte zusammen, als mein Name die immer noch stille Straße hinunterhallte. Ich hatte gedacht, ich würde meinen Tanten entkommen, wenn ich vor sechs Uhr morgen zum Laufen ging.

„Warum hast du schlaue alte Frauen gemacht, die früh ins Bett und noch früher wieder aufstehen?", fragte ich Gott, während ich mich langsam zu Tante Glenna umdrehte, die ihre Auffahrt entlangstürmte. Gott schwieg. Das hatte er schon die ganze letzte Woche getan. Ich wünschte, ich könnte dasselbe über meine Großtanten und meinen Neffen sagen.

„Läufst du schon wieder?" Sie hielt direkt vor mir an, ihr scharfer brauner Blick wanderte von meinen Laufschuhen zu meiner Laufhose zu meinem alten, zerrissenen Washington Lauf-T-Shirt.

„Nein, ich bin auf dem Weg, ein Wandgemälde zu schaffen."

„Werd nicht frech, junger Mann. Ich kann dir

immer noch ohne die Hilfe des Herrn eine verpassen", schnappte Tante Glenna, wedelte mit einem Finger unter meiner Nase.

„Es tut mir leid, Ma'am."

„Mmm, das sollte es auch besser. Du weißt, dass du nicht davor weglaufen kannst, ein verdammter Idiot zu sein."

Ich schloss meine Augen und nahm eine Lunge · voller Stadtluft.

Herr im Himmel, kannst du bitte dafür sorgen, dass meine Familie mich wegen Max in Ruhe lässt? Ich habe wirklich schon genug gehört. Könnten die alten Mädchen einfach stumm werden? Nur für eine Woche oder zwei? Damit ich wieder auf die Beine komme und versuchen kann, mein gebrochenes Herz zu reparieren. Amen.

„Wolltest du noch etwas anderes von mir, außer mich einen verdammten Narren zu nennen?"

„Jemand muss dir sagen, was für ein Idiot du bist."

Ich verdrehte meine Augen in Richtung Himmel.

Hört irgendjemand da oben zu?

Nein, keine hallende Stimme ertönte vom Himmel. Ich hörte nur Hunde und Verkehr.

„In Ordnung, du führst gegenüber Carol mit zwei zu null an diesem Tag. Wolltest du etwas?" Ich verschränkte meine Arme über meinem abgewetzten Washington T-Shirt, wollte endlich los.

„Du musst mir Pflaster kaufen." Sie tauchte die Hand in ihren Bademantel, ganz tief unten, wo ihre Brüste waren, und zog zwei Ein-Dollar-Noten heraus.

„Pflaster. Warum brauchst du um sechs Uhr morgens Pflaster?" Ich weigerte mich, das Brustgeld zu nehmen, als sie versuchte, es mir in die Hand zu drücken.

„Vielleicht werde ich mich schneiden."

Genau. Gut. Brauchte ich das jetzt gerade? Nein, eindeutig nicht. „Ich hatte vor, in die andere Richtung zu laufen. Verlierst du eine Menge Blut? Ich weiß, wie man einen Druckverband macht."

„Versuch nicht, schlau zu tun, Benton. Ich werde meine Beine rasieren. Das habe ich zuletzt im Winter gemacht und ich möchte für die Wählerrechte-Demo am Wochenende eine kurze Hose tragen."

„Gütiger Gott." Ich seufzte. Der Gedanke an ihre haarigen Beine und wo zur Hölle sie diese Banknoten versteckt hatte, motivierte mich, loszukommen. Diese Art Gedanken mussten so schnell wie möglich ausgetrieben werden. „In Ordnung, ich werde in die entgegengesetzte der von mir geplanten Richtung laufen, damit ich bei Mike's Drugstore anhalten und dir Pflaster kaufen kann. Ich würde es nicht gerne sehen, wenn du wegen einer Wunde ausblutest, die einer dieser rosa Damenrasierer verursacht hat."

Sie nickte. „Ich nehme an, du bist kein totaler verdammter Idiot. Es ist immer weise zu tun, was die Älteren dir sagen."

Mit diesen Worten nahm sie ihr Brustgeld und tappte zurück zu ihrem Haus, hielt an, um jemandem nachzubrüllen, der zu schnell die Straße hinunterfuhr.

„Herr, gib mir Kraft."

Ich lief in Richtung Süden statt nach Norden, fiel in den Rhythmus eines guten Laufs. Ich hatte daran gedacht, Bucky mitzunehmen, aber es war bereits zu heiß für den Hund aus dem Norden. Er war nicht glücklich darüber gewesen, wieder in sein Körbchen zu müssen, aber ich versuchte, ein guter Hundevater zu sein. Er war das Einzige, was ich im Leben hatte. Schon wieder.

Warum hatte er mich angelogen? Verdammter Max. Warum? Wo wir doch all diese Zeit zusammen gewesen waren und er gewusst hatte—er hatte *gewusst*—wie schrecklich es für mich gewesen war, Liam zu verlieren. Dieser Bastard war dagesessen und hatte mir zugehört, wie ich über den Schmerz des Verlustes geredet hatte, dass ich aus reiner Verzweiflung darüber, den Mann, den ich geliebt hatte, verloren zu haben, hatte sterben wollen. Er war neben mir gelegen, hatte mich gehalten, mir Mist erzählt, um mich zu beruhigen, hatte dafür gesorgt, dass ich mich in ihn verliebte und die ganze Zeit über hatte er dieses Ding in seinem Kopf gehabt. Dieses Ding, das ihn mir ohne Vorwarnung wegnehmen konnte. Und er hatte nicht einmal etwas davon gesagt. Nicht einmal.

Ich musste an der Ecke stehen bleiben, um mir den Schweiß von den Augen zu wischen. Ich verweilte dort, schüttelte meine Hände, ging auf und ab, versuchte, die Wut und den Schmerz über diese Täuschung zu verdrängen.

Der Verkehr hielt. Ich joggte über die Kreuzung, schweißgebadet, konnte nicht so weit loslassen, dass die Freude über die Bewegung Max wegwischte. Nichts half. Weder zu laufen noch die Arbeit. Max war überall, hinter jeder Ecke, in jedem Zimmer meines Hauses. Sein Geruch war auf meinem Bettzeug, sein Rasierer und seine Zahnbürste auf meiner Ablage und ein paar seiner Klamotten noch immer in meinem Waschkorb.

Vier Blöcke später wurde ich langsamer und dehnte mich vor Mike's Drugstore, hoffte, dass ich nicht zu sehr stank, um einzukaufen. Nur für den Fall ging ich schnell durch den Laden, der gerade geöffnet hatte, darum waren kaum Kunden da, um eine Schachtel Pflaster zu holen. Auf dem Weg kam ich durch den Gang mit den Haarprodukten, nahm eine Flasche mit intensiv befeuchtendem Shampoo und einen Conditioner mit. Honigbeere, mein Lieblingsduft. Ich hatte gestern mein Shampoo aufgebraucht. Sie täglich zu waschen war nicht gut für meine Haare—ich wusch sie normalerweise nur einmal pro Woche und benutzte dann eine Menge tiefenwirkendes Haartonikum als Conditioner—aber das tägliche Laufen bedeutete, dass ich in der Dusche Shampoo benutzen musste. Ich meine damit, ich *musste* das tun. Zur Hölle mit den Sorgen wegen trockener Haare, mein Kopf fühlte sich nach dem Joggen widerlich an.

Während ich in der Schlange darauf wartete, dass die Kasse öffnete, dabei betete, dass ich nicht wie ein stinkender Mann roch, dachte ich zurück an den Morgen, als Max mein Shampoo und meinen Conditioner benutzt hatte. Seine Haare waren flach an seinem Kopf angelegen, glatt und irgendwie fettig, obwohl er sie mehrmals mit Wasser gewaschen hatte.

„Du solltest dich um deine Haare kümmern", hatte ich ihn aufgezogen, ihn dann für einen schönen langen Kuss und eine Runde Kuscheln zurück ins Bett gezerrt.

Die Erinnerung an diesen zärtlichen Moment spießte mich wie eine Lanze auf.

Es dauerte ewig, bis ich abkassiert war. Aus der Kühle des Ladens in die Hitze eines Stadtsommertages zu treten, raubte mir den Atem. Oder vielleicht keuchte ich auch noch, nachdem ich von dieser Erinnerung an bessere Tage im Magen getroffen worden war. Ich schaute die Straße entlang und da war die Rose of Beulah Baptistenkirche.

Mein Handy summte in der Gesäßtasche meiner Laufhose. Ich zog es heraus, hatte den Verdacht, dass es eine Tante mit einem weiteren Kaufauftrag war und ließ es beinahe fallen, als ich sah, dass es eine Nachricht von Max war. Zehn Tage waren vergangen, seit wir geredet hatten. Die Railers und Raptors hatten je ein Spiel gewonnen. Ich hatte nicht zugesehen, aber DK schon. Ich konnte mir Max im Fernsehen nicht ansehen und ruhig, entspannt und gefasst sein. DK war wütend, weil ich ihm nicht erzählte, warum wir uns getrennt hatten. Was ihn in gute Gesellschaft mit meinen Tanten und den meisten meiner Angestellten brachte.

Ich bin so verdammt dumm.

Ich las die Nachricht mehrere Male, hoffte, dass Kontext zu dem, was er meinte, auf magische Weise erscheinen würde. Meinte er, dass er dumm war, weil er mit mir geschlafen hatte? Schrieb er mir Nachrichten, um einen Streit vom Zaun zu brechen? Was für eine Nachricht war das überhaupt? Mein Daumen schwebte über ‚Löschen‘ und eine weitere Nachricht kam herein, ehe ich das tun konnte.

Ich vermisse dich.

„Ich vermisse dich auch", murmelte ich. Schweiß tropfte mir in die Augen und ließ sie tränen.

Ich wusste nicht, ob ich antworten sollte oder nicht. Ich hasste den Mann. Oder? Nun, vielleicht war Hass ein zu starkes Wort. Ich war aber wütend auf ihn. So verdammt wütend. Außer mir. Zornig wie sonst noch etwas, dass er gedankenlos etwas so Wichtiges aus jedem Gespräch herausgehalten hatte, das wir je geführt hatten. All die Möglichkeiten, die er gehabt hatte und nie hatte er auch nur einen Ton gesagt. Das schmerzte auf einer zellulären Ebene. Ich konnte einfach nicht verstehen, wie man mit jemandem schlafen, an seinem Tisch essen, mit der Person Liebe machen, mit ihr im Kissing Tower fahren und doch nicht den Anstand haben konnte zu sagen, „Hey, Ben, ich habe dieses Ding in meinem Kopf und es könnte zurückkommen und mich umbringen. Ich dachte nur, das solltest du wissen, bevor du dich Hals über Kopf in mein dämliches Gesicht verliebst."

Ich liebte sein dämliches Gesicht aber trotzdem. Und sein Lächeln und wie er mich zum Lachen brachte und dazu, vor Leidenschaft aufzuschreien. Ich liebte sogar, dass er dachte, er wüsste, was gutes Tanzen ist, obwohl dem offensichtlich nicht so war. Ich wirbelte herum, suchte nach einer Richtung, in die ich mich wenden sollte oder nach einem Zeichen. Etwas, das mich führen würde, weil ich so verwirrt und verängstigt war, wie ein Mann es nur sein konnte. Meine Seele schmerzte. Ein scharfer, stechender Schmerz fraß sich durch meine Seite. Ich stöhnte und wimmerte vor solcher Pein—Erinnerung oder Krampf, es war hart zu unterscheiden—dass ich eine Hand auf meine Seite drücken musste und über die Straße humpelte, als es eine Lücke im Verkehr gab. Vielleicht würde eine Pause im schattigen Inneren meiner Kirche mich beruhigen.

Die Türen des Gotteshauses standen offen, wie immer ab fünf Uhr morgens. Es war dunkel im Inneren, kühl, der Geruch nach Zitronenwachs erhob sich von den frisch polierten Bänken. Es war lustig, aber immer, wenn ich Zitronenmöbelpolitur roch, dachte ich an Gott.

Mit immer noch krampfender Seite ließ ich mich in die erstbeste Sitzreihe fallen, atemlos und verloren und vollkommen verängstigt. Max' Nachricht war immer noch unbeantwortet. Ich benutzte den Saum meines T-Shirts, um mein Gesicht zu trocknen, nachdem ich die Tüte aus dem Laden neben mir abgestellt hatte. Sobald mein Gesicht trocken war, musterte ich die Kanzlei ganz vorne. Das Holz war dunkle Eiche. Auf beiden Seiten befanden sich Halterungen für Blumen. Sie waren an diesem Tag leer, aber am Sonntag würden sie mit herrlicher Farbe gefüllt sein. Hinter den Blumen und der Kanzlei befand sich ein großes Holzkreuz, dunkelbraun, so alt wie meine Großtanten. Ich saß eine lange Zeit da, starrte das Kreuz an, flüsterte Gott zu, dass er helfen sollte, mich aus dem Chaos zu führen, in dem mein Leben sich befand. Wenn er schon keine Führung anbieten konnte, wie wäre es dann mit einem Schild oder eine Antwort?

„Ben, hast du Vor- und Nachmittag verwechselt?", fragte Pastor Bert von der Vorderseite der Kirche. „Die Chorprobe beginnt erst um sieben Uhr abends."

Er lächelte breit, als er an der Kanzlei vorbei den Gang entlangkam.

„Nein, Sir, ich habe nur einen Rat gebraucht."

„Ah, nun, an den Herrn wende ich mich, wenn ich verloren bin."

Ich seufzte. „Er sagt nicht sonderlich viel."

„Ich habe festgestellt, dass er eher schweigsam ist. Vielleicht könntest du mir erzählen, was dich quält?"

Ich warf einen Blick auf meinen Pastor, dann zurück auf das Kreuz. „Wie viel wissen Sie?"

„Nun, ich weiß, dass du und Max ein paar Schwierigkeiten habt, aber um was für Schwierigkeiten es sich handelt, war schwer aus dir herauszubekommen. Obwohl deine Tanten mir genug erzählt haben."

Das brachte mich dazu, ein wenig zu lächeln. „Sie reden gerne."

„Sie machen sich Sorgen um dich. Aber ja, sie reden gerne." Er kicherte und quetschte sich in die Bank, brachte das Holz zum Knarzen.

„Ich will, dass das zwischen uns bleibt", fing ich an.

„Natürlich."

Er tätschelte meinen verschwitzten Rücken und ich fing an zu reden. Ich hätte mich wohl nicht über die Liebe meiner Tante zum Plappern lustig machen sollen. Ich redete und redete und redete und Pastor Bert hörte zu. Als ich keine Worte mehr hatte, schloss ich meine Augen und glitt auf der Bank nach unten, mental und körperlich erschöpft.

„Für mich klingt das so, als ob du und Max beide in Furcht gefangen seid."

„Er hat mich angelogen."

„Weil er Angst hatte. Und du hast ihn hinausgeworfen, weil du Angst hast, einen weiteren Mann zu verlieren, den du liebst."

Mit dem Kopf auf die Lehne der Bank gelegt, öffnete ich meine Augen und starrte auf die glatte weiße Decke.

„Ich kann das nicht noch einmal, Pastor. Ich kann mich nicht vollkommen einem Mann geben, der dann stirbt. Ich habe ... ich kann einfach nicht." Tränen liefen meine Wangen hinunter und in meine Ohren.

„Ich weiß, dass es schwer ist, sich diesen Ängsten zu stellen. Aber gib ihnen nicht nach. Wenn du das tust, wirst du nicht in der Lage sein, mit deinem Herzen zu sprechen."

Ich rollte meinen Kopf nach links, um den Gottesmann anzusehen. „War das aus der Bibel?" Mein Wissen über die Heilige Schrift war ziemlich lückenhaft.

Pastor Bert lächelte. „Nein, das ist eines meiner Lieblingszitate von Paulo Coelho, aber erzähl Gott nicht, dass ich sein Wort nicht benutze, um eines meiner Schafe zu beraten. Er könnte mich feuern."

Das brachte mich zum Lachen. Lauthals.

„Sie denken, Max ist mein Herz?", fragte ich, benutzte die Rückseite meiner Hände, um mein Gesicht zu trocknen.

„Denkst *du*, dass Max dein Herz ist?"

Ich nickte und setzte mich auf.

„Dann musst du deine Ängste beiseiteschieben, damit du hören kannst, was dein Herz zu sagen hat."

Das ergab Sinn. Ich hatte jedoch schreckliche Angst, auf die Nachricht zu antworten.

„Danke", sagte ich, als Pastor Bert aufstand.

Er legte eine Hand auf meine Schulter und lächelte. „Wenn du mich brauchst, ich bin in meinem Büro und trinke Kaffee."

Er schlenderte davon, summte ein Lied, das sehr nach Prince's „Raspberry Beret" klang.

Ich tat einen langen, tiefen Atemzug, holte mein Handy heraus und schickte Max eine Antwort.

Ich habe dich auch vermisst.

Es dauerte einen Moment, bis er antwortete.

Können wir reden?

Ich wollte weinen, lachen und mich übergeben. Liebe war eine verwirrende Emotion.

Gerne. Heute Abend, beim Tierheim, nach Schließung. Sechs?

Ich wusste, dass er heute Abend kein Spiel hatte. Das würde morgen Abend sein. Während ich dasaß, mit dem Handy in meiner Hand, vor Nervosität und Furcht und Aufregung zitterte, wartete ich darauf, ob er kommen und mit mir reden würde. Vielleicht … nur vielleicht … konnten wir beide unsere Ängste überwinden und auf unsere Herzen hören.

Wir sehen uns um sechs. Es tut mir leid. Ich bin ziemlich schlecht in diesem Liebes-Scheiß.

Ich schluckte ein kränkliches Lachen/Schluchzen, weil Gott für einen verdammten Morgen wahrscheinlich genug von meinem Schniefen gehört hatte. Mit sich langsam bewegenden Daumen, weil Nervosität und Vorfreude mein Nervensystem übernommen hatten, tippte ich die einzige Antwort, die mir einfiel.

Mir tut es auch leid. Ich bin auch schlecht. Lass uns zusammen schlecht sein.

Max schickte mir ein zwinkerndes Emoji, das ich nicht verstand, bis ich meine Nachricht noch einmal las und bis in die Zehenspitzen errötete.

„Es tut mir leid, Gott. Ich habe das nicht so schmutzig gemeint, wie es klang." Ich rutschte aus der Bank und trat in die Hitze, ehe die Rose of Beulah Baptistenkirche von einem mysteriösen Blitz getroffen wurde.

VIERZEHN

Max

———

„Und?", fragte Toly mich nachdrücklich, während er meinen sockenbekleideten Fuß mit seinem eigenen anstupste.

Ich schaute von meinem Handy auf die Männer, die vor mir standen. Connor machte sich Sorgen, Ten sah furchtbar ernst aus, Stan stand mit verschränkten Armen da, zeigte seine beste Version von einschüchternd. Und Toly? Er saß neben mir, als ob er dachte, ich bräuchte Unterstützung.

Ich brauche Unterstützung.

Ich hatte alles verbockt. Als ich von Bens Haus weggegangen war, war ich entschlossen gewesen, ihn zu vergessen, ihn in die Gruppe Leute zu stecken, die ich kennengelernt, gefickt und dann verlassen hatte. Er würde mir nicht wichtig sein. Ich brauchte ihn nicht oder seine komplizierten Gründe, warum er mich jetzt hasste. Sein Ehemann war also gestorben. Was hatte das mit mir zu tun? Ich hatte gelogen oder zumindest die ganze Sache mit meinem Hirn verschwiegen, aber das machte beim Sexualleben keinen Unterschied. Richtig? Was war sein Problem?

Was auch immer ich getan hatte, wer auch immer ich war, in diesem Moment war ich über Ben hinweg gewesen.

Dann war ich am nächsten Tag aufgewacht und das Bedauern hatte eingesetzt.

Zuerst war es nichts mehr als ein subtiler Schubs und das Bedürfnis, jemanden zu finden, mit dem ich reden konnte. Wen suchte ich mir aus? Ich war neu hier und hatte bereits entschieden, dass ich das nicht im Stadion teilen würde. Natürlich nur, bis ich es im zweiten Spiel der Stanley Cup Finalserie gegen die Raptors verbockte, wie ein Roboter spielte, in drei Kämpfe geriet und den Großteil meiner Zeit in der Penalty-Box verbrachte. Wir hatten dieses Spiel verloren und obwohl wir das erste Spiel gewonnen hatten, waren wir nicht mehr in Führung.

Das Team hatte interveniert und sie hatten mich seitdem nicht mehr alleingelassen. Was zu der Textnachricht geführt hatte, weil wir eine Gruppe Jungs waren und das Konzept, von Angesicht zu Angesicht über unsere Gefühle zu reden, keines war, das uns sonderlich gefiel.

„Wir treffen uns heute Abend", fasste ich zusammen. Ten machte ein High Five mit Stan, Connor seufzte dramatisch und Toly stieß mich mit dem Ellbogen an.

„Dem Himmel sei Dank", murmelte Connor. Er war schließlich der Kapitän und ich hatte es im letzten Spiel verbockt. Ich hatte Glück, dass ich nicht auf die Bank verbannt war.

„Und was wirst du zu Ben sagen?", fragte Toly. Er fragte nicht wirklich mich. Nein, er wollte, dass ich bestätigte, dass ich verstanden hatte, was er mir *gesagt* hatte, dass ich sagen sollte.

Keiner von ihnen kannte den Grund, warum alles schiefgelaufen war. Ich hatte ihnen einfach gesagt, dass ich es versaut hatte. Ich wusste, dass es meine Schuld war. Natürlich hatte Ben Angst. Natürlich machte er sich Sorgen. Nichts davon war seine Schuld.

„Ich werde mich dafür entschuldigen, dass ich es verbockt habe und ihn um eine zweite Chance bitten."

„Ganz genau", murmelte Toly.

Ein Aufruhr außerhalb des Kreises brachte die Jungs dazu, eine Lücke zu bilden, und Adler zwängte sich hindurch.

„Also, ist das ein Strickkreis nur für dich oder kann jeder mitmachen?"

Adler war genau das, was wir brauchten, weil wir uns anlächelten und dann zerstreuten sich alle.

Adler zog die Nase kraus. „Was habe ich verpasst?"

„Männerprobleme", sagte ich aufrichtig.

Adler nickte, als ob er genau wüsste, wovon ich redete. „Ich weiß, was du meinst. Weißt du, dass Layton mich angeschrien hat, weil ich den Deckel wieder auf den Kaffee gelegt habe?" Er schnaubte, als ob das die schlimmste Sache auf der Welt wäre. Und vielleicht war es das für Adler. Aber für mich? Ich wünschte mir, meine Probleme wären so geringfügig.

Ich kam als Nächster beim Physiotherapeuten an die

Reihe. Mein rechtes Knie machte immer noch Probleme. Nichts, mit dem ich nicht fertig wurde, aber dadurch fühlte ich jedes meiner dreißig Jahre. Ich war ein Veteran, mein Körper war verbraucht. Zumindest konnte ich, während ich angestupst, untersucht und herumgeschoben wurde, meinen Kopf klar bekommen und darüber nachdenken, was ich zu Ben sagen würde.

Ich rief Doktor Warner an, sobald ich wieder in meinem Apartment war, trank Kaffee und hörte zu, wie er mir von den Statistiken erzählte, den Sorgen, den Bedenken und der Tatsache, dass ich mich vielleicht mehr auf das Negative als auf das Positive konzentriert hatte.

Bewaffnet mit Informationen, fuhr ich zum Tierheim und zu Ben, bat den Taxifahrer, mich an der Ecke herauszulassen. Er hatte mich erkannt. Das passierte manchmal, aber nur selten—Max van Hellren zu sein war nicht dasselbe, wie Tennant Rowe zu sein. Ich brauchte etwas Zeit, um meine Gedanken zu ordnen, nachdem ich fünfzehn Minuten über den Cup geredet hatte und ich lehnte mich an die Wand. Ich sah, wie ein Auto langsamer wurde, als es um die Ecke kam, erkannte jemanden aus dem Sicherheitsteam, das ich angestellt hatte, der auf seiner halbstündigen Kontrollfahrt war. Er nickte mir zu und ich winkte lediglich halbherzig zurück. Leute wachten über den Mann, den ich liebte und ich war erleichtert.

Ben wird es verstehen. Ben wird mir verzeihen. Ich liebe Ben.

Ich wiederholte die Worte immer und immer wieder und endlich war ich bereit, mich zu stellen, genau um siebzehn Uhr siebenundfünfzig.

Er wartete auf mich, das Seitentor war offen und die Sicherheitskameras sollten verdammt sein, ich zog ihn in meine Arme und hielt ihn fest.

„Es tut mir leid", sagte ich an seinem Hals. Er schob mich ein wenig von sich, küsste mich dann. Nicht fest, nicht gefährlich, sondern sanft, flüsterte Worte zwischen den Küssen, die ich nicht verstehen konnte.

Dann war es an mir, ihn von mir zu schieben.

„Wir müssen reden", sagte ich.

Er packte meine Hand und zog mich vom Tor fort, schob es zu und führte mich in den Bürobereich. Es war still, abgesehen von den leisen, schnaufenden Geräuschen der schlafenden Welpen. Wir sahen nach ihnen. Ben machte Kaffee und wir redeten nicht; nicht, bis wir in seinem Büro waren, auf seinem abgewetzten Sofa saßen und uns einander zuwandten.

„Es tut mir leid—"

„Ich wollte sagen—"

Wir begannen gleichzeitig zu reden und grinsten einander an.

„Du zuerst", ermunterte ich ihn.

„Ich liebe dich", fing er offen an. „Ich will dich nicht verlieren."

„Ich will dich auch nicht verlieren."

„Ich bin nicht derjenige mit einem kaputten Kopf", sagte er, lächelte dann trocken.

„Ich habe heute wieder mit meinem Arzt gesprochen, habe ihn noch einmal nach den Statistiken gefragt und den Möglichkeiten und den Wahrscheinlichkeiten. Zuvor habe ich mich so sehr auf das Negative konzentriert, dass ich nie zugehört habe, wenn er gesagt hat, dass ich vielleicht nie wieder ein Problem haben würde. Aber …" Ich musste ehrlich sein.

„Es besteht die Chance, dass ich noch einmal eine Blutung habe und das könnte ein Schlaganfall sein oder mein Herz könnte aussetzen oder, Scheiße, die Liste der Schrecken ist ziemlich lang."

Er musterte mich eindringlich. „Das Hockey hilft nicht, oder?"

Das war es. Der Kern des Problems. Die Gefahr, in die ich mich jedes Mal begab, wenn ich aufs Eis ging. Es war ein akzeptables Risiko dafür, zu tun, was ich liebte. Hölle, ich würde sagen, das Adrenalin des Kämpfens reichte aus, mich jedes Mal zurück aufs Eis zu bringen. Aber jetzt? Jetzt war das Risiko nicht akzeptabel, weil ich etwas hatte, wofür ich kämpfen wollte.

„Hockey ist mein Ein und Alles", fing ich an. Ich hatte diesen Teil bis zum letzten Wort geübt. „Ich war drei, als ich meine ersten Schlittschuhe angezogen, meinen ersten Schläger gehalten habe. Es ist in meinem Blut und das Ziel in meinem gesamten Leben war es, in die NHL zu kommen. Ich bin gut. Besser als gut—ich wurde geboren, um auf dem Eis zu sein." Er nahm meine Hand und hielt sie, als ich versuchte, ihn dazu zu bringen zu begreifen, warum ich diese Entscheidung getroffen hatte. „Und an der Spitze von all dem ist der Cup. Er ist etwas, das mein Leben definiert hat. Noch fünf Spiele, vielleicht nur drei und ich könnte dieses eine glänzende Ding haben. Ich kann mein Team nicht hängen lassen. Ich kann mich nicht aus dem Hockey nehmen. Aber dann habe ich dich kennengelernt und jetzt bist du mir so wichtig."

Ich verstummte und senkte meinen Blick. Ich konnte mir die Emotionen in seinen dunklen Augen nicht ansehen und mich nicht traurig fühlen. Ich gab zu, dass, obwohl ich Gefühle für ihn hatte, *ihn liebte*, ich diesen anderen Teil meines Lebens zu Ende bringen musste, ehe ich ein Leben mit ihm aufbauen konnte.

Er drückte meine Hand und ich sah zu ihm auf. Er sah nicht wütend aus oder resigniert—wenn überhaupt, stand Verständnis in seinem Gesichtsausdruck.

„Hass mich nicht", bat ich ihn.

„Ich liebe dich", wiederholte Ben. Dann hob er meine Hand an seine Lippen und drückte einen Kuss auf meine vernarbten Fingerknöchel. Dieser Kuss bedeutete etwas. Vielleicht war er ein Versprechen, aber er war ein Geschenk, das er mir gab.

„Maximal noch fünf Spiele, dann bin ich durch."

„Was wirst du dann tun?"

Ich beugte mich zu ihm und küsste ihn, genauso sanft, wie er mich geküsst hatte. „Dann werde ich den Rest meines Lebens damit verbringen, die besten Möglichkeiten zu finden, dich jeden Tag zu lieben."

Da erwiderte er den Kuss und irgendwie wusste ich, dass wir einen Kompromiss gefunden hatten, mit dem wir arbeiten konnten. Was konnte ein dreißig Jahre alter, verbrauchter Mann sonst noch von dem Mann wollen, in den er sich verliebt hatte?

Zuerst hatten die lauten Geräusche, die in die Stille unserer Küsse eindrangen, keine Bedeutung und dann stieß Ben mich von sich und ich stand vielleicht einen Moment später auf, folgte Ben, der aus dem Büro sprintete. Ich roch es, ehe wir es erreichten. Feuer.

„Ruf die 9-1-1!", schrie Ben über seine Schulter und ich tastete hektisch nach meinem Handy, rief an und meldete das Feuer, als Ben gerade in den Rauch lief.

Die Welpen.

Ich dachte nicht einmal nach, ich folgte Ben und fand ihn, wie er die Welpen aus ihrem Zwinger holte, versuchte, sie einzukreisen, obwohl sie dachten, dass er spielte. Er reichte mir drei.

„In einen der Zwinger draußen", befahl er und ich tat, was er sagte, sprintete, so schnell ich konnte, zu den Zwingern im Freien, fand den nächsten, der leer war und schob die Welpen hinein. Er war direkt hinter mir, trug vier und dann retteten wir gemeinsam die verbleibenden Welpen, schlossen die Tür, um zu verhindern, dass das Feuer sich weiter ausbreitete, und wandten unsere Aufmerksamkeit dem nächsten Problem zu, um das wir uns kümmern mussten. Das Feuer war heiß, für den Moment auf das Büro beschränkt, aber der erste Zwinger und die Lagerräume befanden sich in der Nähe und wenn das Feuer auf sie übersprang? Ich schnappte mir den Feuerlöscher aus dem Büro und zielte damit auf die Flammen, stand zwischen ihnen und den Zwingern. Als ob ich das Feuer aufhalten könnte, indem ich einfach nur da war.

Ich musste die Flammen davon abhalten, das Katzenhaus zu erreichen. Gott wusste, dass Ben ins Feuer stürmen würde, um seine Tiere zu retten.

Ich leerte den Feuerlöscher. Vielleicht verlangsamte es die Flammen, vielleicht nicht—ich konnte es nicht sagen. Ben kämpfte mit dem Gewicht eines riesigen Mastiffs und ich half ihm. Er leerte die Zwinger, die in

Gefahr waren und brachte die Hunde weiter weg, aber was, wenn das Feuer die Zwinger erfasste und sich ausbreitete?

Dann sah ich ihn.

Sah sie.

Zur selben Zeit wie Ben, der neben mir erstarrte.

Rolf war da, DK stand mit erhobenen Händen vor ihm und sein Gesicht war blutverschmiert. Ich trat erneut vor, stellte mich zwischen Ben und Rolf, dessen Lippen wütend verzogen waren.

„DK?", hörte ich Ben sagen.

„Es tut mir leid, Ben, er hat mich gezwungen—"

„Lass es brennen", sagte Rolf und schubste DK von sich. „Lass alles verbrennen."

Er stieß DK erneut an und der Junge taumelte gegen mich.

„Ihr alle, zurück ins Büro."

Hinter uns knackte das Feuer, das Dach sackte ein. Er wollte uns im Feuer haben. Keiner von uns würde das tun.

Er wedelte mit der Waffe in unsere Richtung und im Licht der Flammen sahen seine Augen vollkommen irre aus. „In das verdammte Büro. Ihr könnt alle verbrennen."

Ben machte einen Schritt von mir weg. Ich konnte es im Augenwinkel sehen. Was machte er da?

Ich bewegte mich erneut, stellte sicher, dass ich direkt vor Ben und DK stand. Ich war größer und eine Waffe machte mir keine Angst. Nichts machte mir Angst, wenn ich in Fahrt kam.

„Los!", brüllte Rolf. Er trat auf mich zu und ich

dachte nicht einmal nach. Ich würde nicht einfach dastehen und zulassen, dass mir etwas passierte, dass *uns* etwas passierte, darum warf ich mich nach vorne, benutzte mein gesamtes Körpergewicht, um den Bastard zu Boden zu reißen, und er fiel so leicht wie ein Anfänger auf neuen Schlittschuhen. Ich drückte ihn nach unten, die Waffe zwischen uns und ich kämpfte um sie, packte und schlug und kratzte jedes Stückchen nackte Haut, ignorierte Rolfs Flüche.

Niemand bedrohte, was ich liebte.

Er war überraschend stark, bockte unter mir nach oben und irgendwann schaffte er es, die Waffe freizubekommen, wedelte wild damit herum. Ich schlug seine Hand auf den Boden, hörte seinen Schrei und den sich lösenden Schuss. Ich zog ihm das Ding aus der Hand und wich zurück, hob die Waffe, während ich mich wegrollte, kam dann auf die Knie und richtete sie direkt auf ihn.

„Bleib, wo du bist, Arschloch", schrie ich über den Lärm des Feuers und der Sirenen.

Gott sei Dank gab es Sirenen.

Ich warf einen Blick auf Ben, der am Boden kniete, seinen Arm hielt, DK, der versuchte, ihm beim Aufstehen zu helfen und dann wurde das Chaos noch größer.

Jemand nahm mir die Waffe ab, eine andere Person half mir beim Aufstehen, fragte mich, was passiert war, aber die ganze Zeit über starrte ich Ben an und das Blut auf seinem weißen Hemd. Er war verletzt.

Ich schob mich zu ihm durch, ignorierte die Leute, die nach mir riefen.

„Was ist passiert?"

„Die Kugel hat ihn gestreift", erklärte DK, noch während ich auf Ben zulief. Die Waffe? Eine Kugel. Ich hatte ihm das angetan. Bedauern war sauer in meinem Mund und dann machte er diese unglaubliche Sache. Er lächelte einfach.

„Danke", sagte er.

„Ich habe dich angeschossen", sagte ich dumpf.

„Rolf hat mich angeschossen—er war derjenige mit der Waffe."

„Bist du … Kann ich …" Ich hatte die Fähigkeit zu sprechen verloren und dann war es zu spät, der Leiter der Feuerwehr redete mit Ben, Freiwillige waren da für die Hunde und mit einem Mal stand ich allein am Tor.

„Wir haben ihn auf Kamera", sagte jemand an meiner Seite.

Ich drehte mich zu ihm, demselben Mann, den ich vorhin hatte vorbeifahren sehen. Ich wollte ihn schütteln. Wie war Rolf an ihm vorbeigekommen?

Er hielt eine Hand in die Höhe, als ob er wüsste, was ich sagen würde. „Wir haben gesehen, dass der Neffe mit einer Waffe bedroht wurde, und haben Verstärkung gerufen."

Ich konnte mir das nicht anhören, nichts davon und ging los, um Ben zu suchen.

Er war bei den Hunden, redete mit einem sichtlich erschütterten DK. Ich umarmte ihn von hinten.

„Was kann ich tun?"

Er drehte sich in meiner Umarmung und in seinen Augen wirbelten Schatten. „Ich weiß nicht, wo ich anfangen soll."

„Du solltest ins Krankenhaus fahren", hörte ich mich sagen, aber ich wusste, dass er das nicht tun würde.

„Ich muss sicherstellen ... Die Hunde ..."

„Den Hunden und Katzen geht es gut." Ich warf einen Blick auf seinen Arm, den größer werdenden Fleck Rot auf seinem Ärmel und die feuchte Spur nassen Blutes auf seinem Unterarm.

„Ich gehe später."

„*Ben.*"

„Ich schwöre, ich gehe später. Es ist nur ein Kratzer."

Der verdammte Kratzer blutete ganz schön. Ich hörte aber auf, mich mit ihm zu streiten. Ich schickte DK auf die Suche nach einem Erste-Hilfe-Koffer, damit er sich um seinen Onkel kümmern konnte, während ich auf jede mir mögliche Weise half.

Ich blieb bei ihm und unterstützte ihn, hasste die Sorge in seinen Augen, sah zu, wie der Schock ihn ungeschickt machte, kannte die Anspannung in seinen Schultern und ich dachte nicht einmal an Hockey.

NATÜRLICH BEZAHLTE ich am Morgen dafür. Ich war den Großteil der Nacht auf gewesen, hatte mit Ben gearbeitet, war schließlich um fünf in Bens Auto eingeschlafen, während ich Ben in meinen Armen hielt und zuhörte, wie er über seine Zukunftsängste sprach.

Ich wollte ihm sagen, dass ich ihm die Zukunft kaufen würde, dass ich genügend Geld hatte, um alles zu reparieren, aber in dieser Nacht war nicht der richtige Zeitpunkt gewesen.

Mein Handy fing direkt nach sieben Uhr zu klingeln an. Connor. Kurz darauf Ten. Dann Stan, der eine verzerrte Nachricht über Hunde mit Zähnen hinterließ, die ich nicht verstand. Ich rief Connor zurück und sie wussten es bereits. Alle wussten aus den Nachrichten von dem Feuer.

„Wo bist du?"

„Im Tierheim."

„Geht es dir gut? Sie haben gesagt, dass du einen Mann mit einer Waffe umgerissen hast."

„Es geht mir gut."

„Und dass Ben angeschossen wurde?"

„Eine Fleischwunde."

Ich wollte nicht reden. Ich war erschöpft und brauchte Schlaf. Ben brauchte Schlaf und einen Arzt. Die Tiere mussten in Sicherheit gebracht und das Tierheim neu gebaut werden.

Connor räusperte sich. „Coach will, dass du aus gesundheitlichen Gründen heute Abend aussetzt."

Ich hatte gewusst, dass er das sagen würde. Ich hatte es erwartet. Nur Gott wusste, was für eine beschissene Leistung ich auf dem Eis abliefern würde, nach allem, was passiert war.

„In Ordnung." Ich wehrte mich nicht dagegen.

„Ich will dich zurück, Max", sagte Connor. Er gab keinen Befehl und überredete mich auch nicht. Er stellte einfach nur eine Tatsache fest. „Im nächsten Spiel."

Das nächste Spiel nach dem heute Abend würde in zwei Tagen sein. Wollte ich Hockey mehr, als ich Ben helfen wollte? Ich öffnete meinen Mund, um zu erklären, dass ich verwirrt war, aber Ben riss mir das Handy aus der Hand.

„Hallo, wer ist da?", fragte Ben. Dann nickte er und hörte zu, was immer Connor sagte. „Ja, er wird da sein." Er sah mich an, als er das Gespräch beendete. „Ich werde sicherstellen, dass er da ist, weil die Railers einen Cup zu gewinnen haben."

FÜNFZEHN

Ben

Das Problem, wenn man den Ton angibt, ist, dass der Ton in der Regel zurückkommt und es einem heimzahlt. Was der Grund war, warum ich jetzt um acht Uhr in einem winzigen Zimmer in der Notaufnahme saß und mein Arm genäht wurde. Max hatte seinen Befehlston ausgepackt und ein Taxi gerufen, obwohl wir Zwinger und ein Katzenhaus zu leeren hatten. Alle Tiere von Crossroads mussten in andere Tierheime gebracht oder von Angestellten und Freiwilligen mit nach Hause genommen werden. Einige der älteren Hunde bekamen netterweise eine vorläufige Bleibe bei den Mitarbeitern, aber der Rest befand sich auf dem Weg in andere Tierheime. Etwas, das ich überwachen sollte, weil ich der Manager war, aber nein, Mr. Hockey-Hose wurde ganz fordernd und drängend wie ein fester Freund oder so. Es war irgendwie schön, aber das sagte ich Max nicht.

Hier war ich also, schaute nicht hin, als mein Bizeps genäht wurde. Es war besser, Max anzusehen, der in einem hässlichen Stuhl saß und an einer Tasse Kaffee nippte. Voller Ruß, nach Rauch stinkend und zu ausgezehrt für sein Alter, war der Mann immer noch ein wunderschöner Anblick. Einer, den ich beinahe verloren hätte.

„Ist er fertig?", fragte ich, als ich ein leichtes Zupfen spürte.

Max neigte den Kopf, damit er um den Arzt von der Notaufnahme herumsehen konnte. „Nein." Ich kniff meine Augen zu.

Max redete weiter. „Einmal habe ich zweiundvierzig Stiche an der Stirn bekommen. Schlittschuhkufe. Genau hier." Ich warf einen Blick auf ihn, als er auf eine Narbe direkt an seinem Haaransatz zeigte. „Bin wieder aufs Eis und habe das Spiel zu Ende gespielt. Bestes letztes Drittel, das ich je hatte, in Hinsicht auf Treffer."

„Ich dachte mir, dass ich Sie kenne", bemerkte der Arzt. Er und Max begannen, über Hockey zu reden. Ich saß da, mein Verstand drehte sich wie ein Kreisel, die Erschöpfung war so schwer wie ein Amboss, der aus dem Nichts auf mich fiel.

Die Wunde wurde genäht, verbunden und ich war immer noch neben der Spur, mental unfähig etwas anderes zu begreifen, als dass ich angeschossen worden war. Ja, ich wusste, dass ich angeschossen worden war, weil es wie ein glühend heißer Bastard schmerzte, aber da war das Feuer gewesen und die Polizei und den Umzug der Hunde und Katzen zu organisieren und … und …

„Ben?", Ich schaute von meinen zitternden, blutigen

Händen auf und sah, wie Max aufstand, sein Gesicht eine Maske der Sorge. „Soll ich den Arzt zurückrufen?"

„Nein, ich habe nur …" Ich wischte mit der rechten Hand über meine nassen Wangen, wurde mir erst jetzt der Tränen bewusst. „Er wollte mich umbringen. Ich … was habe ich diesem Mann je angetan, abgesehen davon, dass ich seinen Bruder geliebt habe? Guter Gott."

„Ich bin da."

Und das war er. Er nahm mich in seine Arme und hielt mich, während ich hustete und weinte und versuchte, so ein gemeines Hassverbrechen zu verstehen. Rolf hatte seinen Sohn mit einer Waffe bedroht. Seinen *Sohn*! Er hatte mein Tierheim angezündet, gedroht, uns alle zu töten und wofür? Ein kleines Stück Land? Natürlich, das Grundstück hatte einen gewissen Wert, aber nicht so viel, wie er dachte, dessen war ich mir sicher. Was zur Hölle? War es Hass oder Gier, die den Mann zu solcher Gewalt verleitet hatte?

„Ich bin da", flüsterte Max immer und immer wieder, seine große Hand bewegte sich in tröstenden Kreisen auf meinem Rücken. „Ich werde dich nie wieder verlassen."

Ich vergrub mein Gesicht in seinem Hals und klammerte mich an ihn, bis ich nicht mehr weinen konnte. Ich war so erschüttert und durcheinander, dass ich mich der Tränen nicht einmal schämte. Dann ging Max in den Bodyguard-Modus über, redete für mich mit dem Arzt aus der Notaufnahme, versprach, das Rezept für das Antibiotikum und die Schmerztabletten abzuholen, flüsterte mir zu, wo ich unterschreiben musste, um entlassen zu werden, ging dann mit mir zu dem wartenden Taxi. Mein Jeep stand immer noch am Tierheim. DK war von seiner Mutter abgeholt worden und würde mich wahrscheinlich nie wieder besuchen dürfen. Und Rolf befand sich in einer Zelle, wartete darauf, ob er auf Kaution freikommen würde und redete ganz sicher mit irgendeinem schmierigen Anwalt, um seine Entlassung zu beschleunigen.

Die Fahrt nach Hause war ein verschwommener Nebel auf dem Rücksitz des Taxis. Max ging in Mike's Drugstore, um meine Medikamente zu holen, Max bezahlte den Fahrer, Max scheuchte meine aufgewühlten Tanten in die Küche, kam dann zurück und half mir die Treppe hinauf, Bucky auf unseren Fersen, der froh war, aus seinem Körbchen heraus zu sein.

„Ich stehe irgendwie auf diese ganze Whitney Houston und Kevin Costner Sache, die wir laufen haben", zog ich ihn auf, als er mir aus meinem blutigen Oberteil half, während die Wunde begann, im Gleichklang mit meinem Herzschlag zu pulsieren.

„Ich hoffe, du kannst besser singen als tanzen. Leg dich hin und schlaf. Ich werde deinen Tanten alles erzählen, den Hund rauslassen, dann direkt neben dir umfallen."

„In Ordnung." Ich hatte keine Energie, mehr als das zu sagen. Er drückte einen Kuss auf meine Wange, schlug dann die Decke zurück. Mein Mann wartete am Bett, musterte mich, bis ich unter der Decke lag und es so bequem wie möglich hatte, wenn man bedachte, dass ich angeschossen worden war.

„Ben, ich bin gleich da. Du bist in Sicherheit. Schlaf." Er strich mit einem Finger über meine Wange. Bucky leckte mein Gesicht. Max schaltete das Licht aus und zog die Vorhänge zu. Ich hörte ihn nach dem Hund rufen. Das war alles, an das ich mich erinnerte.

Ich glaube, Max weckte mich irgendwann, damit ich ein paar Tabletten schluckte. Dann war da Hitze zu beiden Seiten: Mann zur linken und Hund zur rechten. Danach schlüpfte nichts mehr herein. Als ich aufwachte, schaute ich meinen Hund an. Buckys Schwanz klopfte auf die Decke, sobald ich meine Augen öffnete. Das brachte mich zum Lächeln. Wie auch nicht?

„Hey, Winter Soldier." Ich streckte die Hand aus, um ihn zu streicheln, und verzog das Gesicht. Autsch. Mann, Fleischwunden taten so richtig weh. Bucky sprang vom Bett und rannte im Kreis, bellte dabei, sprang dann wieder auf das Bett, während ich langsam daran arbeitete, mich aufzusetzen. Ich hörte, wie jemand Schweres die Treppe heraufkam. Max flog ins Zimmer, als ob Satan ihm auf den Fersen wäre, seine wunderschönen Augen waren aufgerissen.

„Warum bellt er?", fragte Max. Bucky japste eine Begrüßung in die Richtung meines Liebhabers, ließ sich dann neben mir fallen.

„Ich nehme an, er ist froh, dass ich aufgewacht bin."

Max' gesamter Körper sackte vor Erleichterung zusammen. „Hat mir Angst gemacht. Ich dachte … Nun, ich dachte, etwas wäre passiert oder jemand—" Er schüttelte das ab. „Nicht wichtig. Du siehst besser aus."

„Ja, ich fühle mich auch besser, glaube ich." Ich warf einen Blick auf die Uhr neben dem Bett. Es war fünf nach fünf. Kein Wunder, dass ich mich ausgeruht fühlte.

„Möchtest du etwas zu essen?"

„Gleich. Jetzt will ich erst eine Dusche und eine Zahnbürste." Ich stellte mich hin und Max war sofort da. „Es geht mir gut. Wirklich. Es ist nur eine Fleischwunde", sagte ich in meiner besten Monty Python Art.

Er zog mich in eine Umarmung, in der ich für eine lange, lange Zeit blieb. Bucky schnupperte an unseren Beinen, tat sein Bestes, zwischen uns zu kommen.

„Dämlicher Hund." Max lächelte, beugte sich nach unten, um Bucky hinter dem Ohr zu kratzen. „Geh duschen. Abendessen ist erledigt. Wir essen und dann reden wir."

„Ich liebe dich." Ich wollte es einfach nur sagen, weil es gesagt werden musste. Oft. Jeden Tag. Hölle, wenn möglich jede Stunde.

„Ich liebe dich auch." Er küsste meine Braue, tappte dann davon. Bucky entschied sich, bei mir zu bleiben, während ich duschte und dann saubere Unterwäsche, eine kurze Hose und ein weiches Tanktop anzog. Meinen Arm zu heben und zu senken schmerzte. Ich war wohl kein Material für einen Actionhelden.

Als ich in meine winzige Küche trat, stellte mein großer Mann Teller auf den Tisch. Nur zwei Teller, aber, Mann, auf der Arbeitsfläche mussten zwanzig Aufläufe herumstehen. Ich warf Max einen fragenden Blick zu. Er zuckte nur mit den Schultern.

„Die Rose of Beulah Gemeinde war schwer beschäftigt."

„Das kann ich sehen", murmelte ich, als ich die Behälter mit Lasagne, Hühnerauflauf, Thunfischauflauf, roten Bohnen und Reis und Makkaroni und Käse sah. Pies und Kuchen standen bei der Kaffeekanne, die, gelobt sei Jesus, mit frischem Kaffee gefüllt war.

Max trug einen Thunfischauflauf zum Tisch, füllte unsere Kaffeetassen und setzte sich mir gegenüber hin. Bucky glitt unter den Tisch, für den Fall, dass vielleicht ein Krümel auf den Boden fiel.

„Wo sind die alten Mädels?", fragte ich nach ein paar Bissen.

„Zu Hause. Ich habe sie gebeten, uns ein wenig Zeit zu geben, wieder auf die Beine zu kommen. Sie haben etwas davon gesagt, dass sie einen Kuchenverkauf für das Tierheim veranstalten würden."

„Das ist nett. Wir werden alles Geld, das wir bekommen können, brauchen, um den Schaden, den das Feuer angerichtet hat, zu reparieren. Meine Versicherung ist … Was? Du schaust so seltsam drein. Ist etwas passiert?"

„Nichts Schlimmes. Der Versicherungsinspektor kommt morgen."

Erleichterung überfiel mich. „Dann was? Ist es DK?"

„Nein, ihm geht es gut. Er hat vom Haus seiner Mutter angerufen und gesagt, dass er bei ihr wohnen wird, bis er im Herbst aufs College in Williamsport geht. Er wird aber zu Besuch kommen. Ich glaube, seine Mutter macht sich vielleicht ein wenig Sorgen."

„Ich kann nicht sagen, dass ich ihr einen Vorwurf mache. Ich habe überhaupt nicht gut auf ihn aufgepasst." Mein Essen schmeckte auf einmal seltsam. Ich schob den Teller beiseite. „Ich habe auf niemanden gut aufgepasst. Meine Tiere, mein Neffe, das Tierheim, das Liam und ich geliebt haben, dich."

„Hey, hör zu, du darfst diese Bürde der Schuld nicht auf dich nehmen, verstehst du mich?" Er griff über den Auflauf, um meine Hand zu nehmen. Ich schaute von dem Essen zu ihm. Er sah so streng aus, aber in seinem Blick stand Schmerz. „Wenn irgendjemand verantwortlich ist, dann bin ich das. Ich hätte für eine bessere Security bezahlen sollen. Ich hätte sicherstellen sollen, dass das Tor geschlossen ist, als wir uns geküsst haben. Das ist absolut meine Schuld, nicht deine. Du bist ein Opfer."

„Für *bessere* Security bezahlen sollen?" Bucky winselte unter dem Tisch und ich stellte mein Abendessen für ihn auf den Boden, mein Blick blieb fest auf Max gerichtet. „Wie meinst du das?"

Er schaute auf seinen eigenen Teller. „Oh, nun. Ja. Ich war vielleicht irgendwie der geheimnisvolle Gönner." Als er den Blick wieder hob, hatte das Feuer seine Augen verlassen. Jetzt sah er nur verlegen aus. Es stand dem rauen Hockeyspieler sehr gut.

Ich schenkte ihm ein zittriges Lächeln und flocht meine Finger in seine. Bucky verschlang lautstark mein Abendessen und ein warmer Wind wehte durch das Fliegengitter an der Hintertür.

„Ich glaube nicht, dass ich dich mehr lieben könnte, als ich es jetzt gerade tue." Sein Blick begegnete meinem und zwischen uns baute sich so viel Emotion auf, dass man nicht einmal anfangen konnte, sie in Worte zu kleiden. „Lass uns zurück ins Bett gehen. Du musst mich lieben. Das ganze Chaos da draußen für eine Weile sanft wegwischen."

„Ich kann ein zärtlicher Liebhaber sein."

Das war keine Lüge. Der Mann war *so* ein verdammt guter zärtlicher Liebhaber. Er legte mich sanft aufs Bett, zog mir meine Kleidung aus, wobei er peinlich genau auf meinen verbundenen Bizeps achtete, und küsste mich dann am ganzen Körper. Weiche kleine Küsse, kitzlig und leicht, auf meinen Brustkorb und meine Hüften, meine Fußsohlen und meinen Hals. Ich war entspannt und träge, flüsterte süße Nichtigkeiten, während er meinen Schwanz leckte, mich tief in seinen Mund saugte, seine Finger dabei an der Innenseite meiner Oberschenkel auf- und abwanderten. Als ich nach ihm griff, schob er meine Hände vorsichtig zur Seite.

„Das ist alles für dich", sagte er, seine Liebe umhüllte uns, sperrte den Hass aus, der in unser Leben gekommen war, während mein Orgasmus sich langsam aufbaute.

Als ich am Klippenrand stand, nahm er mich in die Hand, pumpte, wobei er die Länge leckte. Meine Augen schlossen sich, meine Finger gruben sich in die Laken. Er saugte kundig an der Eichel, bearbeitete mich mit einer sachten, drehenden Bewegung.

„Ah, Gnade", keuchte ich, als Schauder mich durchliefen. Max glitt auf mich—so gut ein Mann seiner Größe gleiten kann—und küsste einen zärtlichen Pfad an meinem Kiefer entlang zu meinen Lippen. Ich zog seinen Kopf nach unten, legte seine Lippen auf meine und wand mich, bis wir auf der Seite lagen, unsere Blicke sich berührten, Max' fetten Schwanz hatte ich in der Hand. „Du bist dran."

„Das hier sollte eigentlich nur für dich sein", sagte er, seine Stimme rau vor Leidenschaft.

„Von jetzt an teilen wir alles", gab ich zurück, schob meinen verletzten Arm unter das Kissen, während ich ihn von der Basis bis zur Eichel streichelte. „Orgasmen und neugierige Tanten."

Er kicherte, seine goldenen Augen glühten. „Bei den Orgasmen bin ich voll dabei, aber die neugierigen Tanten?"

„Du bekommst jetzt einhundert Prozent von Ben Worthington und seinem chaotischen Leben. Das ist Teil dieser Sache mit dem Verliebtsein."

Sein großer Körper bebte. „Das gefällt mir. Sogar die neugierigen Tanten und der besorgte Hund vor der Tür."

Bucky winselte mitleiderregend im Flur, sein Schnüffeln am Bodenspalt der Schlafzimmertür brachte uns beide zum Lachen.

„Ist das mit dem Kopf für dich in Ordnung?", fragte er. Ich rieb mit der Handfläche über seine Eichel. „Ja, nicht dieser Kopf. Der Kopf, mit dem ich in der Regel *nicht* so viel denke, wie ich das sollte."

„Ich fange an, mich damit abzufinden. Ich hasse es, mich davor zu fürchten, aber davon abgesehen ist für mich alles in Ordnung, was du in mein Leben bringst."

Wahrere Worte hatten meinen Mund noch nie verlassen.

. . .

DIESES SPIEL SETZTE MAX AUS. Er war darüber nicht glücklich, aber wenn man bedachte, was für eine schreckliche Situation wir durchgemacht hatten, ergab es Sinn. Obwohl er sagte, dass es ihm gut ging—und mir auch, wo wir gerade dabei waren—musste er einige ernsthafte Probleme haben. Gott wusste, dass es bei mir so war. Jedes laute Geräusch ließ mich zusammenzucken. Jemand hatte im Tierheim den Deckel einer Mülltonne fallen lassen und ich wäre beinahe mit den Händen über dem Kopf auf dem Boden gelandet. Nicht mein stolzester Moment, aber der Klang dieses Schusses würde mich—und Max und DK—wahrscheinlich monatelang verfolgen.

Da ich so nervös war, brachte Max mich zu den Pressesitzen, nachdem er das mit dem Team geklärt hatte. Die Pressesitze waren ein spezieller Bereich des Stadions, der für die Medien bereitgestellt wurde, die über das Spiel berichteten. Es gab jede Menge Essen für die Sportreporter und die Gäste. Reihen von etwas, das wie Regale aussah, die als Schreibtische dienten, sahen auf das Eis weit unten. Laptops und Sportjournalisten füllten die Sitze hinter den Schreibtischen.

Max trug einen dunkelblauen Anzug. Ich hatte mir einen lose sitzenden, grünen Sweater über ein Tanktop gezogen und trug dazu eine bequeme schwarze Jeans. Sobald wir das Stadion verließen, konnte ich den Sweater ausziehen.

Ich hatte gehofft, einfach mit dem Hintergrund verschmelzen zu können, aber die Presse sammelte sich um Max und mich und stellte für meinen Geschmack viel zu viele Fragen über die Sache mit Rolf.

„Wir dürfen noch nicht darüber sprechen", sagte Max, ging an den Reportern vorbei, schob mich in Richtung unserer Plätze. Ein junger Mann, vielleicht zwanzig, mit dichten Wellen brauner Haare, begrüßte uns mit einem warmen Lächeln und einem Handschlag.

„Dad hat gesagt, dass ihr heute bei der Presse seid", bemerkte der gut aussehende Junge, während er erst meine Hand schüttelte, dann die von Max.

„Dad?", fragte Max, noch während er die Hand des jungen Mannes hielt.

„Oh, tut mir leid. Ja, ich bin Ryker Madsen."

„Mann, ohne Scheiß? Coach redet die ganze Zeit über dich. Sagt, dass du großes Hockeytalent hast."

Als ich mir Ryker Madsen genauer ansah, konnte ich Jared Madsen in dem jungen Mann erkennen.

Ryker errötete ein wenig. „Ja, er gibt ein bisschen an. Ich bin ganz gut. Nicht so wie Ten."

„Das sind wenige", bemerkte Max und niemand hatte dagegen etwas einzuwenden. „Das ist mein fester Freund, Ben."

„Angenehm", sagte ich und Ryker nickte mir zu.

Wir setzten uns und sahen zu, wie die Teams sich auf dem Eis aufwärmten. Armer Max. Man konnte sehen, dass es ihn umbrachte, hier oben zu sein. Ich fühlte mich schrecklich schuldig, weil ich noch etwas für ihn versaute. All dieses verrückte Zeug mit Rolf war meine Schuld. Und er war gerade——

„Hey, darüber denken wir nicht nach", flüsterte Max neben meinem Ohr. „Und, Ryker, wie ist es auf dem

College?"

Der schlaksige Junge zuckte mit den Schultern. „Na ja. Es war in Ordnung. Ich wechsle für das nächste Jahr zu einem neuen Campus in Minnesota. Meine alte Uni war nicht so inklusiv, wie ich mir das gewünscht hätte. Das Team und der Campus an der Owatonna U. ist äußerst bekannt für Hockey und für den offenen Dekan. Sie haben spezielle Wohnheime für LGBT Studenten und das Team wird von einem Coach geleitet, der sehr nachdrücklich auf Inklusion besteht."

„Minnesota ist der Hockey-Himmel. Du wirst in einigen großartigen Teams spielen", sagte Max und das Gespräch wandte sich College-Hockey zu.

Ryker ging los, um uns etwas zu essen und zu trinken zu holen, und kam mit genügend Nahrungsmitteln zurück, um ein Hockeyteam durchzufüttern. Jareds Sohn gab einen Teil ab, stürzte sich dann auf einen riesigen Teller voller kaltem Braten, Semmeln und Salaten.

„Junge im Wachstum", flüsterte Max an meiner Seite.

Ich nickte schweigend. Ich erinnerte mich daran, was DK alles verschlingen konnte, als er bei mir gewohnt hatte. Ich vermisste ihn. Rolf sollte für all das Chaos und den Schmerz, den er so vielen zugefügt hatte, in der Hölle verrotten. Ich warf einen Blick auf Max, sah, dass er mich besorgt anschaute, und schob Rolf und seine Widerlichkeiten weit von mir. Ich weigerte mich, ihn noch einen weiteren Moment in meinem Leben ruinieren zu lassen.

Mit Ryker zu reden war einfach. Er war ein

angenehmer junger Mann—klug, lustig und ziemlich charmant.

Das Spiel sah von hier oben anders aus, die Spieler waren kleiner und schwieriger zu unterscheiden. Zum Glück war der Jumbotron da und ich konnte das riesige Gesicht eines berühmten Sängers sehen, der die Nationalhymne schmetterte, während ich an ein paar Crackern und reifem Käse knabberte.

Das Stadion vibrierte vor Aufregung. Alle Fans waren laut und jubelten, bis die Raptors in den ersten beiden Minuten des Spiels ein Tor schossen. Da wurde es ein wenig ruhiger, aber das „Los geht's, Railers!", rollte gleichmäßig durch die Sitzreihen. Dann zeigte das Team aus Arizona sein hässliches Gesicht und ging auf Tennant Rowe los wie Hyänen auf eine verwundete Gazelle. Ich hatte gesehen, wie das unserem besten Spieler in Washington passiert war, genau wie einem aus dem Team von Pittsburgh. Jeder hochtalentierte Stürmer wurde angegriffen. Wenn man die Tormacher ausschaltete, hatte man eine bessere Chance, das Spiel zu gewinnen. Was absolut Sinn machte, auch wenn es barbarisch war.

Ten konnte keinen Pass annehmen oder machen, ohne dass ein Verteidiger ihm auf die Pelle rückte, ihn anging, schubste oder gegen ihn prallte. Ganz egal wie viele Penaltys für Hooking, Festhalten oder erhobenen Schläger die Schiedsrichter ausriefen, die Raptors, vor allem ein riesiger Finne, Aarni Lankinen, fuhren damit fort, Rowe zu misshandeln. Was alle auf dem Eis und den Mann, der neben mir saß, wütend machte.

„Diese Ärsche", knurrte Max, als wir weit im dritten

Drittel waren, 3-0 im Rückstand und Tennant die Nase von einem weiteren hohen Schläger blutig gemacht wurde. „Ich hätte dort unten sein und Ten beschützen sollen. Coach hat mich gebeten, auf ihn aufzupassen."

Noch eine weitere furchtbare Sache, die ich auf den Müllberg werfen würde, den Rolf geschaffen hatte. Das Spiel endete mit einem Tor ins leere Netz für die Raptors, einem Shut-out für den Arizona Goalie und wahrscheinlich mehreren Stichen auf dem Nasenrücken von Tennant Rowe. Max war untröstlich.

„Ich werde diese hübschen Jungs beim nächsten Mal zu verdammtem Mus zerstampfen", knurrte er, während wir in dem leeren Pressebereich saßen, zusahen, wie die Zamboni begann, das Eis zu glätten.

„Hau ordentlich drauf", murmelte Ryker zustimmend.

SECHZEHN

Max

___

Die Rache begann, sobald ich vor dem nächsten Spiel das Eis zum Aufwärmen betrat. Ich hatte in dem Interview über meine Pause beim letzten Spiel bereits angekündigt, dass ich hier war, um Ten zu beschützen, und dass keinerlei Chance bestand, dass unsere Gegner ihn wieder so behandeln würden wie beim letzten Spiel. Jedes Team riskierte so spät im Finale alles, aber wenn es blutig werden würde, war ich derjenige, der die Ansagen machte.

„Haben Sie eine Nachricht für sie?", hatte einer der Reporter gefragt. Ich wusste nicht, wer es war, aber ich war auf diese Frage vorbereitet.

Ich schaute direkt in die Kamera. Ich wusste, was die Presse wollte, was das Team brauchte und ich war bereit, es ihnen zu geben.

„Ich werde euch erwischen."

Und jetzt kam ich, während ich lockere Achten auf dem Eis drehte, mit dem Schläger den Puck vor mir herschob und das Stadion zum Bass von Shakira wackelte, der Mittellinie sehr nahe, sah meinen Gegnern in die Augen, ließ sie wissen, dass ich sie beobachtete. Ob diese Art Psychologie funktionierte oder nicht, war mir egal—sie waren gewarnt. Ich lupfte den Puck auf meinen Schläger und ließ ihn dort hüpfen, stand direkt an der Mittellinie und starrte die Raptors an. Zwei ihrer Verteidiger kamen näher und versuchten, eine Front zu bilden, aber wir wollen ehrlich sein, ich war derjenige, der etwas zu beweisen hatte und ich würde mich von keiner Einschüchterung von meinem Kurs abbringen lassen.

Coach war an diesem Abend lebhafter. Er war entweder wütend über unsere Niederlage im letzten Spiel oder jemand hatte ihm einen Drink gegeben. Er rief die Anfangsaufstellung auf. Ich war als Erster in der Verteidigung und Ten war im Sturm. Ich kannte meine Aufgabe.

Ich schaffte drei Sekunden. Wir verloren das erste Faceoff, aber das spielte keine Rolle. Ich drängte mich gegen Aarni Lankinens Gesicht und ließ meine Handschuhe fallen und das war es. Mit dem Brüllen der Menge in meinen Ohren wollte ich Rache und Lankinen eine Lehre erteilen.

Er wusste, dass es kommen würde, sein Schläger lag auf dem Eis, seine Handschuhe ebenfalls und er war ein großer Mann. Vielleicht zwei Zentimeter kleiner als ich, bestand er aus soliden Muskeln und war schnell auf seinen Kufen. Und in seinen Augen leuchtete die Vorfreude. Er wollte das hier genauso wie ich. Ein Sieg für ihn wäre der Schlusspunkt für den Scheiß, den er mit Ten gemacht hatte. Ein Sieg für mich wäre Gerechtigkeit.

Wir tanzten nicht. Ich ging auf ihn los, zwei solide Schläge auf seine Wangenknochen und er konterte mit seinem eigenen Schlag, der auf meinem Kinn landete und meinen Kopf scharf nach hinten schickte. Ein geringerer Mann hätte aufgegeben, Lankinen vielleicht aufs Eis gezerrt und sich auf ihn gesetzt, aber ich war wütend.

Verzweiflung, weil sie Ten zum Ziel gemacht hatten, Schuld, weil ich nicht da gewesen war, um es zu verhindern, Wut auf Rolf und was er dem Tierheim und, wichtiger noch, Ben angetan hatte, das alles kochte in mir hoch, eine Kulmination von Wut und Schmerz und tödlicher Akkuratesse. Ein Schlag, genau an der richtigen Stelle und Lankinen war am Boden, packte mein Jersey und zerrte mich mit. So daliegend, leuchtete das Rot der Wut immer noch hell in mir und ich versuchte, weitere Treffer zu landen, hörte erst auf, als zwei Schiedsrichter und mein eigenes Team mich wegzogen. Auf meinen Händen war Blut, in meinem Gesicht war Blut und ich war fertig.

Botschaft geschickt.

Ich fuhr von Lankinen weg, der mit ausgebreiteten Gliedmaßen auf dem Eis lag und während ich zur Penalty-Box für die unvermeidliche Strafzeit fuhr, kam ich an Ten vorbei und schlug die Fäuste mit ihm zusammen. Der Junge hatte das breiteste Grinsen, versuchte aber eindeutig, es zu verbergen. Jared sagte nichts zu mir—er schaute nicht einmal in meine

Richtung—aber er klopfte mir auf die Schulter, als ich aus der Penalty-Box herauskam und das reichte aus.

Von diesem Moment an gehörte das Spiel uns und wir spielten mit Feuer im Blut. Ben war an diesem Abend nicht da—es gab im Tierheim zu viel zu tun und ich hatte ihn ermuntert, nicht zu kommen. Ich war mir nicht sicher, ob ich wollte, dass er meinen Blutdurst sah.

Wir gewannen mit drei Toren, zwei von einem immer noch grinsenden Tennant Rowe.

Wir standen mit einem Unentschieden im Stanley Cup Finale—die gottverdammten Railers waren unentschieden. Noch drei Spiele und wenn wir zwei davon gewinnen konnten, wären wir die verdammten Champions.

Wir brauchten nur noch zwei Siege.

Das nächste Spiel fand wieder in Arizona statt und das war der einzige Scheiß an diesem letzten Gegner. Auswärtsspiele bedeuteten einen furchtbar langen Flug.

Aber wisst ihr was? Ben blieb für das Spiel auf und sah zu, wie wir im Stadion des gegnerischen Teams knapp gewannen. Wir flogen.

Wir konnten diesen Cup zu Hause gewinnen. Wir brauchten nur noch ein Spiel.

DAS TIERHEIM ZU BETRETEN, war, als würde ich nach Hause kommen. Ich kannte die Zahlenkombination für das Tor auswendig und musste nicht klingeln, um eingelassen zu werden, und niemand hatte ein Problem damit, dass ich im Eingang stand und das anstarrte, was vom Bürogebäude noch übrig war.

Ben kam aus dem Zwingerbereich zu mir, hatte Papiere unter dem Arm und einen unleserlichen Gesichtsausdruck.

„Warst du das?" Er deutete mit dem Daumen über seine Schulter auf die Männer, die in einer Gruppe standen und redeten, dabei auf die Büros zeigten. Sie alle trugen Helme und es gab eine *Menge* Herumdeuten. Natürlich war ich das gewesen. Am Tag nach dem Feuer hatte ich meinen Agenten gebeten, die beste Baufirma, den besten Architekten zu finden, und zwar auf der Stelle. Ich hatte zuvor noch nie um so etwas gebeten, hatte mein Geld nie benutzt, um die Räder der Verwaltung zu schmieren, aber wer hätte auch wissen können, dass der Leiter der zuständigen Abteilung ein Hockey-Fan war? Plätze in einer Box für ihn und seine hockeyliebende Tochter und er winkte durch, was immer gebraucht wurde.

Aber ich konnte Bens Gesichtsausdruck nicht lesen und ich fragte mich, ob vielleicht diese Sache, die ich gemacht hatte, so absolut falsch war, dass sie niemals richtig sein würde. Ich war mir nicht ganz sicher, wie ich die Frage beantworten sollte und er stand direkt vor mir, bevor mir die richtigen Worte einfallen konnten.

„Was meinst du?" Ich blieb standhaft.

„Sie wollen heute mit dem Abriss beginnen. Sie denken, dass sie das Tierheim in drei Wochen wieder aufbauen können." Er klang nicht aufgeregt oder wütend. Ich glaube, wenn ich es zusammenfassen müsste, würde ich sagen, dass er überwältigt war.

Ich konnte es nicht mehr zurückhalten. Er konnte wütend sein, wenn er das wollte, aber ich war stolz auf das, was ich für ihn getan hatte und ich war stolz auf die Railers-Fans, die beim Spiel letzten Abend gespendet und über dreißigtausend Dollar für das Tierheim gesammelt hatten. Das wusste er noch nicht—ich hatte den Scheck in meiner Tasche, zusammen mit persönlichen Schecks von der Hälfte des Teams. Es war ganz einfach, das Tierheim wieder aufzubauen, und zu verbessern. Vielleicht sogar mehr Leute für diesen Standort anzustellen und einen zweiten zu eröffnen, einen, wo ich nach dem Hockey mit ihm zusammen arbeiten konnte.

Das Team kannte Ben und liebte, was er tat. Was gab es da nicht zu lieben?

Er umfasste mein Gesicht und dann lächelte er, nur ein kleines Lächeln und Verstehen füllte seine Augen.

„Danke", sagte er.

Wir küssten uns und umarmten uns dann und ich wusste, dass ich das Richtige getan hatte. Wenn ich jetzt noch anfangen konnte, mehr an mein Leben nach dem Hockey zu denken, ein Leben mit Ben, dann konnte ich vielleicht anfangen, mich auf den prozentualen Anteil zu konzentrieren, der positiv war, auf die Tatsache, dass Doktor Warner mir immer wieder sagte, dass es unwahrscheinlich war, dass so eine Blutung noch einmal vorkam.

Wer wusste schon, wie lang das Leben eines Mannes sein würde? Es kam darauf an, was man mit diesem Leben anfing.

. . .

DIE SPANNUNG WAR HOCH. Coach war wieder zum Stillen Typen geworden, aber er war konzentriert und entschlossen und er nahm in der Umkleide eine unerbittliche Haltung ein.

„Sie werden auf Ten losgehen. Sie sind ein Team, das genauso verzweifelt ist wie wir." Das musste er nicht sagen, wir alle wussten das genau, aber die Worte zu hören machte alles so verdammt real.

Genau hier, vor siebzehntausend Railers-Fans, die zu diesem Expansionsteam gehalten hatten, konnten wir den größten Preis im Hockey mit nach Hause nehmen.

Das Spiel begann langsam. Ich wollte sagen, dass es vorsichtig war, weil wir keine dummen Fehler machen wollten und sie sich zurückhielten, um Penaltys zu vermeiden, aber es war eher so, dass wir einander abschätzten. Ich war bereits mit Lankinen aneinandergeraten. Wir hatten uns gegenseitig beleidigt, waren uns zu nahegekommen, aber an diesem Abend ging es nicht ums Kämpfen.

An diesem Abend wollte Coach, dass ich wie der Teufel fuhr und Chancen für unsere Stürmer generierte. Wir mussten *richtig* spielen.

Das erste Drittel blieb ohne Tor und im zweiten waren nur noch zwei Minuten zu spielen, als die Raptors einen Weg an Stan vorbei fanden. Ich war nicht auf dem Eis, sondern Teil des nächsten Verteidigerpaars, das aufs Eis gehen würde, aber sogar wenn ich da gewesen wäre, hätte ich den Abpraller nicht verhindern können, der an Adler vorbeischoss und zwischen Stans Knie rutschte.

Stan drehte sich zu seinen Rohren, reagierte nicht

auf das Tor, aber ich konnte mir vorstellen, was er machte. Er bat um ihre Hilfe, entschuldigte sich—wer wusste das schon.

„Es ist in Ordnung, Jungs", sagte Coach in der Umkleide. „Es ist nur ein Tor."

Ein Tor war eines zu viel und das wussten wir alle. Zwanzig Minuten standen zwischen uns und dem Sieg des Cups. Wenn wir dieses Spiel verloren, würden wir wieder nach Arizona müssen.

„Arizona ist zu heiß", sagte ich, als das Gespräch verstummte. „Ich gehe da nicht wieder hin."

Stille, dann stimmten die Jungs, einer nach dem anderen, zu.

Das letzte Drittel begann ziemlich gut, Ten flitzte über das verdammte Eis und das Tor, das aus seinen schnellen Kufen und seinen noch schnelleren Händen resultierte, war wunderschön.

Unentschieden. Und noch zehn Minuten zu spielen.

Immer noch unentschieden und drei Minuten.

Die Raptors hatten ihr Timeout bereits genutzt, wir hatten unseres noch und Coach beanspruchte es. Ich wusste warum. Es ging nicht darum, Strategien zu besprechen, sondern Tens Block eine Atempause zu gönnen. Der Junge war entfesselt. Er beugte sich zu uns, wir lehnten uns vor und er sagte die eine Sache, von der er wusste, dass sie uns den letzten Schubs geben würde.

„Bringt es zu Ende."

Die Uhr zählte rückwärts und wir waren so ausgeglichen, dass es nur wenige Chancen gab. Die Raptors schafften drei Schüsse aufs Tor innerhalb einer

Minute und einen Rebound, die ein tödlich effizienter Stan alle abwehrte. Wir zogen an ihrem Ende gleich.

Eine Minute. Immer noch unentschieden. Sechzig Sekunden in diesem Spiel und es gab keinen Weg hindurch.

Ihr bester Stürmer war in Richtung unseres Tors unterwegs. Ich war da, fuhr rückwärts, blockte ihn, der Puck verließ seinen Schläger und traf meinen Oberschenkel, als ich mich zur Seite lehnte, um ihn zu halten.

Adler sammelte den Puck mit seinem Schläger auf und passte ihn scharf zu Ten, der ihn an Larson weitergab und dann schien alles in Zeitlupe abzulaufen. Ich konnte das Spiel lesen. Es war etwas, das ich Ten und Addison schon hatte durchziehen sehen, wie sie den Puck zwischen sich hin und her passten, während die Sekunden abliefen.

Der erste Schuss wurde von ihrem Goalie geblockt, aber er konnte den Puck nicht erwischen und stattdessen landete er direkt auf Tens Schläger und der Junge ging auf ein Knie, schlug den Puck so schnell, dass niemand die Chance hatte, ihn aufzuhalten.

Die Lampe leuchtete auf, die Zuschauer sprangen hoch und wir packten Ten.

Wir führten mit einem Tor und hatten noch dreiundzwanzig Sekunden zu spielen.

Jetzt war es unsere Aufgabe, sie jeden Herzschlag dieser Sekunden davon abzuhalten, auf unser Tor zu schießen.

Als die Sirene erklang, die das Ende des Spiels verkündete, hatten wir gewonnen.

Das Spiel.

Die Serie.

Den gottverdammten Stanley Cup.

Ich war ein Stanley Cup Champion und das war alles, was ich je gewollt hatte.

Aber. Da oben, bei den Familien, sah Ben all das und mir wurde klar, dass ich ihn auch hatte. Den Cup zu gewinnen, war das einzige Ziel in meinem Leben gewesen, aber jetzt war Ben mein Alles.

Das war mein letztes professionelles Hockeyspiel und was für eine Art, es zu beenden.

Das Chaos war laut und wild und der Haufen, den wir mit Stan ganz unten machten, war voller Gelächter und Schreie und dann zogen wir uns ein wenig zurück, Stan hob Ten hoch und wirbelte ihn herum. Wir schüttelten dem Gegner die Hand, der erschöpft aussah, sich aber die Zeit nahm, uns zu gratulieren. Das war die Sache beim Hockey. Wenn alles gesagt und getan war, respektierten die meisten Teams einander.

Mit Ausnahme von Lankinen, der mich leise verfluchte und mich Dinge nannte, die ich mich entschied zu ignorieren. Arsch.

Wir umarmten uns und jubelten und hörten erst auf, als sie die roten Teppiche für den Cup ausrollten. Dann wurde alles ernst.

Wir sammelten uns um Connor und dann fuhr er los, nachdem der Sieg verkündet worden war. Er nahm den Cup und der Ausdruck auf seinem Gesicht war unbezahlbar. Sie hatten gesagt, dass es nicht zu schaffen war, dass dieses Expansionsteam aus Ausgemusterten bestand, aber sie hatten sich geirrt. So sehr geirrt.

Connor reichte ihn Ten. Wir wussten, dass er das tun würde—der Junge war ein Star, das strahlende Licht der Railers und ganz gewiss jemand, der in die Hall of Fame aufgenommen werden würde. Ich sah zu, wie jeder aus meinem Team mit dem Cup fuhr und dann war ich an der Reihe. Ich nahm ihn von Adler, der wie ein Irrer grinste.

„Da hast du ihn, alter Mann!", schrie er mir ins Ohr.

Ich nahm das Gewicht des Cups. Er war schwer, aber Gott, als ich damit meine Runde auf dem Eis drehte, fing er an, sich leicht wie eine Feder anzufühlen. Ich hielt kurz dort an, wo ich wusste, dass Ben war, und deutete auf den Cup, hoffte, dass er mich gesehen hatte. Dann entdeckte ich ihn direkt am Eis und er grinste und klatschte und das war es.

Der Stanley Cup in meinen Händen, der Mann, den ich liebte, dort, wo ich ihn sehen konnte und das Stadion hallte vom Jubel.

Das Leben konnte nicht besser werden.

SIE LIESSEN die Familien aufs Eis und dazu gehörte Ben und ich umarmte ihn, weigerte mich, ihn loszulassen, posierte für Bilder mit dem Team, dann für die Kameras, die all das aufnahmen. Adler hatte mit einem seltsamen Wackeltanz angefangen und da war ich so was von dabei, gesellte mich zu ihm und Ten zu einem Tanzwettbewerb, als Connor zu uns kam und mich beiseitezog. Das hatte er mit allen gemacht und ich war an der Reihe.

„Was für ein Spiel", schrie er über die Kakofonie aus Lärm um uns herum.

„Was für eine Serie, Cap", schrie ich zurück.

Er klopfte mir auf den Rücken. Das war mein letztes Spiel gewesen, mein letztes Mal auf dem Eis in dieser Form. Die Aufregung war intensiv und Ben war hier. Ich fuhr auf ihn zu, hielt ihm eine Hand hin, wollte ihn berühren.

Und dann wurde alles schwarz.

SIEBZEHN

Max

Die Stimme war sanft, aber dringlich, rief meinen Namen, das Licht war so hell, dass ich es von mir schob. Zumindest dachte ich, dass ich das tat, aber ich konnte nicht spüren, dass meine Hand in Kontakt mit irgendetwas kam und ich hatte Schmerzen. Überall.

„Er wacht auf", sagte diese Stimme und Erleichterung klang in dem Ton. Da war nichts als Stille. Was war mit dem Brüllen der Menge, den Rufen und der Feier geschehen? Wo war ich hingegangen?

„Hey, Max?"

Das war Bens Stimme und ich wollte etwas sagen. *Was ist passiert? Warum ist mir warm? Mein Kopf schmerzt.*

Nichts davon passierte und ich war müde. Ich schloss meine Augen erneut. Ein Nickerchen würde helfen.

Nach dem Nickerchen war mir schlecht. Zumindest dachte ich, dass es an dem Nickerchen lag. Jemand hielt mir den Kopf, als ich mich übergab. Ich hörte Bens Stimme und konzentrierte mich ganz auf ihn.

Ben?, fragte ich, aber die Worte kamen nicht. *Ben, ich liebe dich. Was ist passiert?*

Das Licht wurde schwächer, der Schmerz in meinem Kopf ebenfalls und mir war nicht mehr schlecht. Das war die Einschätzung meiner Situation, als ich meine Augen das nächste Mal öffnete.

„Hey", sagte Ben sofort zu mir.

„Was's passiert?", schaffte ich und dieses Mal funktionierten die Worte.

„Du hattest eine Blutung", sagte Ben leise, ohne eine Erklärung.

Scheiße. Das konnte nicht sein. Ich hatte an das Positive geglaubt. Warum war es schiefgegangen?

„Es war keine große Blutung, aber Doc Warner war hier und er … Es ist zu kompliziert, aber dir geht es gut. Es *wird* dir gut gehen. Das Feuer, der Stress, das Spiel, der Schlag, den du von diesem Verteidiger bekommen hast, der Druck des Finales, der Sieg … der Doktor denkt, das hat ausgereicht, um es auszulösen. Es war kein Schlaganfall, nur eine kleine Blutung. Du hast es in die Zeitung geschafft—während des Finales zusammenzubrechen war irgendwie dramatisch."

Ich wollte, dass er aufhörte zu reden, ich konnte die Furcht in seiner Stimme hören und ich wollte mich darum kümmern.

„Ich liebe dich", schaffte ich zu sagen, meine Zunge dick, die Worte ein wenig genuschelt. Er packte meine Hand, dann küsste er mich. Ich spürte seine Berührung, ich reagierte und ich fühlte seinen Kuss.

Ich war nicht kaputt. Ich konnte mich hiervon erholen.

Ich war drei Tage lang im Krankenhaus, hauptsächlich zur Beobachtung und nach dem ersten Tag fühlte ich mich gut genug, um es zu verlassen. Am zweiten Tag war ich genervt. Ben erzählte mir vom Tierheim, zeigte mir Bilder, berichtete mir von den Spenden und den Welpen, die wieder einzogen und dass Stan und Erik zwei der Labradore und einen Mischling genommen hatten, von dem niemand wusste, was er war. Anscheinend war er so winzig, dass er auf Stans Hand sitzen konnte und hatte sich mit seiner Katze angefreundet.

„So viel dazu, dass Stan einen Wachhund wollte", schloss Ben.

„Ich will nach Hause", verkündete ich, als ob ich ihm überhaupt nicht zugehört hätte.

„Westy hat erzählt, dass er nach deinem Apartment geschaut hat—"

„Nein", unterbrach ich ihn. „Dein Haus, unser Zuhause."

Ich dachte, dass er zu weinen anfangen würde, und drückte seine Hand. „Ich liebe dich."

Er küsste sanft meine Stirn. „Und ich liebe dich."

Der Arzt war offen und ehrlich. Ich hatte eine kleine Blutung gehabt, nichts allzu Dramatisches und er hatte sie unterbunden und das war wahrscheinlich das Ende vom Lied. Die Schwäche, die er nie genau hatte lokalisieren können, hatte sich auf schreckliche Weise manifestiert und das war es. Anscheinend war der positive prozentuale Anteil dadurch gestiegen. Ben schien erleichtert zu sein, aber nicht einmal ließ er während der Erklärung meine Hand los, nicht ein einziges Mal.

Ich hatte meinen Moment im Rampenlicht. Ben hatte die Zeitungen aufbewahrt—Stanley Cup Champion bricht beim Finale auf dem Eis zusammen— und er hatte Links zu YouTube-Videos von meinem Zusammenbruch. Ich konnte nur denken, dass ich so ungeschickt aufs Eis gefallen war, als ob ich ausgeknockt worden wäre. Es war peinlich.

Am dritten Tag durfte ich nach Hause, Bens Tanten kümmerten sich, der Großteil des Teams wartete bei dem kleinen Haus.

Direkt in der Mitte des schmalen Eingangsbereichs stand das Ding, um das ich gekämpft hatte. Der Cup.

Wir machten Fotos allein, mit dem Team, aber der beste Teil war, als sie gingen und ich mit Ben allein war.

Genau wie es sein sollte.

Epilogue

BEN

Ich begann zu denken, dass ich all diese frischgebackenen Eltern verstehen konnte, die sagen, dass sie in der Nacht aufwachen und dem Babyfon lauschen, nur um sicherzustellen, dass der Nachwuchs atmet. Drei Wochen, nachdem Max auf dem Eis zusammengebrochen war, machte ich das immer noch. Ich schreckte mitten in der Nacht hoch, mein Herz hämmerte gegen meine Rippen, während ein nebliger Albtraum, wie ich Max neben Liam begrub, verblasste. Dann streckte ich die Hand aus und legte sie auf seinen Brustkorb oder hielt meinen keuchenden Atem an, bis ich ihn atmen hören konnte. Ich war mir nicht sicher, ob ich es je überwinden würde. Ich nahm an, die Furcht vor dem Verlust war zu tief eingegraben, wie ein Splitter in meiner Seele, der niemals herausgezogen werden konnte.

Furcht und Liebe hielten mich nahe bei ihm, so nahe wie ich sein konnte, ohne wie ein Affe an seinem Rücken zu hängen. Jedes Mal, wenn er irgendwohin ging, um etwas zu erledigen, machte ich mir Sorgen, bis er wieder da war. Zum Glück war er so vernünftig nicht zu fahren. Ich spielte gerne sein Taxi. Manchmal zog ich ihn damit auf, dass er Miss Daisy war, nur um ihn schnauben zu sehen, aber ich fuhr ihn gerne dorthin, wo er sein musste. Was jetzt, da er in Rente war, nirgendwo speziell war.

„Erde an Ben", sagte Max, zerrte mich aus meinen Gedanken. Ich warf einen Blick nach rechts. Er hatte das Fenster nach unten gekurbelt, sah Bucky auf dem Rücksitz sehr ähnlich. Saubere Landluft blies in sein fröhliches Gesicht auf unserem Weg zu einem weiteren möglichen neuen Zuhause.

„Verloren in Gedanken", sagte ich und drehte am Radio Earth, Wind & Fire auf.

„Schlimme Dinge bleiben in der Vergangenheit, weißt du noch?"

„Ja."

Das war leichter gesagt als getan, weil wir immer noch mit Rolf und all dem dazugehörigen Anwaltskram zu tun hatten. Seine Verhandlung würde in ein paar Monaten sein und er war auf Kaution frei. Es gab immer noch eine einstweilige Verfügung, um mich, seine Familie, meine Tanten und das Tierheim zu schützen, aber trotzdem …

„In Ordnung, du denkst also nicht an den Arsch."

„Ich denke nicht an den Arsch." Ich kicherte. „Schau die App an und stell sicher, dass der Makler uns die richtige Adresse geschickt hat."

Ich war noch nie so weit in Lancaster County gewesen. Ich war hier nur ein paar Mal mit meinen

Tanten hingefahren, um Touristenkram zu machen, wie einzukaufen und zu versuchen, einen Blick auf die Amish zu erhaschen, die in diesem County eine große Gemeinde hatten. Wir waren durch wunderschönes Farmland gefahren und hatten ein Pferd mit Kutsche überholt, was Max begeistert hatte.

„Bin schon dabei", sagte mein fester Freund, suchte auf seinem Handy, während wir an grünen Weiden vorbeifuhren, auf denen Schafe oder Milchkühe standen.

Hier wollte Max leben. Weg von der Stadt. Er wollte frische Luft atmen und ein zweites Tierheim eröffnen, in dem nicht eingeschläfert wurde. Eines, das wir zusammen führen würden. Jedes Mal, wenn ich an unser neues, gemeinsames Leben auf dem Land dachte, war ich nervös und glücklich vor Liebe.

„Noch drei Kilometer auf der 340 bis wir nach Intercourse kommen."

Er kicherte über den Namen der Stadt, genau wie jedes Mal, wenn er ihn las. Ich liebte es, ihn lachen zu hören, auch wenn es irgendwie kindisch war.

„Und sobald wir durch Intercourse durch sind?"

„Rauchen wir eine Zigarette." Er brüllte vor Lachen. Ich schüttelte den Kopf und versuchte, mein Kichern zu verbergen. „Oh, ich amüsiere mich selbst. In Ordnung, Spaß beiseite, dann fahren wir auf die 772. Vielleicht sehen wir da draußen eine überdachte Brücke. Die gibt es überall."

„Vielleicht." Ich folgte seinen Anweisungen, mein innerer Stadtjunge begann, ein wenig nervös zu werden inmitten all dieser Felder und Wiesen und Straßen ohne

Straßenschilder. „Bist du sicher, dass du so weit hier draußen sein möchtest? Es gibt nichts außer Kühen und Mais."

„Ja, es ist perfekt, oder nicht? Keine Nachbarn, keine Geschwindigkeitsbegrenzungen, kein Verkehr, keine Drogen, kein Verbrechen."

„Das stimmt." Ich hatte auch den Verdacht, dass er mich so weit aus Rolfs Blickfeld entfernen wollte, wie es ihm möglich war. „Ich nehme an, ein Tierheim hier draußen zu haben wäre gut."

„Ja. Wir können vielleicht sogar Tiere von Farmen aufnehmen. Ziegen sind cool. Lass uns ein paar Ziegen aufnehmen, die Hilfe brauchen."

Ich hielt an einem Stoppschild, das vier Landstraßen miteinander verband und warf ihm einen Blick zu. „Ziegen. Und was wissen wir über Ziegen?"

„Wir werden alles, was wir wissen müssen, über das Internet lernen." Er beugte sich zu mir, um mich zu küssen. Bucky wackelte vor, um unsere Gesichter abzulecken. „Siehst du, sogar Bucky denkt, wir sollten Ziegen halten. Oder eine Kuh. Ich könnte eine Kuh melken."

„Ich kann dich sehen, wie du jeden Morgen mit deiner Milchkanne in den Stall hüpfst."

Ich sagte das im Scherz, aber ich konnte ihn mir wirklich dabei vorstellen. Ich konnte mir ausmalen, wie wir dieses neue Tierheim zu etwas Größerem und Besserem machten. Einem Ort für Nutztiere, die Hilfe brauchten, ebenso wie für Haustiere.

„Ich denke, wir brauchen auch einen großen Hahn",

sagte ich und wartete auf einen schlauen Kommentar. Er kam nicht, weil Max etwas auf seinem Handy las.

„Huh", war alles, was von ihm kam. „Die Railers haben einen neuen Ersatz-Goalie. Ein Junge von den Raptors, der für ihren Goalie der Back-up war. Er heißt Bryan Delaney. Scheiße, er ist ein verdammter Welpe. Wir werden jede Menge Spaß mit ihm und seinem süßen kleinen Babyface haben, wenn er zum ersten Mal die Umkleide— Oh, Scheiße."

Er senkte sein Handy und warf mir den traurigsten verdammten Blick zu. Ich griff nach seiner Hand und drückte die große Pranke fest.

„Ich werde Hockey vermissen", gestand er.

„Ich weiß. Aber du wirst so sehr damit beschäftigt sein, Kühe zu melken und mit Ziegen zu spielen und mich zu lieben, dass du nicht viel Zeit haben wirst, es sehr zu vermissen."

„Ja, das stimmt. Wir fangen von vorne an, wir beide. Vielleicht können wir die Farm, beziehungsweise das Tierheim, New Beginnings nennen."

Ich nickte. „Das ist ein guter Name."

Max lächelte stolz. „Stell dir nur die Fotos für den Kalender vor, die wir auf einer Farm machen können."

„Du wirst mit mir auf dem Cover sein, oder?"

„Auf dem Cover? Oh ja, das gefällt mir. Du, ich, Bucky und die neue Ziege."

Das klang perfekt. Sogar der Teil mit der Ziege.

Als Nächstes bei den Railers

Torlinie

Harrisburg Railers Hockey #6

Furcht und Trauer bestimmen Bryans Leben. Kann Gatlin ihm zeigen, dass man vertrauen muss, bevor man lieben kann?

Gatlin Pearce geht auf die achtunddreißig zu und ist immer noch Single. Es ist nicht so, dass er allein sein möchte, es ist nur so, dass er zu alt ist, um in Clubs zu gehen, die mit glitzernden schwulen Jungs gefüllt sind, die ihm nicht einmal sagen können, wer die Rolling Stones sind. Da ist es besser, seine Abende einfach in Hard Core Ink zu verbringen—seinem Tattoo- und Kunstladen—und Meisterwerke auf menschlichem Fleisch zu schaffen, sich Railers-Spiele anzuhören und ein kaltes Bier zu trinken.

Sein einsames Leben wird enden, als Bryan Delaney,

der neue Back-up-Goalie der Railers, in seinen Laden kommt und nach einem neuen Motiv für seinen Helm sucht. In Bryans wunderschönen Augen liegt eine traurige Geschichte und Gatlin stellt fest, dass er sich mehr als nur ein wenig zu dem schüchternen neuen Goalie hingezogen fühlt.

Bryan Delaney hat mit fünfzehn sein Zuhause verlassen, um bei einer Pflegefamilie zu leben. Er wünscht sich nur, dass er seinem Alkoholikervater und seiner streng gläubigen Mutter früher entkommen wäre. Als er für die Arizona Raptors ausgewählt wird, findet er eine neue Familie und seine erste Liebesaffäre, auch wenn diese Beziehung von Gewalt geprägt ist.

Als er an die Railers verkauft wird, ist das ein Schock für ihn, aber dieses Team ist anders als jedes, in dem er bisher gespielt hat und sie scheinen sich wirklich um ihn zu sorgen. Erst als er den Künstler Gatlin kennenlernt, mit dem er eine Liebe zur Musik und zum Hockey teilt, wird ihm klar, wie viel Hilfe er braucht, um der Vergangenheit zu entkommen.

Blockwechsel (Harrisburg Railers Buch 1)

Kann Tennant Jared zeigen, dass Alter nur eine Zahl ist und dass nur die Liebe zählt?

Die Rowe Brüder sind berühmte Hockey Teufelskerle, aber als jüngster des Trios musste Tennant immer gegen den Ruf seiner Brüder anspielen. Um aus ihrem Schatten zu treten, und gegen ihren Rat, nimmt er einen Wechsel zu den Harrisburg Railers an, wo er Jared Madsen trifft. Mads ist ein alter Freund der Familie und der ehemalige Teamkollege seines Bruders. Mads ist Tennants neuer Coach. Und Mads ist der attraktivste Mann, den er je gesehen hat.

Jared Madsens Hockey-Karriere wurde von einem Herzfehler

frühzeitig beendet, aber durch die Arbeit als Coach bleibt er nahe am Spiel. Als Ten ins Team wechselt, wird seine akribisch geordnete Welt ins Chaos geworfen. Weil er neun Jahre jünger und der Bruder seines besten Freundes ist, weiß Mads, dass er unbedingt die Finger von Ten lassen muss, aber sobald er Tens Bewegungen sieht, auf dem Eis und im richtigen Leben, weiß er, dass sein Herz ihn wieder in Schwierigkeiten bringen könnte.

Harrisburg Railers Hockey

1. Blockwechsel
2. Erste Saison
3. Am tiefen Ende
4. Poke Check (Deutsche Ausgabe)
5. Letzte Verteidigung
6. Torlinie
7. Neutrale Zone
8. Hat Trick (Deutsche Ausgabe)
9. Save the Date (Deutsche Ausgabe)
10. Mit Baby sind es drei
11. *Rivalen*
12. *Perfekte Geschenke*

Ryker (Deutsche Ausgabe) (Owatonna U. Buch 1)

Lernt in dieser fesselnden Romanze die Männer des Hockeyteams der Owatonna University kennen!

Hockey liegt dem reichen Ryker im Blut – während der Junge vom Land, Jacob, nur versucht, durchs College zu kommen. Dennoch haben diese beiden absoluten Gegensätze bald Schwierigkeiten, an etwas anderes als einander zu denken.

Ryker ist Hockey-Adel, Jacob ist ein armer Junge vom Land. Können zwei vollkommen unterschiedliche Menschen eine gemeinsame Basis finden und zu den Männern werden, die sie sein möchten?

Ryker entstammt einer langen Reihe Championship-gewinnender Hockeyspieler. College-Hockey zu spielen, um sein Spiel zu entwickeln, ist sein einziger Fokus und nichts wird sich ihm in den Weg stellen, daran zu arbeiten, der beste Spieler zu werden, der er sein kann. Er hat keinen Platz für Beziehungen, Menschen, die seine Fehler sehen oder irgendjemanden, der ihn wegen seiner Träume anspricht. Er hat ganz sicher keinen Platz für die Liebe und Jacob kennenzulernen ist nichts als eine nützliche Ablenkung nebenher. Schließlich ist der Versuch, seinen Teamkollegen von den Owatonna Eagles ins Bett zu bekommen weniger Arbeit und mehr Spaß. Als seine Familie von einer Tragödie erschüttert wird, zerbricht sein zauberhaftes Leben und die einzige Person, an die er sich wenden kann, ist der Mann, der behauptet, ihn zu hassen.

Jacob Benson hat sein ganzes Leben lang nur harte Arbeit und erstickende konservative Werte gekannt. Geboren und aufgewachsen in der kleinen ländlichen Gemeinde Eden Crossing, Minnesota, ist er der einzige Sohn einer hart arbeitenden, aber in Geldnöten steckenden Familie, die eine Milchwirtschaft betreibt. Jacob nutzt sein Können im Hockey, um seinen Abschluss in Agrarwissenschaften zu finanzieren. Diese vier Jahre an der Owatonna U. werden wahrscheinlich die einzige Zeit sein, die er haben wird, um das Leben zu genießen, seine sexuelle Orientierung akzeptiert zu sehen und offen zu leben, ehe er unausweichlich auf die Farm zurückkehrt. Einen reichen hübschen Jungen wie Ryker Madsen zu treffen, dämpft seinen Genuss des Lebens weit weg von zu Hause. Rykers leichtfertige, sorgenfreie Einstellung geht Jacob auf die Nerven. Wenn Ryker also alles ist, was er nicht mag, warum will er dann nichts mehr, als die sündigen

Träume zu erkunden, in denen sein nerviger Teamkollege jede
Nacht die Hauptrolle spielt?

Owatonna U. Hockey

1. Ryker
2. Scott
3. Benoit

Arizona Raptors

Von Küste zu Küste (Arizona Raptors, Buch 1)

- *Gegensätze ziehen sich an*
- *Ein bissiger Team-Eigentümer, der von seiner Familie enterbt wurde*
- *Gefangen in einer Klausel in einem Testament*
- *Ein Coach, der sich nicht fürchtet, Dinge zu ändern*
- *Geheimer Motel-Sex*
- *Leidenschaftliche Diskussionen und sture Hitzköpfe*

Als Gegensätze sich anziehen, wird dieses Team von ganz unten in der Liga nie wieder so sein wie zuvor.

Eine Bedingung im Testament seines Vaters zwingt Mark zurück in die Arme einer Familie, die ihn verstoßen hat und macht ihn zu einem Drittel zum Eigentümer eines Hockeyteams, das kurz vor dem finanziellen Ruin steht. Er schaut sich Hockey nicht einmal an, mag es auch nicht und will nichts mehr, als wieder zurück nach New York zu gehen. Dann ist da noch der neue Coach, ein sturer, eigensinniger, irritierender Mann mit einem Überlegenheitskomplex und fragwürdigem Musikgeschmack. Sich mit Rowen anzulegen, wird zur neuen Normalität, aber dazu kommen auch leidenschaftliche Diskussionen und eine alles verschlingende Lust.

Als ihm angeboten wird, eines der schlechtesten Teams der Liga zu einem zukünftigen Mitbewerber um den Cup umzubauen, kann Rowen sich diese Gelegenheit nicht entgehen lassen. Noch nie in seinen zwanzig Jahren Hockey hat er ein Team gesehen, das so schlecht geführt wurde oder Spieler, die so voller Feindseligkeit und Engstirnigkeit sind. Aber etwas an diesem Team und dieser Stadt überzeugt ihn, seine Ärmel hochzukrempeln und anzufangen, alles auseinanderzunehmen. Wenn nur Mark, einer der drei Geschwister, denen die Raptors jetzt gehören, nicht so verdammt stur und doch so verdammt reizvoll wäre, könnte sein Job leichter sein. Es sieht nicht so aus, als ob einer von beiden nachgeben möchte, aber eine Nacht in einem dunklen, abseits gelegenen Hotel verändert alles.

Da viele LeserInnen wohl keine eingefleischten Hockey-Fans sind, habe ich hier eine kleine Sammlung der Hockey-Begriffe, die in diesem Buch vorkommen. Eventuelle Fehler oder Ungenauigkeiten bitte ich zu entschuldigen.

1. Von Küste zu Küste
2. *Über den Großen Teich*

Abseits des Eises (Chesterford Coyotes Buch 1)

Eine Coming of Age Liebesgeschichte mit High School, Hockey-Rivalitäten, Freundschaft, Familie und Coming out.

Sorens Welt verändert sich auf einen Schlag, als er und sein jüngerer Bruder von Hockey-Adel adoptiert werden. Sein neues Leben zu begreifen, ist schwer genug, doch als er in einer Privatschule angemeldet wird, bedeutet das, dass er sich einer ganzen Reihe neuer Probleme stellen muss. Durch Freundschaften, Familie und Hockey zu navigieren ist eine Sache, aber sich zu dem Jungen hingezogen zu fühlen, der ihm auf die Nerven geht, ist eine ganz andere.

Felix muss einen Ruf schützen. Er ist der Junge, der alles zu haben scheint, aber Äußerlichkeiten können täuschen. Mit seinen Lügen über sein perfektes Leben hat er eine Fantasiewelt geschaffen, an die er mittlerweile sogar selbst glaubt. Nur, dass es nicht lange dauert, bis alles in sich zusammenfällt, all seine hübschen Lügen kommen ans Licht und nur sein größter Rivale sieht durch seinen Schmerz hindurch und steht zu ihm.

Kämpfen ist einfach, Freundschaft ist schwierig, aber Liebe ist alles.

Eine Coming of Age Liebesgeschichte mit High School, Hockey-Rivalitäten, Freundschaft, Familie und Coming out.

Sorens Welt verändert sich auf einen Schlag, als er und sein jüngerer Bruder von Hockey-Adel adoptiert werden. Sein neues Leben zu begreifen, ist schwer genug, doch als er in einer Privatschule angemeldet wird, bedeutet das, dass er sich einer ganzen Reihe neuer Probleme stellen muss. Durch Freundschaften, Familie und Hockey zu navigieren ist eine Sache, aber sich zu dem Jungen hingezogen zu fühlen, der ihm auf die Nerven geht, ist eine ganz andere.

Felix muss einen Ruf schützen. Er ist der Junge, der alles zu haben scheint, aber Äußerlichkeiten können täuschen. Mit seinen Lügen über sein perfektes Leben hat er eine Fantasiewelt geschaffen, an die er mittlerweile sogar selbst glaubt. Nur, dass es nicht lange dauert, bis alles in sich zusammenfällt, all seine hübschen Lügen kommen ans Licht und nur sein größter Rivale sieht durch seinen Schmerz hindurch und steht zu ihm.

Kämpfen ist einfach, Freundschaft ist schwierig, aber Liebe ist alles.

Weitere Bücher von RJ Scott

Für eine vollständige Liste der Ebooks und Links scanne bitte
den Code oben oder besuche rjscott.co.uk/buchliste

Weitere Bücher von V.L. Locey

Für eine vollständige Liste der Ebooks und Links scanne bitte den Code oben oder besuche vllocey.com/deutsche

Lernt RJ Scott kennen

RJ Scott ist die Bestsellerautorin von über hundert Gay Romance Büchern. Sie schreibt emotionale Geschichten mit komplizierten Charakteren, Cowboys, alleinerziehenden Vätern, Hockeyspielern, Millionären, Prinzen und den Männern, die sie lieben.

Sie lebt etwas außerhalb von London und verbringt jede wache Minute, die sie nicht mit ihrer Familie zusammen ist, damit, zu lesen oder zu schreiben. Das letzte Mal, als sie eine Woche Pause vom Schreiben hatte, hat es ihr gar nicht gefallen. Und sie ist bis heute auf der Suche nach der Tafel Schokolade, der sie nicht gewachsen ist.

www.rjscott.co.uk / rj@rjscott.co.uk

Newsletter - rjscott.co.uk/de

instagram.com/rjscott_author

amazon.com/author/rj-scott

bookbub.com/authors/rj-scott

patreon.com/RJScott

Lernt V.L. Locey kennen

V.L. Locey liebt abgetragene Jeans, Yoga, aus vollem Herzen zu lachen, spazieren zu gehen, lesen und Geschichten voller Lust zu schreiben, griechische Mythologie, die New York Rangers, Comicbücher und Kaffee. (Nicht unbedingt in dieser Reihenfolge.) Sie lebt mit ihrem Ehemann, ihrer Tochter, einem Hund, zwei Katzen, einer Gruppe Hühner und zwei Jersey-Rindern zusammen.

Wenn sie keine peppigen Geschichten schreibt, genießt sie es, den Tag mit ihren Tieren in den sanft abfallenden Hügeln von Pennsylvania zu verbringen, mit einer frischen Tasse Kaffee in der Hand. Sie kann auch online auf Facebook, Twitter, Pinterest und Goodreads gefunden werden.

Webseite: vlloceyauthor.com

facebook.com/124405447678452

x.com/vllocey

instagram.com/vl_locey

bookbub.com/authors/v-l-locey

goodreads.com/vllocey

pinterest.com/vllocey

amazon.com/author/vllocey